U0094666

BRIANNA LABUSKES

真相盲點

WHAT CAN'T BE SEEN

布莉安娜・拉布奇斯 著
李雅玲 譯

獻給梅加．帕瑞克（Megha Parekh），
感謝你長久以來為不完美且複雜的女性角色發聲，
這本書是為了你而寫。

序言

——葛蕾琴——

一九九三年

血液不像葛蕾琴想像中那樣黏稠。

血液溫暖、濕滑又稀薄，腦海深處傳來一個聲音，要她將手指送到嘴邊嘗嘗味道。

羅雯姑姑在床上看著她，嘴唇在動。

卻沒有發出聲音。

葛蕾琴知道應該要叫母親來，也知道如果被人發現她手裡拿著一把滑溜溜的刀，她一定會惹上麻煩。

但葛蕾琴無法離開，無法移開視線。

月光如此明亮，葛蕾琴能清楚看見留下的傷口，羅雯的肚子和胸口都撕裂開來。

葛蕾琴躊躇不前，手指卻止不住好奇探索。羅雯的喉嚨發出咕嚕聲，葛蕾琴好奇是不是因為嘴裡還有更多鮮血，不知道羅雯是不是想要她住手。

但那已經不重要了，羅雯再也說不出話來。

葛蕾琴看著自己將手伸出去，捏住早已撕裂的皮膚，然後一扯。

一聲輕拍、一陣腳步聲、一個不該出現的聲音。

葛蕾琴轉身，本能地將刀子護在胸前，血液浸透她身穿的薄睡衣，布料吸足血水後，血跡也染上她的皮膚，感覺溫熱而潮濕，有種奇異的吸引力。

儘管她聽到了聲音，但那裡沒有人，只有一個人影——黑暗對她來說並不陌生，就像熟悉的朋友。

當葛蕾琴的視線再次轉向床，羅雯的眼神已經空洞，她的姑姑雙眼盯著天花板，沒有眨眼，不再動彈，除了生命的泉源仍不斷從她身上流淌到床墊。

葛蕾琴現在得去叫母親過來。

她還來不及踏出一步，尖叫聲已經傳來。

隨後，一道充滿了恐懼和控訴的聲音傳來。「葛蕾琴，你……你做了什麼？」

第一章　葛蕾琴

現在

重擊聲。
音樂。燈光。重低音在她胸口迴響。
不，不對。
葛蕾琴．懷特眨眨眼，刺眼明亮的陽光灑進臥室，她瞇起眼睛。
重擊聲傳來。
這次是在她的腦袋裡，不在胸口。
還有敲門聲。
身旁的男人動了動，用一隻手肘撐起身體，無意識地抓抓他修剪整齊的腹部毛髮。「寶貝？」
「我不是你的寶貝，」葛蕾琴一邊咬牙切齒地說，一邊坐起來，她的雙腳陷入柔軟的地毯中。
「不必緊張，我也不記得你的名字。」
男人嘆了口氣，頭倒回枕頭上，蓬鬆的金髮散布在珍珠般潔白的床單上，他的指關節沿著她赤裸的背脊滑下。「那我們何不重新自我介紹一下？」
葛蕾琴沒有回頭，而是伸手到身後抓住他的手腕一轉，直到聽見他痛苦的叫聲，她繼續扭轉，渴望聽到韌帶啪地一聲斷裂，以及骨頭的碎裂聲。他試圖掙脫，雙腿慌亂狂踢，但她施力的角度讓他無法掙脫。

重擊聲。

葛蕾琴吞下體內想要從喉嚨爬出的尖叫，最終放開了那男人並站起身。「我不想再看見你的臉。」

「我要怎麼——」

「窗戶。」他應該要感激她的提議，但他一定不是個識相的人。她蹣跚走向門口，身上仍然一絲不掛，背後傳來的咒罵聲證實了她的猜想。她不理會他，她已經開始從記憶中抹去關於他的一切，除了他帶給她身體的感受。

重擊聲。

葛蕾琴短暫考慮要拿槍，但她精確的本能在她內心深處低語，她這一生都受制於這種本能。葛蕾琴盤算了一下當下的狀況，已經猜到公寓外敲門的人會是誰。

她並不想因為對波士頓警局的員工開槍而坐牢。

葛蕾琴終於用力打開門，蘿倫．馬可尼警探正要敲門，拳頭停在半空中。

面對葛蕾琴的裸體，聽見她使用最生動的咒罵迎接她，這位女士維持一副不以為然的表情。

「很高興見到你，」馬可尼說著推門走進公寓。「好了，已經三個月了，你消沉夠久了。」

葛蕾琴的手抓住馬可尼的喉嚨，下一秒葛蕾琴就把馬可尼按在牆上，露出齜牙咧嘴的表情，她感覺滾燙沸騰的血液充滿親密而熟悉的怒火，她鮮少這樣放任自己的情緒。

現在，那股震動在她的血管裡奔流。

「你自以為瞭解我，」葛蕾琴低語，視野的邊緣開始泛白。「你以為自己已經磨去我的利爪，小鹿斑比，但不要忘記我是什麼樣的人。」

馬可尼並沒有因為她話中暗示的威脅而退縮，只是用淡褐色的雙眼平靜地回望葛蕾琴，她以一種不帶情緒的語氣回答，「如果我沒記錯的話，你是非暴力的反社會者。」

葛蕾琴的拇指壓著馬可尼的脈搏，但脈搏仍然沒有加速，也許這個現實應該進一步點燃葛蕾琴皮膚下那隱隱沸騰的怒火，但不知為何，馬可尼缺乏恐懼的態度反而讓葛蕾琴冷靜下來，重新控制了自我。

然而，葛蕾琴還是把她壓制了好一會兒。

「非暴力是個人選擇。」她要確定這句話的每個字當中暗示了嚴重且危險的威脅。

然後她突然放下手臂，走向沙發，去拿上面掛的一件過大的毛衣，她從頭上套下毛衣，然後走向廚房，尋求咖啡帶來的幸福和放鬆感。

當她的視線遠離客廳，才聽到門砰一聲關上，她猜想她的床伴已經離開，真希望他試試從窗台上吊掛下去。

「所以，這就是你人生想要做的事？」馬可尼跟在葛蕾琴後面問道，「毒品和性愛？就算是對你來說，也有點太俗氣了吧？」

「親愛的，俗氣的事情之所以存在，自有它們的道理。」葛蕾琴反唇相譏，但她的怒氣已經消退，現在只感覺到肌肉和骨骼中的疼痛。曾經在一晚的夜店狂歡後，她可以輕而易舉面對接下來的一天，一手端著含羞草雞尾酒，另一手拿著裝著可疑藥丸的小袋子，尋找更多廉價的刺激。但她已經不再習慣那樣的生活方式，她已經變得軟弱；經過多年完美的自我控制，放縱自我的能力已經萎縮。

「身為一位出色的心理學家，你不可能沒意識到自己現在的行為，是在用行動表現出內心的掙扎。」馬可尼靠在廚房中島上評論道。葛蕾琴盯著擺放在咖啡機旁光滑的不鏽鋼刀具，但她對咖啡因的渴望已經完全超越用尖銳物體刺穿馬可尼身體的需求。

「算你走運，我現在頭很痛。」葛蕾琴嘟囔著，沒有認真回應剛剛的指控。她當然知道自己在做什麼，她不僅是一位知名的心理學家，還是波士頓警局在犯罪及反社會人格障礙等方面的頂尖顧問，即便她不需要為了工作和生存去全面瞭解自己的診斷結果，她還是會選擇這麼做，因為她不允許自己在專業上有任何不盡完美之處。

她正在失控，這完全是某個人害的。

就是那個現在站在她廚房，手插口袋的警探，她看著葛蕾琴，彷彿有資格對她感到失望。

葛蕾琴拿起馬克杯，沒有倒一杯給馬可尼，她走向一面大窗戶，俯瞰安靜的街道。她住在城裡一處高級住宅區，因為葛蕾琴從不吝於花掉她從祖母那裡繼承來的鉅額財富，憑藉這樣的身家，她在財務上根本無需與警方合作。她蜷縮在一把椅子上打量著馬可尼，她刻意將這把椅子擺在能曬到晨光的位置。

馬可尼一身招牌打扮，葛蕾琴已經認定這算是專屬她的制服：牛仔褲搭配深色的排扣襯衫，以及一雙笨重的靴子。她墨黑色的頭髮紮成小馬尾，瀏海在未修整的濃密眉毛上方劃出鮮明的線條。葛蕾琴很生氣，因為這個造型居然非常適合馬可尼。

「你需要一個案子，」馬可尼坐在另一把椅子上，用一種不尋常又單調的語調接著說，「沒有什麼比得上你自己的案子。」

葛蕾琴別開視線，以免她忍不住把杯子砸到馬可尼臉上。這起謀殺案從小就像陰影般揮之不去，她建議葛蕾琴調查這起謀殺案並不是什麼新鮮事，三個月前，當馬可尼把那份案件檔案推到桌面上時，葛蕾琴精心構建的世界就開始失衡了。

那是一九九三年的檔案，標籤上用醒目的印刷體印著葛蕾琴的名字。

葛蕾琴．安妮，懷特。

馬可尼不知為何想把葛蕾琴撕開，只為了看看她的內心。

葛蕾琴比大多數人都更能理解這種衝動，那種暴力情緒牢牢銘刻在構成葛蕾琴本質的基石上，但那些撐起自我控制的絲線——那些本來就不夠堅固的絲線——現在已經磨損到近乎要斷裂，她知道如果馬可尼成功了，她將永遠無法縫補回原來的狀態。

即使葛蕾琴是一個反社會者，但她很早以前就意識到，如果自己完全受制於本能的衝動，最終會失去自由，無論是入獄還是死亡。她喜歡自由，喜歡自己的生活，因此她發展出方法來控制與她心理診斷相關的衝動。

而這樣的生活，仰賴葛蕾琴否認自己曾涉入姑姑的謀殺案，仰賴於對過去無知而幸福的否認。

合作偵辦過一起案件之後，馬可尼決定要挖掘過去，堅信她們可以徹底洗清葛蕾琴的名聲。

彷彿這很容易，彷彿只是後來突然想到的念。葛蕾琴幾乎已經忘記這件事，直到馬可尼闖入她的生活，強迫她面對過去，她才重新想起。

彷彿這個案件沒有完全改變葛蕾琴的人生。

她知道如果自己打開那個近三十年前的檔案，會看到什麼。儘管除了屍體、人影和尖叫的短暫印象之外，葛蕾琴想不起她姑姑死亡那晚的事情。案發過程已經重述夠多次，感覺那些情節已經烙印於心，刻入骨髓。

一起轟動社會的謀殺案，一個幼年的反社會者，一個富裕的家族，還有太多在正式法律程序啟動之前就認定嫌犯有罪的頭條新聞。

遭到殘忍殺害的受害者，是葛蕾琴的姑姑羅雯・懷特。

眾人始終認定主要嫌疑人是葛蕾琴，儘管當時她只是個八歲大的孩子。

面對這個假設，葛蕾琴無法責怪任何人，因為有人發現她時，她手持凶刀，全身是血站在羅雯的屍體上方，還伸出手指戳刺傷口。

羅雯死在床上，身上沒有因自衛造成的傷口，無法證實她曾經反抗，看起來像是葛蕾琴在夜裡悄悄潛入房間，刺殺她熟睡中的姑姑。

冷血謀殺。

新聞上開始流傳許多說法，像是葛蕾琴的行徑有多奇怪，她對同學說話有多惡毒，她的老師認為她空洞的眼神和掠食者般的笑容有多詭異。

派崔克・蕭內西是主要負責調查該案的警探，他可能追蹤過其他線索——她不知道，但矛頭總是一再對準她。

從未出現其他可能的嫌疑人。

那晚除了葛蕾琴的母親和姊姊之外，家中沒有外人強行闖入的跡象——兩人都透過法醫證據清除了嫌疑。凶器——懷特家廚房裡的一把刀——上面除了家人的指紋外沒有其他。

也許將罪責歸咎於葛蕾琴是最簡單的答案，但也不代表這一定是錯誤判斷，畢竟不是每一起謀殺案都很複雜；有時案件正如表象看起來那樣。如果今天讓葛蕾琴來偵辦這起案件，她也會賭自己就是凶手。

這案件本來應該迅速結案，對所有觀察現場的人來說，她的罪行不容辯駁，但葛蕾琴有權有勢的家族阻礙了蕭內西的破案之路，葛蕾琴的祖母伊迪絲・懷特向檢察官提出了一則令人信服的判決先例，表示葛蕾琴可能只是不小心踏入了犯罪現場。也許對其他人而言這說法不足以成立，但懷特家族在這座城市挹注了夠多的政治獻金，讓檢察官相信了。

這並沒有阻止波士頓的好事之人，也無法防止全國其他地區的民眾對此進行揣測，這個案件的醜聞性質和引人爭議的本質吸引所有人的關注。

即使當大眾的注意力轉移到下一起轟動全國的駭人謀殺案，大多數人仍然相信葛蕾琴・懷特是逍遙法外的凶手，逃脫了謀殺案的指控。

直到今天，即便她身為一名備受尊敬的案件顧問，多年來在波士頓警察局與蕭內西合作辦案，但這個男人從未讓葛蕾琴忘記一件事：她只不過是一個殺人犯，僅是因為家裡有錢，才逃過了牢獄之災。

「你還記得我問你為什麼要調查薇奧拉・肯特案時，你是怎麼跟我說的嗎？」馬可尼問道。

葛蕾琴不覺得這個問題有回答的價值。她當然記得，大部分的事情她都會記住，薇奧拉・肯特案是馬可尼出現在葛蕾琴生命中的原因，葛蕾琴真希望有個平行時空，在那個時空，她從未在莉娜・布克的屍體旁認識這位警探，莉娜是葛蕾琴最好的朋友。反正她問這個問題並不是真的想知道答案，所以葛蕾琴只是啜飲著咖啡，不論葛蕾琴是否回答，馬可尼都會繼續說下去。

「你說是『因為好奇』。」正如葛蕾琴所料，馬可尼繼續說了下去。

「講重點，不然就快走，」葛蕾琴說，「但你得在我喝完這杯咖啡之前講重點，」——她端著馬克杯做了個手勢——「否則我就把你扔出窗外。」

如果葛蕾琴住在頂樓公寓而不是改建的聯排別墅，這句威脅聽起來會更有說服力，但這句話還是傳達了她的重點：立刻離開我家，否則我就不管什麼非暴力原則了。

馬可尼的目光看向葛蕾琴的臉。「你為什麼不好奇，葛蕾琴？」

「應該稱呼我懷特博士。」葛蕾琴糾正道。馬可尼對她太失分寸，她們只是在偵破薇奧拉．肯特案的那幾天內共事過，她需要重新劃出、堅守並維持界限，她們絕對不是朋友；甚至不是搭檔，只是剛好因為一具屍體和一個被誣陷謀殺罪的十三歲精神病態者而兜在一起的兩個人罷了。僅止於此。

「懷特博士，」馬可尼重複說了一次，並點頭致意。葛蕾琴觀察她是否話中有話，想尋找諷刺或挖苦的機會，卻一無所獲。「你為什麼不會好奇自己捲入的案件？」

如果馬可尼願意仔細思考，答案其實非常明顯。

因為我擔心自己可能有罪。

葛蕾琴從未——也永遠不會——對任何人承認這一點，甚至連暗示都沒有過，但她在內心深處安靜的角落緊守著這個答案，知道那正是她害怕的真相。

在被人發現她站在姑姑屍體旁之後的近三十年來，她知道這正是自己不曾試過去尋找其他嫌疑人的原因，知道這正是她明明可以存取警局資料庫，卻從未搜尋自己檔案的原因。

憑藉葛蕾琴的培訓經歷、心理學和犯罪學領域的高等學歷，以及擔任波士頓警局人格障礙相關案件外聘顧問十年以來的經驗，只要看那個案件一眼，可能就足以證實她內心最深的恐懼。

從外界看來，葛蕾琴對自己殺害羅雯姑姑的指控不屑一顧，嘲笑那些警探竟然把一個八歲大的小孩當成代罪羔羊，嘲笑他們沒有執行警探辦案的職責；如果有警探因為她的過去而拒絕與她合作，她會無情地斷絕往來。

然而在她內心黑暗的角落，葛蕾琴知道自己有什麼能耐，身為一個反社會者，她知道鮮血、撕裂的肉體、暴力和殘破的傷口對她有多麼強烈的吸引力，她無法相信自己能夠抗拒。畢竟她當年還是個孩子，她的理性和邏輯還遠未發展成熟——而成年後的她能夠控制本能的衝動，仰賴的正是理性和邏輯。

一個對後果無所畏懼的小女孩怎麼會懂得自我控制？

蕭內西一直認為葛蕾琴對那晚的記憶一片空白，更證實她就是殺害羅雯的凶手——因為這暗示了一個事實：如果她沒有刺殺羅雯，以她當初的年紀，很難找到更合理的說詞，來解釋自己當時為何會出現在羅雯的房間。

「現場沒有其他人嗎？」他曾用各種方式無情地審訊過她，好像改變了問法，就可以抓到她謊言的漏洞。

「我不記得了」是她唯一能吐露的說詞。家族律師一臉嚴肅地站在她身旁，準備在蕭內西出現逼供跡象時及時阻止他。

「你為什麼會在她的房間裡？」

「我不記得了。」

「你為什麼拿著刀？」

「我不記得了。」

偵訊就這樣進行下去。除了案發當夜，當時葛蕾琴的指甲上仍殘留乾涸的血跡；之後還有好幾週，蕭內西急於想找到某些證據來定她的罪，努力想打破葛蕾琴的心防。

畢竟這是他第一次負責偵辦重大謀殺案，這個案件在他的警探生涯中留下了污點，他可能至今仍未擺脫陰影。

「你擔心自己就是凶手，」馬可尼最後終於說了。她的目的不是說出什麼祕密，而是故意要戳中她內心的痛處。「你覺得每個人都認為是你痛下殺手，你只是還沒被逮到罷了。」

馬可尼彷彿是從葛蕾琴口中聽到這句話，第二句甚至一字不差複製了她內心的想法。葛蕾琴想知道，即使她們一起偵辦過薇奧拉．肯特的案子，即使發生過這麼多事，她是否仍舊低估了這女人的能耐。

馬可尼說得對。即使葛蕾琴沒有查看檔案，她也知道案件的事實並不完全對她有利，她得以免受牢獄之災並非因為證據不足。

馬可尼不知為何堅信葛蕾琴的清白，那種純粹的樂觀和單純的信念，就像葛蕾琴曾經試過的所有毒品一樣令人上癮，葛蕾琴只想把這股信念注射到自己的血管裡，怎麼能怪她？

「你快告訴我啊，」馬可尼說用靴子輕推葛蕾琴的赤腳。「而且要說服我相信你的話，然後我就會走人。」

葛蕾琴忍不住反問，即便她討厭被人套話。「告訴你什麼？」

馬可尼露出一抹微笑。「告訴我，你不想證明他們全都錯了。」

第二章　蕭內西

一九八三年

派崔克・蕭內西已經習慣在城市的璀璨燈火下開車，在一次難得的家族旅行途中，他第一次真正體驗到純粹的黑暗，那次是去緬因州海岸祖母家的小屋度假。

他記得自己討厭這種感覺，現在也一樣——感受到的只有虛無，黑暗吞噬了空氣、空間和地面，什麼都沒剩下。

「你開車的方式為什麼感覺像要去領老人年金？」坐在副駕的連恩・博伊警探問。蕭內西瞄了他一眼，但除了博伊側臉的輪廓——肥厚的鼻子，突出的下巴——之外，他什麼都看不清楚，不過他能想像博伊自以為幽默時會露出的得意笑容。

蕭內西很討厭在黑夜裡開車離開波士頓，也很討厭這個人。他在心裡偷偷咒罵那一小塊與大片州立森林毗鄰的地區，任何有理智的人都不該涉足那個地帶。蕭內西懶得回嘴，他不過是個剛畢業的新人，與其說是搭檔，更像是個司機，而博伊則是組裡的風雲人物，外表英俊、人緣又好，擁有傑出的辦案能力，經常偵破難解的案件。

如果蕭內西連他一點小小的挑釁都承受不了，可能得到別的州找工作，才能挽救自己的名聲。

所以他沒多作解釋，而是踩下油門，盯著前方的一片虛無，這是他幾個月以來第一次在內心祈禱。

博伊在他身邊嘀咕了些什麼，但這次蕭內西的視線沒有從道路上移開，他們繞過一個彎，迎面而來的車燈使他目眩，他將腳從油門上抬起，然後再次加速。

對向有一輛車迎面駛過，他的視線中出現白點。

黑暗再次降臨。

蕭內西想要再看一次地圖，想確定是否一定得走這條路，但他知道路線正確。

這是當晚出的最後一次任務，博伊一直抱怨，他只想去敲敲門確認每個人都還活著，然後就要走人，如果處理這起家庭糾紛浪費太多時間，他的約會就會遲到。

雖然蕭內西還不太瞭解博伊，但他猜想他一定認為這起報案無需大驚小怪，但收到呼叫時他們正好在同一個地區出勤，因此連博伊也無法反駁局長的命令。

「天哪，等我們到那裡，頭髮都花白了。」博伊說。他可能是個明星警探，但並不算聰明，每次他說出這種話時每個人都會配合地笑，但都是假笑，蕭內西連禮貌性的假笑都懶得裝。

他們繞過另一個彎，蕭內西本能放慢了速度，然後在意識到自己減速後馬上加速。

「要換人開的話儘管說啊。」博伊挑釁道。

蕭內西緊握方向盤，大腦拚命定位前進的方向，路邊護欄閃爍的銀光使他不由自主眨了眨眼。大概是因為蕭內西的沉默讓博伊感到無聊，所以想要沒事找事。

「難怪你留不住搭擋，」博伊漫不經心地說，「你開車的樣子就像個娘砲。」

一股熱氣爬上蕭內西的脖頸，蔓延到他的下巴和耳後，他知道如果不是處於黑暗之中，他那因憤怒而泛紅的臉會很明顯。「閉上你的——」

突然車燈照射到某個白色的發亮物體，他們的對話戛然而止，彷彿在那一刻消散在空氣中。路中央有一個人。

蕭內西猛踩剎車，後輪發出抗議的尖叫聲並向外側打滑，他不由自主閉上了眼睛，等待聽見人體和車輪的碰撞聲。

但沒有，保險桿停在離女孩腿部的咫尺之遙。

「天啊。」博伊在蕭內西身旁快速畫了個十字。

但蕭內西的注意力無法從女孩身上移開，她的臉色蒼白，眼睛像是恐怖深邃的窟窿。他內心有一部分在記錄眼前的畫面：她的手臂上沾滿了血跡，鮮血多到甚至滴落在地面上；他還注意到儘管現在是九月寒冷的夜晚，她卻只穿著細肩帶背心和薄薄的短褲；他還記住她是從哪個方向跑來，以便稍後可以追蹤她出現的路線。

但大部分的時刻，他唯一能做的就是凝視著她的嘴唇，看著她嘴巴一遍又一遍出現同一個嘴型。

「快逃。」

蕭內西掙扎著從車裡出來時雙腿顫抖，博伊在他身後咒罵，下一刻他們都籠罩在藍紅閃耀的警車燈光中，藍紅光芒在女孩蒼白的皮膚上閃爍，映照在從她手臂上滑落的濕潤鮮血上。

「小姐，」蕭內西盡量用柔和的語氣說道，他討厭自己硬朗的南波士頓口音，因為當他把手伸向她時她畏縮了一下，他定住不動，手就這樣懸在半空中。「沒事，你安全了。」

他重複著承諾，努力讓自己太過龐大的身軀顯得更小一些。

她只是眨了眨眼，仍然想要逃跑。

「你沒事了。」他經過專業訓練，知道在這種情況下應該說些什麼，但他所能想到的只有溫柔的安慰台詞。「可以告訴我你的名字嗎？」

本該飄向博伊的目光驟然回到蕭內西身上。「我的名字，」她輕聲說。她的聲音像她全身其他的部分一樣纖細脆弱。「我的名字。」

她像剛學說話一樣重複著這些字詞。

「你知道嗎？」蕭內西試探性地問，好奇這次又要害自己陷入了什麼局面。博伊在他後面拿著一條毯子，但他和蕭內西一樣全身僵硬，害怕打草驚蛇，不想讓女孩更加驚慌。女孩呼出一口氣，發出破碎的聲音，也震碎了蕭內西內心的某個部分。

「你叫什麼名字？」她沒有回答，而是反問。

這個問題應該是他的開場白。「波士頓警局警探派崔克．蕭內西。」

「蕭內西，」她試著複誦一遍，他的名字從她的舌尖說出，比在任何人嘴裡都要悅耳。

「沒錯，」蕭內西點頭確認，「你呢？」

「名字很重要，對嗎？」她說話的時候眨著眼睛看向車頭燈，在那瞬間他想著是否該檢查她頭部是否受傷。

「是吧，」他試著說，然後向前靠近。這次她沒有嚇到，沒有畏縮，小小的勝利在他胸口綻放出一股暖意，他再次問道，「可以告訴我你的名字嗎？」

她吸了一口氣，用血跡斑斑、嚴重受傷的手臂環抱著自己，低聲說道，「我的名字是羅雯．懷特。」

第三章 塔碧

一九九三年

塔碧莎・克羅斯假裝沒聽見父親威士忌酒瓶落地的聲音，酒瓶沒有遽然碎裂，而是發出沉悶的聲響，悲哀而空虛，就像這個家，就像這家人。

李維・克羅斯的手無力地垂在沙發旁，烏黑骯髒又缺損不齊的指甲擦過硬木地板，他的指甲曾經乾淨整齊且修剪完美，李維・克羅斯也曾經關心自己的生活。

然後，珍妮去世了。

塔碧假裝沒聽見李維鼻子後方痰和空氣摩擦發出的咕嚕聲，她彎腰撿起父親亂丟的威士忌酒瓶，走到廚房將酒瓶與之前喝光的其他空瓶排成一排。有時塔碧會將酒瓶都收到塑膠袋裡，然後開車拿到加油站的垃圾桶丟掉，這樣他們的鄰居就不會在倒垃圾的那幾天發現李維絕望的證據。

這不是父親的錯，是那個禽獸的錯，他殺死了珍妮，如果他被捕，如果他受到懲罰，父親就會好起來。

至少塔碧是這麼告訴自己的。

當然，當她只是個十歲的孩子時，可能曾經這麼相信。當年珍妮才剛過世，痛苦還那麼赤裸，但那已經是快十年前的事，塔碧現在十九歲了，這麼多年以來，還是沒有找到殺害珍妮的凶手，除了父親和神祕男友之外，警方沒有找到過其他嫌疑犯，但父親寧可自殺也不會對珍妮動手。這位男友年紀比珍妮大，珍妮只有在朋友之間的悄悄話中提過他。

只有用最殘酷坦誠的方式面對自我，塔碧才有辦法承認，即使今天抓到殺害珍妮的凶手，她的父親李維也已經沉淪太久，已經沒有辦法能將他拉回原本的世界。

父親在珍妮遇害的那個晚上就形同是死了，只不過現況對他來說幾乎更糟，他受困於人世，深陷在原地，因為留在陽間無法與女兒同在而深受折磨。

他還有一個女兒，這點似乎從來都不重要，只有塔碧一個女兒不夠，從來就不夠。

塔碧走過這棟小房子，關掉燈，邊走邊收拾垃圾和髒衣服，她在珍妮的房門口徘徊——這扇門永遠、必須、一直關上。她十二歲的時候曾經走進房間一次，當時珍妮去世已經兩年，塔碧想要拿一本書，她知道珍妮把這本書擺在床邊。

那是李維唯一打過塔碧的一次，用力賞了她一記耳光，一巴掌打得她摔到地上，李維哭了，看著自己的手，彷彿手不是自己的。

自那以後，她就再也沒有進去那個房間。

但塔碧喜歡站在房門口，喜歡回憶她把耳朵貼在地毯附近的縫隙，偷聽珍妮講電話的時光。

警方一開始懷疑李維是凶手，後來又轉而鎖定那位神祕年長的男友，他們一次又一次訊問塔碧，是否曾經偷聽過珍妮瞞著父親打電話給某個人，也許是某個特定的男生。

塔碧唯一能告訴警探的只有一個男人，那個男人在她高中的秋季園遊會上偶然認識珍妮，時間就在她失蹤前幾週，他和她交談並給了她電話號碼，但那並不是什麼新鮮事。

珍妮帶塔碧去購物商場或是雜貨店時，總會有男生和她說話。塔碧在警方偵訊時還記得那次遭遇的唯一原因，是珍妮和那個男人交談太久，導致她們走到棉花糖攤位時已經收攤，塔碧大發脾氣，珍妮則說她跟小寶寶一樣幼稚，這讓塔碧哭得更厲害了。

警探聽到這件事時顯得精神緊繃，他們的雙眼貪婪地盯視她的臉。

她能描述那個人嗎？

她只說得出「金髮」，菲利普斯學院園遊會上遇到的那個男人年紀較大，是個成年人，除了大致的特徵之外，孩子不會記得成年人的長相。

她提供的證詞足以證實珍妮幾位同學的說法——她在園遊會上認識了一名比她年長的新男友，他們還表示同一位年長男友曾經來學校等過珍妮，等她結束田徑曲棍球訓練課，包括她最後一次被人看見活著的那天。

李維曾緊握塔碧的手腕，懇求她努力回想是否曾經聽過他的名字，他的雙眼睜得好大，眼底充滿了恐懼和黑暗。他們只需要知道名字，名字就好。

有時塔碧會想，李維是不是在責怪她，只因她不知道那個男人的名字，當然他不是故意的，但珍妮遭到謀殺，讓她父親表現出最陰暗的一面。有時塔碧會發現他直直盯著她看，彷彿想看出她隱瞞的真相，彷彿她該為整件事承擔部分的責任，就算只有一點點。

他似乎沒有意識到她願意付出一切，只求真相大白。

塔碧朝著房屋後方那個窄如儲物間的辦公室走去，她一直緊緊鎖上那個房間，雖然李維在這些日子裡真的很少踏出自己的領域——沙發、廚房，以及珍妮房間以外的空間，但她不希望他誤闖那間辦公室。

她打開門跌坐在椅子上，這把破舊的椅子是去年某個幸運日從垃圾場撿回來的，然後她將注意力轉向桌上的警方檔案，那份她幾乎背下來的檔案。

自她拿到假身分證混入警察常去的酒吧，已經六個月了，她告訴自己去那裡是因為酒吧就在她住的街區，因為路途方便，而且她知道保鑣不太會仔細檢查身分證，畢竟大家都知道波士頓警察常去那裡混，有哪個未成年的罪犯會想潛入那種地方？

但如果要她說實話，她知道那是因為自己無法將這個想法從腦海中驅逐——也許珍妮的案件檔案當中可以找到警方忽略的蛛絲馬跡，如果她拿到那份檔案，就可以解開珍妮死亡的謎團。

她花了三個月才勾引到一個面孔稚嫩的菜鳥，又花了三週時間才說服他幫她拿到案件檔案。她向他保證沒人會想找這個檔案。

畢竟珍妮佛·克羅斯只不過是八十年代早期的一起懸案。

官方檔案中沒有什麼新的內容，正如塔碧的生活，從來就缺乏好運。

雖然查看檔案很痛苦，但不看更糟。

李維不是這個家中唯一靠傷害自己來忘卻傷痛的人，對塔碧來說，她只是用不同的方式追逐痛苦。

塔碧凝視著姊姊遭到殘忍虐殺的屍體，默默等待那熟悉的麻木感將她的思緒帶走。

第四章 —— 葛蕾琴 ——

現在

「你把羅雯的檔案帶來了吧？」葛蕾琴問。如果馬可尼想從葛蕾琴那裡得到其他形式的認可，證明自己可能終於說服了她，恐怕要等很久。

馬可尼沒有接話，只是彎下腰在包包裡翻找，她得意地拿出檔案。

葛蕾琴沒有接過檔案，只是看了一眼。「蕭內西對這件事有什麼看法？」

這是馬可尼今早以來第一次顯得猶豫，沉默了一會兒後，她聳起半邊肩膀。「他不是很高興。」

他畢竟是負責偵辦羅雯命案的警探，葛蕾琴猜他這算是委婉的說法。

「你對此沒有顧慮？」葛蕾琴不在乎蕭內西怎麼想，但馬可尼目前是他的搭檔，身為一個共感人——別人開始稱葛蕾琴為反社會者後，她也學會幫所謂的「正常」人貼標籤——馬可尼應該比葛蕾琴在意人際關係的動態。

「我可以休假是有原因的。」馬可尼冷冷地說。

葛蕾琴笑了，故意讓笑聲顯得殘酷無情，當她得知馬可尼關心她，胸口湧現了一股無以名狀的悸動，她不喜歡這種感覺。葛蕾琴曾多次告訴馬可尼，反社會者也可以有朋友，他們在生命中需要一些瞭解他們且不會有所奢求的人，但這並不代表交朋友是一個舒適的過程。

「如果你把休假用在我身上，你的生活比我想像中還要可悲，」葛蕾琴冷冷地嘲諷她，「雖然我已經把你想像得夠可悲了。」

馬可尼翻了個白眼，向葛蕾琴比中指，她們只合作過一個案子，這動作卻已經變得如此熟悉。

過去三個月裡，馬可尼並沒有放過葛蕾琴。肯特家謀殺案偵辦終結後，她不斷打擾葛蕾琴的生活，甚至多次闖入葛蕾琴的公寓，試圖把她拉出困境，而這個困境正是馬可尼引發的，因為她逼迫葛蕾琴面對自己的過去。

「什麼？」馬可尼大聲問道，葛蕾琴因為宿醉頭痛而皺了皺眉。「我聽不到欸，因為你生活失控的噪音太大了。」

「拜託，」葛蕾琴現在開始覺得有趣，她開心地說，「你還沒看過我失控的樣子呢。」

馬可尼朝門口擺了擺頭，無聲提醒葛蕾琴剛剛才把她壓在那裡。

葛蕾琴笑了。「你又不是胸口被插一刀，只不過送你幾個瘀青，我的自我控制能力應該可以不證自明了。」

馬可尼嘴角抽動一下。「真是太厲害了，不愧是我的英雄。」

這種簡單打發她的回應方式通常會激怒葛蕾琴，但幾個月以來的酗酒和睡眠不足已經讓她太累。走在自我控制的鋼索上總是令人疲憊，但放任自己跌入深淵、選擇不約束自己、沉浸於原始的衝動，更加讓人筋疲力盡。她感受不到放縱帶來的喜悅，反而每天早上都要努力將自己重新拉回自我控制的狀態，她愈來愈難記得她熱愛的是自己的生活，並不想追求沉溺的快感。

「你需要一個案子。」馬可尼又說了一遍，把檔案甩在兩人中間的小咖啡桌上。

從馬可尼在披薩店黏膩的桌面上將檔案推向她的那天起，葛蕾琴就開始故意不接聽波士頓警局的來電，這一天也是葛蕾琴慶祝薇奧拉．肯特案偵辦終結的同一天。

最終警局不再來電，蕭內西卻開著深色轎車出現在她家街道的盡頭。

他幾乎是看著葛蕾琴長大，一直在等待她再次失去控制，他自稱要監視她，儘管她從未被正式指控任何罪名。長大後，她將他對她的執念轉化為一股動力，利用這股動力來控制自己更具破壞性的原始衝動。她這一生只遵循一個指導原則——她要證明蕭內西看錯她了，她拒絕證實他的懷疑，她不會承認自己只不過是個沒被逮捕歸案的凶手。

近三十年來，她幾乎保持完美的個人紀錄——雖然她無法否認曾有一兩次打斷過別人的骨頭，還有一兩次持剪刀意圖傷害他人——但只要她失聯超過幾個星期，他就會開始打聽她的狀況。

隨著警方要求她協助偵辦謀殺案的頻率愈來愈頻繁，已經有多年沒有發生過這種失聯狀況，那些案件幫助她滿足了她內心的渴望，降低了她對暴力和破壞的需求，她曾向蕭內西坦承過這個事實。

雖然葛蕾琴不願承認，但馬可尼說得對。她需要一個案子。

這是葛蕾琴成年後第一次真正思考自身的清白——而不僅是本能且防衛性的反應，就像每當蕭內西提出她可能就是凶手時，她就會予以反駁。

「告訴我你的推論。」葛蕾琴提出要求，沒有接過檔案夾。

馬可尼的臉上閃過一絲得意，但很快就用無動於衷表情的掩飾下來。「有人故意設局，讓你背黑鍋。」

「好吧，」葛蕾琴緩慢地說，她知道這種語氣很惹人厭。如果她不是凶手，那另一個可能性就是她無辜被陷害。「但是誰？」

「這就是我需要找你的原因，」馬可尼鎮定地說，「我只能從蕭內西對事件的描述中獲得有限的訊息。」

事件。她竟然用這麼平淡的措辭來形容這起案件，受害女性在自己床上睡覺時遭到殘忍謀殺，據警方推測，凶手是她精神不穩定的八歲侄女。

葛蕾琴站起身，套頭衫的下襬掠過大腿，她推開窗簾，掃視街道，知道自己會看到什麼景象。「你還帶了朋友來啊。」

「我到的時候他就在那裡了。」馬可尼糾正她的說法，彷彿蕭內西在街區的盡頭蹲點是正常之舉，這個男人身為警察的資歷無可挑剔，但這並不代表他身上沒有一些令人不舒服的怪癖，最明顯的就是他違反正常社會原則的固執天性。

「所以他知道你在這裡。」

馬可尼再次聳了聳肩。「我說過了，我在休假。」

為什麼？葛蕾琴很想問。你為什麼要這麼做？為什麼要冒著職業風險幫我？

她不會問，葛蕾琴早就放棄理解一般人類的動機，他們的內心太柔軟，情緒上又多愁善感。

還有另外一個問題卡在她喉嚨裡。萬一我們發現我真的殺了羅雯，該怎麼辦？

她再次拒絕把這個問題說出口。蕭內西這幾年以來的搭擋中，馬可尼是最理性的，她能夠考量道德的灰色地帶，不像大多數執法人員的觀念非黑即白。

馬可尼的腦子裡內建一副道德指南針，指針明確指向北方，她現在或許看似站在葛蕾琴這邊，但如果她們最終證實葛蕾琴犯下了冷血的謀殺案，她很難放棄確鑿的證據，讓她繼續逍遙法外。

但也許可能浮現的證據會指向葛蕾琴確實是遭人構陷，這個想法很讓人心動，但她的個性太實際了，不認為結果會是如此。

她們最終找到的證據非常有可能會讓蕭內西逮捕她，他最渴望的美夢終於成真。

葛蕾琴的視線沒有從蕭內西車上移開，她問道，「該從哪裡著手調查？」

「我們得先確定誰會知道如何設局陷害你，」馬可尼說，「其次是誰有動機殺害羅雯。」

這個待辦事項也太明顯了，葛蕾琴忍住冷嘲熱諷的衝動，只是點了點頭。「從這裡著手會是個好的開始。」

馬可尼聽出她的語氣，翻了個白眼。「我們先從你知道的線索著手，你的姑姑、謀殺案，還有你的家庭。」

葛蕾琴故意轉身看著案件檔案，然後抬起半邊眉毛。所有細節都記錄在檔案中，她們都知道馬可尼早已研讀過那份檔案，熟到能夠一字不漏地背下來。

馬可尼搖搖頭。「不，告訴我你知道的，警方報告上沒列的事。」

「你的職責是問我具體的問題，不是全部讓我自己報告吧。」葛蕾琴說。

她花了許多年的時間研究，看電影、看肥皂劇、看YouTube影片，閱讀關於肢體語言和面部表情的書籍，最近還聽了心理學主題的播客，才有辦法自信地穿梭在社交場合中，不讓其他人看出她外在的表象全是煙幕彈和反射行為，目的只是隱藏她缺乏性情和情感的空洞內在。在一番努力摸索與試錯之後，她終於掌握到達成完美平衡的方式，學會如何利用譏嘲與反諷來柔化自己的形象。

她知道——她明明知道——在早上那麼多尖酸的發言之後，那句話實在太過刻薄，表達真實想法的方式過於直白，缺乏那種在人際交往中一般人可接受的幽默調侃。

馬可尼沒有退縮，也沒有離開，她用一種謹慎的表情端詳著她，表情沒有透露出任何想法。她很謹慎。

馬可尼明目張膽地與一名反社會者站在同一陣線，從未表現出絲毫恐懼，「奇怪」似乎是最適合她的形容詞，但葛蕾琴早就察覺到她的性格，現在也很瞭解。馬可尼的行事風格與葛蕾琴遇過的絕大多數人迥然不同，一般人常常無法控制自己的反應，但馬可尼讓外人看到的每一面，都是經過嚴格篩選和精心思考。

在一個心跳的瞬間，葛蕾琴不禁好奇馬可尼是如何學會隱藏自己的想法，以及她練習這個技巧的動機為何。不只因為她警察的身分——葛蕾琴認識很多警察，就算她把銀行帳戶裡的錢都送給他們，他們也無法學會控制自己。這讓葛蕾琴停下來思考，雖然她一直堅稱馬可尼不夠瞭解她，不該擅自推測她會做出的行為，但葛蕾琴忘記自己也不夠瞭解馬可尼。

若是在平時，她的好奇心會萌芽、加深、長出利爪，鑽進武裝良好的身體之中，但現在，葛蕾琴有更急迫的問題要處理。

「我們來談條件吧，我知道你不會承認，但我知道這對你來說很困難。」馬可尼說，她的聲音雖平靜但很堅定。「接下來的過程中，我會在某些行為上容忍你，每天的上限暫定兩次。」

葛蕾琴笑了，她就喜歡馬可尼這種個性。她記得有次目睹馬可尼不費吹灰之力就差點勒死一個討人厭的小報記者，原因只是因為他騷擾她，個性「謹慎」絕不代表馬可尼沒有骨氣。「然後呢？」葛蕾琴問。

馬可尼微微瞇起眼睛，彷彿發現很少有什麼威脅能真正嚇倒葛蕾琴，她並不在乎接下來要面臨的後果，她是透過自律來維持自己的行為準則。

「然後我就不要再告訴你我的想法了。」馬可尼的聲音中帶著一絲傲慢。

馬可尼坐回位子上，將葛蕾琴的沉默視為她的勝利，但她沒有浪費時間自滿，而是做了葛蕾琴一開始要求的事情，這就是她們能夠合作愉快的原因。馬可尼會在必要時回擊，但不會懷恨在心，也不會為了傷害對方而玉石俱焚。

「羅雯遭到謀殺的那晚，為什麼在你家？」馬可尼開始發問，可能認為這是一個不難回答的問題。

然而過去並不容易回想，即使是姑姑死亡那晚之前的記憶，葛蕾琴已經為這段記憶築起一道高牆，將過去埋藏在她心靈最黑暗、最不可告人的角落，那段過去不敢侵入她現在的生活，即便是分心、無聊，或者讓她回想起童年的時刻。薇奧拉．肯特的案件突然躍上頭條新聞時，差點打破了她的心理防禦。

那起案件與葛蕾琴的案件極為相似——一個患有人格障礙的年輕女孩被控殘忍殺害自己的母親——案件發生後，她連續酗酒三天，才再次將記憶牢牢鎖回去。

正常人或許能去看心理醫生，也許能夠慢慢處理這個創傷，但葛蕾琴根本沒有處理創傷的能力。

「當時羅雯和我們住在一起，」葛蕾琴終於回答，「她……我父親稱她為家族裡的問題人物，但我認為整個家族都有問題。」

「什麼意思？」馬可尼問。

葛蕾琴喝光咖啡，渴望地凝視著杯底。

然後她嘆了口氣，精心構築的心牆全都化為灰燼。

第五章　蕭內西

一九八三年

羅雯．懷特抵達警察局時處於無法反應的僵硬狀態，蕭內西希望自己也能像她一樣。她靜靜坐在他辦公桌旁的冰冷金屬椅上，凝視著他身後的牆壁。

天哪，這一切對他而言都太不熟練了，畢竟他拿到警徽和配槍才六個月。他盯著眼前那張紙，他從一小時以前開始對她問話，紙上該填寫的空白處早應該要填滿。文字變得模糊，他用拇指按壓雙眼。

至少醫護人員已經檢查過這個女孩，她雙臂外側從上到下都是深深刀痕留下的血跡，她緊緊抓著毯子，掩蓋住身上的繃帶。

她是個削瘦的女孩，骨架纖細，面龐彷彿是由昂貴的大理石雕刻而成。蕭內西猜想她一定是個富家女，她讓他自覺笨拙，讓他察覺到自己手上所有的老繭；她讓他感覺像是即使僅僅動念要觸碰她，她也會應聲碎裂。

她的冰金色頭髮無力地披散在肩膀上，被冰霜覆蓋的一雙藍眼暗淡而空洞，然而他仍能看出她在污垢、疲憊，以及似乎飽受折磨的表象之下，擁有難以掩飾的美麗。

如果要猜的話，他會猜她大約十七歲，只比他小幾歲。

「懷特小姐，」雖然他操著一口粗重的地方口音，但他盡可能溫柔地說話。他環顧幾乎空無一人的局面，一邊想著所有的資深警官都到哪去了，彷彿這麼做會帶來某種解脫。「可以告訴我發生了什麼事嗎？」

他內心有某部分預期這個女孩根本不會有任何反應，但當他提出問題，她的注意力轉向他，用一種緩慢又恍惚的方式眨了眨眼。

然後她的身體微微前傾，勾勾手指示意讓他也這麼做。

當他靠得夠近，她的嘴唇輕輕碰觸到他的耳殼。「他們會說謊。」

他先是感到一陣潮熱，然後心裡一寒，他忍住退縮的衝動。「誰會說謊？」

她回答之前，通往警局大廳的門忽然撞到牆上並隨之打開。

羅雯既沒有退縮，也沒有躲避，更沒有跪倒在地或急忙找出口逃走，這完全出乎蕭內西的預料，他以為她看起來那麼緊張，應該會這麼做。

但她沒有，她僵硬不動，只有視線在房間裡急促掃過，望向站在走廊燈光背光處的那個女人。

蕭內西發現自己在無意識間站了起來，擋在羅雯前面。

那個女人的注意力轉到他身上，他看出她的來意，如果女孩長大個幾歲或這女人稍微年輕一些，兩人看起來簡直像是雙胞胎。

「警官，」那女人說，稱呼中流露出一絲蔑視，蕭內西青少年時期曾到有錢人的派對上打工，他從那時就很習慣這種語氣。「謝謝你找到我女兒，現在可以交給我了。」

「啊，」蕭內西結巴，「我們需要她回答幾個問題，女士，她當時的情緒不太穩定。」

女人的下巴一抬，眯起眼睛，但他確實能察覺到她在努力克制想要揍他的衝動，她痛恨他越權行事。他的警徽也許還閃亮如新，但至少賦予他一定的公權力。

她看了他身後的羅雯一眼，她正襟危坐，臉色突然變得蒼白。女人抓住他手肘把他拉到一邊。「這不是她第一次企圖」——她緊抿嘴唇——「自殺。」

如果她給了他一拳，他還不會那麼震驚。

「夫人？你是說她企圖自殺？」

女人從包包裡掏出一張名片。「這是她的精神分析師，我們曾希望療養機構裡的療程能對她有所幫助，但」——她的視線飄向那個女孩——「進步不多，時好時壞，你懂的。」

他摸摸名片，看起來很專業。

安德斯．懷特博士，精神分析師。

懷特。這是否代表此人與羅雯有親戚關係？由親戚進行治療是否符合道德準則？

他們會說謊。

蕭內西將名片塞進口袋。「她還是得回答幾個問題。」

女人的態度突然變得溫柔，使蕭內西不由自主想要退避三舍。她抬頭看著他，那對淺色的長睫毛在她如瓷般的皮膚上輕輕顫動。「你要知道她很脆弱，她會編故事，以為幻想是真實的，她現在告訴你的所有事情很可能都是她憑空想像出來的，也許可以等到稍後再說？等你們跟她的醫生談過之後。」

他還來不及進一步爭辯，羅雯就站了起來，毯子堆在她赤裸的腳邊。

「她是我母親，」她低聲說道，她的聲音在寂靜的室內傳了開來。「沒關係，是我做了蠢事。」

蕭內西欲言又止，雖然他不知道自己會說出什麼，但在他想到台詞之前，她將一隻手放在他手上，阻止他說出口。「真的，我會沒事的。」

蕭內西不確定除了把她們都逮捕並祈求事態好轉之外，還能做些什麼，於是他簡潔地點點頭並後退一步。

「乖女孩。」女人說，她的聲音聽起來很溫柔，語調溫暖而親切，但蕭內西無法忍住竄過他肌肉的顫抖，也無法完全平息自己的衝動，他好想抓住那個女孩，將她藏起來，遠離那個自稱是她母親的女人。

羅雯報以微笑，臉上蒼白又毫無血色，但在這種情況下，她仍努力展現出真誠的微笑。也許這兩人之間隱隱的敵意全部出自他的想像，經歷了這樣一夜，就算自己在不存在的地方看見幽靈，也沒什麼好大驚小怪。

在羅雯的手從蕭內西手上滑落之前，她將手指塞進他的掌心。

等到她離開，他才意識到她偷偷塞給他一張紙條。

他目送那對母女離開，然後坐回位置上，將那張撕裂的紙條攤平，羅雯一定是趁她母親的注意力集中在蕭內西身上時匆忙寫下。

靠近她椅子的桌角上仍然放著一支筆，她用那支筆的藍色墨水寫下一段簡單的訊息。

還有其他女孩，找到她們。

第六章 葛蕾琴

現在

「也許你該知道的第一件事，是我們家族相當有錢。」葛蕾琴說。她又去倒了一杯愛爾蘭咖啡，馬可尼對此事一直沒有發表過任何意見。

然而一聽到這句話，馬可尼忍不住噴笑。「是啊，我沒想過你是靠擔任警方顧問的薪水買下那輛保時捷。」

葛蕾琴允許自己擁有那輛豪奢的跑車，她喜歡那股力量和速度感，以及開車時所有人對她另眼相看的虛榮，不只一位警探曾因為此事惡意嘲諷過她，然而她知道這些評論源自於嫉妒心理，這幾乎和謀殺案本身帶來的興奮感和上癮感一樣強烈。

「錢是我祖母留下來的。」葛蕾琴說。

「你的祖母？」

「伊迪絲・懷特，她父親是一位石油大亨，而她是唯一的繼承人，我確定他對此非常不情願。」儘管葛蕾琴從未見過他，但她一直懷疑家族的腐敗基因來自這位老人。在懷特家族聯排別墅中的肖像畫裡，他長了一雙厚實的大手，這雙手的關節似乎可以一次又一次施加無情殘暴的攻擊，且不會有絲毫悔意。

「伊迪絲嫁給西奧多・懷特，他盡其所能在婚禮後的一年內揮霍掉遺產。」葛蕾琴說。到目前為止，她陳述的都是簡單的事實，但情況很快會變得更加複雜。

「她殺了他？」馬可尼問，她略微揚起眉毛，這是唯一能看出她驚訝的跡象。

「當然沒有，」葛蕾琴說，一邊誇張地眨眼，故意把聲音裝得非常無辜。「如果有，她應該早就被起訴了。」

「好吧。」馬可尼拖長語氣說道。

「在飲酒和荒淫之間，他還是成功讓她懷孕生子，然後他就離開了人世，」葛蕾琴說。「我父親安德斯在西奧多去世六個月後出生。」

「安德斯・懷特博士。」馬可尼自言自語，彷彿想透過大聲說出名字來幫助自己熟悉這批角色。

「我親愛的老爸。」葛蕾琴說，「安德斯十二歲時，羅雯才出生。」

「兄妹年齡差距很大。」馬可尼心不在焉地評論。

葛蕾琴忽略這個明顯的陳述。「沒人深究過她的父親是誰。」

「那個神祕男子有可能是案情的關鍵人物嗎？」馬可尼問。

她本能的反應是否認，但是……

「沒人說得準，」她微微聳肩說，「我不認為他與羅雯的死有關，據我所知，聽起來像是祖母與一般人發生了一夜情，這對伊迪絲來說當然是極為尷尬的事，所以沒有人想深究。」

馬可尼輕易接受了這個說法，但在小筆記本上記下了一些東西。「好。」

「伊迪絲討厭這兩個孩子，」葛蕾琴繼續說，「安德斯和羅雯。」

「為什麼？」

「她本來就不是那種有母愛的類型，我想如果她是獅子這種動物，她會選擇吃掉後代而非撫養後代。」葛蕾琴覺得這個想法頗好笑。「但如果你想要討厭自己的孩子，有什麼社會觀感可以接受的理由呢？她可能用來說服自己的理由？我們家是歷史悠久的望族，家族名譽是我祖母唯一關心的事，幾乎從羅雯出生那刻起，她就一直讓家族蒙羞。」

「怎麼會這樣？」馬可尼問。葛蕾琴好奇，馬可尼是不是認為她也已經快速俐落地做到了讓家族蒙羞這一點。

「羅雯十幾歲時開始進出療養機構，」葛蕾琴說，「我不認為是出自於自願。」

「那沒什麼可丟臉的吧。」馬可尼反駁，彷彿葛蕾琴早就猜到她會這麼說。

葛蕾琴翻了個白眼。「現在跟你說話的人是一個被診斷為反社會人格障礙的心理學家，我知道那沒什麼可丟臉的，你不妨把你的想法告訴一個認為小孩穿運動褲出門就可視為犯罪、應該與之斷絕親子關係的女人吧。」

馬可尼接受她的說法，她點了點頭。「她為什麼進去精神病院？」

「主要是因為憂鬱症吧，」葛蕾琴說，「她成年前最後一次入院，是因為她透過激烈的手段企圖自殺。」

「如何激烈？」

「有警方介入，」葛蕾琴說，「這件事肯定會讓伊迪絲．懷特氣炸。」

「什麼時候的事？」

葛蕾琴在心裡計算了一下。「我想是一九八三年，我們家的人只有在吵架時才會旁敲側擊、話中帶刺地提起這個數字。」

「所以可以說她是一個問題少女？」馬可尼問。

「問題少女。」葛蕾琴玩味這個詞，不知為何感覺起來不太對勁。

「不是嗎？」

「事實重要嗎？」葛蕾琴微微聳肩問道。「還是只有說法重要？」

「什麼意思？」

「如果你一直告訴全世界某個人瘋了，當那個人說自己沒瘋時，就沒有人會再相信她了。」

葛蕾琴聳起半邊肩膀說。

「羅雯就是這樣嗎？」馬可尼追問。

「我不知道。」葛蕾琴坦承。「不知道」是她最不喜歡使用的詞句，但她對於姑姑的瞭解，全都是從那些有所圖謀的人那裡聽來。

「好吧，那安德斯呢？」馬可尼問。「伊迪絲為什麼……？」

「討厭他？」葛蕾琴接過她沒問出口的問題。「也許她從他身上感受到了黑暗。」

「但她卻選擇把所有財產都留給了你？」馬可尼一說完就感覺不妙，彷彿這個問題會冒犯到葛蕾琴。

「如果你可以理解的話，她此舉是為了恢復家族名譽，」葛蕾琴說，「她認為如果把遺產全留給我，大眾至少會開始思考我是否是無辜受到構陷，還可以對她兒子造成負面影響，這可能是附加的好處。」

「羅雯被殺時她還活著，」馬可尼指出，「她認為是誰幹的？」

「也許是我吧，」葛蕾琴聳聳肩，「就像我說的，她只在乎形象，不在乎真相。」

馬可尼輕輕發出一聲「嗯」，但繼續問下去。「說到兄弟姊妹，你有一個姊妹，對吧？一個姊姊。」

葛蕾琴的指甲陷進手掌的軟肉中，她喜歡這種疼痛感。「芙蘭。」她咬著牙說道。

「我猜你們的關係並不融洽？」馬可尼用一種太過溫柔同情的語氣問道，讓葛蕾琴想要撕裂自己或馬可尼，讓鮮血流淌到地板上，她不在乎是誰的血。

「你的推理技巧幾乎可以跟福爾摩斯媲美。」葛蕾琴尖酸地說，語氣過於刻薄，但她忍不住這麼說，她的大腦似乎不是設計來考慮後果的。

馬可尼嘆了口氣。「第二次了。」

閃爍霓虹的自毀開關似乎總在誘惑著她，葛蕾琴近來一直不加思索地跳進這個陷阱，如果葛蕾琴決定深入過去的陰影，且她似乎正朝這個方向走，就必須重新掌握那份堅如磐石的自制力。

在這種情況下應該說的客套話對她來說顯而易見，因此她勉為其難地說出口。馬可尼證明了自己的價值，才有幸能聽到這句話。「對不起。」

馬可尼皺了皺鼻子。「這句話怎麼聽都覺得……好怪。」

葛蕾琴放下心中一顆大石，她發自內心笑了出來，這是幾個月來第一次。「你能想像說出這句話的感覺嗎？」

「我不需要你的虛偽道歉，」馬可尼說道，然後她瞇起眼睛，目光緊緊盯著她看，但不像之前那樣令人不快。「你要不要配合？」

葛蕾琴內心有一小部分討厭馬可尼逼她承認，因此她遲遲不肯回答，直到兩人之間的沉默變得尷尬，最後她屈服了。「要。」

馬可尼又觀察了她一會兒，然後點點頭。「那麼別再亂講話了，你不是五歲小孩，你是一個懂得人際關係的成年人，成熟一點。」

葛蕾琴用力拉扯內心那股想要再次發作的衝動，將想像中的那條韁繩繞在手上，牢牢地握住。「芙蘭很完美，是我母親的翻版。」

「你母親？」馬可尼問，不再顯得猶豫或溫柔，她也學到了教訓。「告訴我她的事。」

「芭杜．懷特，」葛蕾琴說，「婚前姓比瑟。」

馬可尼瞇起眼睛。「法國人？」

「她的家族一定有法國血統，」葛蕾琴說，「主要來自波士頓的上流社會。」

「但你祖母也不接受她嗎？」馬可尼問，「就算有那樣的血統？」

「接受跟喜歡是兩回事。」葛蕾琴說。她對自己能表達出輕鬆和幽默而非蔑視或嘲諷的態度感到自豪，可能三個月的時間讓她變得有點生疏，但這是她一生磨練的技巧，那些讓自己看起來像正常人的技能並不會在一夜之間就消失。「我父親完成了一件看似不可能的任務，他娶了一個幾乎跟他一樣可怕的太太。」

馬可尼的視線落在案件檔案上。「他是精神分析學家？」

「是的。」

馬可尼聽到後下巴微微抬起。「真的假的？」

這句話比「什麼？」好一些——葛蕾琴討厭這種反應，但只不過稍微好一些，葛蕾琴不想再說一次；馬可尼明明聽得很清楚。

「你父親還活著？」馬可尼再問，這次發問的方式更加準確。

「是的？」她意外的反應讓她既困惑又好奇，「他快七十歲了，但還活得好好的，真是令我失望。」她停頓一下，「我母親也還活著，免得你還要問一遍。」

「但是……」馬可尼停頓下來搖搖頭，又看了檔案一眼，彷彿檔案裡會提供答案。「你沒……」

「我沒去找過他們？」葛蕾琴笑著問道，「為什麼要這麼做？」

「他們可能知道是誰殺了羅雯。」馬可尼慢慢說，彷彿在對一個白癡說話。

葛蕾琴決定不提自己在羅雯死後被父親考慮送去住院的事實，安德斯和蕭內西一樣堅信葛蕾琴有罪，是伊迪絲救了葛蕾琴，而不是她父親。「你一定想跟他談談，對吧？」

「是的，我確實想。」

「我需要更多威士忌。」葛蕾琴喝完最後一口杯子裡的威士忌時說道，她能感覺到身後馬可尼的目光。

「你真的不太喜歡你的家人對吧？」馬可尼說。「這是一種反社會行為，還是葛蕾琴・懷特的特色？」

葛蕾琴揚起眉毛。「你受得了你的家人？」

「也許吧，如果他們都還活著。」馬可尼說。這句話聽起來虛無縹緲，但感覺不像情緒崩潰。有時候葛蕾琴可能無法捕捉到語氣或情感的細微差別，但她認為馬可尼那種純粹基於事實的回答沒有任何深層含義。

「都死了？」即使在最佳狀態下葛蕾琴也不擅長圓融處事，更別提在這種糟糕的日子了。

「只剩下我了。」馬可尼確認道，葛蕾琴又一次強行壓下自己的好奇心。

「啊，真是美夢成真。」葛蕾琴沉思道。如果她家人都已去世就好了，但也許這個案子會更難偵破，對葛蕾琴來說，這確實是她所能想到的唯一缺點。

馬可尼搖搖頭，彷彿生氣了，但葛蕾琴覺得這個動作只是出於一種習慣，而非真實的憤怒。

「他們是怎麼個『可怕』法？」馬可尼問，沒有出言斥責。

「安德斯的個性……喜怒無常，」葛蕾琴說，「伊迪絲對他影響很大，導致他也過分執著於家族名譽，他總是試圖討好她，卻屢屢失敗。」

「喜怒無常，」馬可尼重複道，「是躁鬱症？」

葛蕾琴思考了一下。「他從未診斷出任何精神方面的疾病——他可能寧願割掉自己的舌頭，也不願接受評估。」

「但你的看法呢？」馬可尼追問，「你說伊迪絲也許從他身上感受到了『黑暗』。」

「他可能有一些人格障礙，但不是狂躁或憂鬱，」葛蕾琴說，她努力陳述自己的童年往事，希望事實不要受到她無可避免的偏見所影響。「可怕的人有時候天生就是那麼可怕。」

馬可尼在她身旁靜靜坐著，然後說，「他有沒有殺害羅雯的動機？如果他那麼在意外界對你們家族的看法，也許她做出什麼事情，成為激怒他的最後一根稻草。」

「這有意義嗎？」漫無目的的推論只會浪費時間，除非可以推進案件。安德斯不是凶手，羅雯死亡時他正在德州一家飯店參加會議，有無數目擊者，飯店的監視錄影也能證實他的行蹤。

「他可能雇人殺她，」馬可尼推測，「他離開市內的目的甚至可能是要為自己安排完美的不在場證明。」

葛蕾琴搖搖頭。「如果他想殺她，他會想親自動手。」

「感覺他是個精神病態者。」馬可尼指出。

葛蕾琴微笑，她幾個月曾幫馬可尼上了一課，很高興她仍能學以致用。

大多數的外行人會將反社會人格和精神病態人格混為一談，雖然兩者都不是非常專業性的術語。葛蕾琴每次向警察解釋，都會發現他們一聽到科學術語，就變得兩眼無神，於是她用了一個比較容易理解的方式來說明：把反社會人格和精神病態者想像成華爾街騙徒和泰德．邦迪[1]。

有相當大比例的反社會者可以表現得很正常──他們可能是《財星》世界五百強公司的執行長、政治家、辯護律師等等，有些人甚至不知道自己為什麼從來無法真正融入社會，總像邊緣人，也許比同事更容易遭到解雇。如果以正常的標準來評斷，他們更容易破壞人際關係，但對於一般人來說，要根據上述歸納出的特質自我診斷為反社會者實屬不易，畢竟他們可能從來沒有殺過人，而這正是媒體與流行文化對於反社會者的刻板印象。

另一方面，精神病態者通常最終會被關進監獄，不是每個人都會殺人，但有很多方法可以造成傷害，哪怕這種傷害不會導致他人的死亡。重點不是精神病態者會不會自我毀滅，問題只在於時間早晚而已。

葛蕾琴很難想像安德斯．懷特是精神病態者，但她身為科學家，願意坦承自己也有盲點。

「也許是吧。」葛蕾琴聳聳肩。也許她如此驕傲的自律特質可能就像她內在的黑暗一樣，也屬於遺傳的一個環節。「我只知道我們家族特殊的基因構成應該用漂白水大量稀釋，然後完全排

1 Ted Bundy，美國連環殺手，活躍於一九七〇年代，以其魅力和智力聞名，在美國各地犯下多起謀殺案，至少確認殺害三十名年輕女性，但實際數字可能更高。

空。」

「好吧，我們之後再來討論他。」馬可尼堅定地點點頭說，「你母親，羅雯被殺當晚她在家。」

「蕭內西也證實了她的清白，」葛蕾琴說。但她理解馬可尼的意圖是瞭解案件中各個角色的背景。「她很嚴格，對自己和他人都設有幾乎無法實現的高標準。」

「好有趣的家庭環境。」馬可尼說。

「基因幫忙裝膛，成長環境則是扣動扳機的那隻手，」葛蕾琴懶洋洋地說，「你聽我解釋過吧。」

「聽起來你可能會落在譜系的極端，」馬可尼說。就像大多數事物一樣，反社會傾向呈現在一個光譜上，判斷標準包括缺乏自責或內疚感、一再拒絕承擔責任。葛蕾琴的分數剛好達到診斷的標準，但她的得分處於光譜上的低標，這使她能夠在正常社會中輕鬆生活，而那些處於譜系高標的人則無法做到。「芭杜跟你一樣嗎？」

「一樣是反社會者？」葛蕾琴從沒認真思考過這個問題——她盡量避免想到家人。「她確實具備部分特質，但我不認為有那麼容易判斷。」

「有些生性殘酷的人並非反社會者，」馬可尼這樣回應葛蕾琴對安德斯的評估。「她有殺害羅雯的動機嗎？在案發現場發現你的人是她對吧？」

「她們相處得不好，」葛蕾琴說，腦袋後方有一種微妙的感覺。*發現你的人是她*。不知為何，這句話聽起來不太對勁，但發出第一聲尖叫的人一定是芭杜，因為謀殺案發生當時芙蘭在睡覺，房子裡也沒有其他人。「我很難想像芭杜會親自動手。」

「瞭解，」馬可尼說，這句話是一種中立的表達，並非表示贊同。「那你姊姊呢？」

「個性方面，芙蘭和芭杜很像，」葛蕾琴說，「就像她的翻版，但沒有任何人格障礙。」葛蕾琴停頓一下，「雖然這不太可能，考量到我們的家族遺傳，我要將上一句話修正為『據知沒有人格障礙』。」

「她還在住在這個地區嗎？」

「她婚後住在沃爾瑟姆，生了兩個沒她那麼完美的孩子，」葛蕾琴說，「不知道嫁給哪個無聊男子，靠芭杜的信託基金還有她老公賺的錢生活。」

馬可尼拿出筆記本，不知記下什麼。「你們沒有聯絡吧？」

「據我最近的觀察，地獄還沒有結冰，」葛蕾琴說，「所以我們當然沒聯絡。」

「那你父母……」

「住在劍橋，」葛蕾琴補充道，「安德斯還在哈佛大學當客座講師。」

馬可尼靜默不語了好一段時間，葛蕾琴轉過頭來看著她，試圖辨認她的表情，同時看出她的懷疑。

「你不相信我，」葛蕾琴意識，「你不相信我對他們的描述。」

馬可尼欲言又止，再度張口卻仍然沒有吐出半句話。

「真棒，親愛的，你的表情看起來就像一條活生生的魚。」葛蕾琴說。

馬可尼翻了個白眼，輕輕向前挪動座位，彷彿在試圖緩解尷尬。「我相信你自稱是反社會者，但這可能會影響你對家人性格的判斷。」

這一席話讓葛蕾琴噤口。

「但你的描述對瞭解他們的情況仍有幫助。」馬可尼這句話像是在打圓場。

葛蕾琴心不在焉地揮揮手。「我沒有受到冒犯，只是覺得你的推理能力未免也太好了。」

馬可尼刻意大聲嘆了口氣，抱著胸口說，「我的心臟沒辦法停止跳動，葛蕾琴・懷特竟然會稱讚我。」

「不必高興得太早。」葛蕾琴佯裝出恰當好處的憤怒，但她的嘴角抽動了一下，這三個月來，她第一次感受到那種熟悉感和安全感。

葛蕾琴伸展脖子，挺挺肩膀，她不再感覺自己像以前一樣，隨時都會跌入無法回頭的深淵。不僅僅是因為與馬可尼輕鬆閒聊，幾十年來第一次談論家人，感覺就像將爛瘡裡的膿血徹底排出，那股令人作嘔的氣味幾乎讓人難以承受，但解脫感確實存在，只是肉眼看不見罷了。這代表一個希望。

馬可尼再一次嚴厲追問。「好，現在告訴我羅雯的事。」

葛蕾琴心想，在我知道什麼是殺人之前，我就想殺了她。

葛蕾琴說，「老實說，我根本不記得她。」

第七章

塔碧

一九九二年

塔碧站在餐廳門口猶豫不決，她拉扯著手套上那條鬆動的線頭，她呼出的氣息變成一團霧之後消散了，她希望自己也能隨之消失。

但尼克已經注意到她。她總是覺得「眼前一亮」這個說法太過老套，但唯有這個說法才能形容尼克每次看到她時，臉上浮現的那種光彩。

沒有什麼老套的說法足以形容她有多麼討厭這種感覺。

她不清楚他究竟看見了什麼。她那一頭茂密的紅棕色頭髮是她美貌的唯一象徵，這也是為什麼她每次見到尼克．奧利里時，總是喜歡將頭髮收在針織帽底下。她身上的其他部分還算過得去，一張蒼白而圓潤的臉龐，棕色的眼睛，以及極為普通的身材。她若稍加打扮，的確能夠吸引一些目光，但除了尼克認為她美麗迷人外，沒有人會這麼看她。

她推門走進餐廳。

他站起來迎接她，就像是一隻拚命搖著尾巴的小狗，他濕潤的嘴唇劃過她的顴骨，她努力抗拒想要擦去口水的衝動。她知道他不會開口抱怨，但會用那種受傷小狗的眼神看著她，這個畫面總是讓她想要跟他上床，只是為了消除那種罪惡感。

點菜完畢，他俯身向前，眼睛四處張望。「你在檔案裡找到什麼？」

這就是塔碧願意忍受他的原因。尼克是個雄心勃勃卻地位卑微的制服警員，很容易利用。他終於替她弄到珍妮的官方檔案，塔碧並未詢問他如何做到，他也未曾主動說明，她推測這沒什麼值得驕傲的，否則他定會自誇一番。

塔碧用拇指按壓太陽穴的柔軟處，在那瞬間她突然好奇地亂想，有沒有人真的會因為按壓太陽穴而死去，那個部位這麼脆弱，就在那裡等待被人攻擊。

她發出一聲嘆息，雙手落到桌面上。「一無所獲，沒有任何新的進展，完全沒有。」

尼克嘆了口氣，往椅背上一靠，他想成為她的英雄，這點她很清楚。他想方設法，只想幫她找到那把鑰匙，解開那個改變她一生的謎團。

但她懷疑是否真的有那麼一把鑰匙；珍妮的謀殺只不過是長長懸案名單中的其中一起案子，只是歷史長河裡無數女性受害者當中的其中一人而已。

塔碧一直抱持希望，覺得這起案件將有機會解開，唯一的原因就是那份官方檔案，沒想到卻完全以失敗告終。她會再和尼克出去幾次，因為她不想讓他發現她只是想利用他。但之後呢？也許她真的該向前看，繼續過日子。

服務生把餐盤放在桌上，懶洋洋地說了聲「請慢用」，然後轉身回到廚房。

「或許我們可以再去問問菲利普斯學院的那些學生？」尼克一邊說，一邊用叉子戳著他那盤半熟蛋。「那所學校全是些沒人性的有錢人家小孩，他們可能因為好玩就去殺人。」

「當年他們什麼都不知道。」塔碧指出，同時把她點的蕎麥煎餅推過去給尼克，他會在不知不覺間吃掉，完全沒意識到她完全沒吃東西。他不是個觀察入微的警察。

「也許有人在說謊。」尼克瞪大眼睛說，他可能以為自己在演連續劇。

塔碧沒有勇氣告訴他，他們在演的其實是史蒂芬·金的恐怖電影。

她聳聳肩望向窗外。尼克不喜歡沉默，所以漫無目的地閒聊來驅散寂靜。塔碧其實很享受安靜，她喜歡那種幾乎能聽見的嗡嗡聲，喜歡寂靜深深滲透進她的皮膚皺摺，深入她體內那些渴望被某種事物填滿的空虛。

尼克負責買單——畢竟他一個人吃了兩人份——又一次在她臉頰留下熱情的濕吻。他為什麼沒有意識到這個行為有多不恰當？也許是因為她從未真正阻止過他，也許他讓人心軟的小狗眼神和溫柔真摯的臉龐，總是讓他能夠輕易被原諒。

她沿著人行道慢慢走回家，眼角餘光發現一名男子，靠在一輛汽車上，雙腿向前伸展，嘴角微微上揚，墨鏡掛在他的襯衫V字領口上。

他笑開了。

塔碧瞥了一眼後方，想查看尼克是否已經消失在街角。沒看到人，她於是悄悄走近那個男人，脫下她的針織帽，讓長髮垂落在肩膀上，傾瀉到她的背上。

他慢慢地、非常緩慢地伸出手，用拇指輕輕掃過尼克親吻過的地方，就像想要抹去關於那個吻的記憶。

「好多了。」他的眼神溫柔深情。塔碧最先愛上的是他的眼睛，然後是他的臉、他的笑聲，還有他觸摸她身體的方式。

兩個月前，他在一家超市撞見她，當時是凌晨兩點，她剛閱讀完珍妮的案件檔案，失魂落魄地站在空蕩蕩的麥片走道前發呆。他詢問她是否需要協助，隨後為她叫了計程車，並且預付車資——幸好他付了，否則她可能只能在等紅燈時匆匆跳車。計程車開走之前，他把一張寫有他名字和電話的名片塞給了她。

卡爾．哈特。

聽起來像是假名，所以她就當是假的。如果有必要稱呼他，她會叫他寶貝，因為從口中說出卡爾這名字，總會讓她感到心神不寧。儘管她將真名告訴他，他卻始終稱她為親愛的。

毫無疑問，塔碧是卡爾的地下情人，他們的性愛場所是飯店房間，他從不把她介紹給朋友，還對她何時能聯絡他設下了規則。她如果誤以為他們的關係有絲毫認真的成分，那她就太天真了，她在這段私情中明顯飾演了情婦角色。

但塔碧並不在乎。當他觸碰她時，她會忘記珍妮，忘記受創殘破的皮膚，忘記本應從她記憶中消失的笑聲，忘記珍妮逗弄她時拉扯她頭髮的情景。

她不愛他，但她感受到的幾乎與愛無異——或許是種扭曲、有毒、腐敗的愛，因為從沒有人能像他那樣，給予她那種平靜。

在陷入偏執的時刻，當她在夜裡看著被謀殺的姊姊照片，塔碧不免猜想，卡爾那晚在超市遇到她，真的僅是巧合嗎？

有時當卡爾微笑時，塔碧會想起秋季園遊會上那個年長的男人，那次調情，他將名片塞給珍妮的模樣，跟卡爾將名片塞給塔碧的方式如出一轍。她年幼的心靈對那名陌生人的印象十分粗略，但那些粗略的描繪卻與「卡爾」完美吻合，就像一件經常穿著的舊夾克，金髮、英俊、迷人。

她有時會思考這些巧合，她是如何要求尼克偷拿珍妮的檔案，過了幾個晚上，卡爾就這樣與她意外邂逅。

她有時會思考自己的一生是否會在偏執中度過，是否會持續尋找那些不存在的關聯。沒有人告訴過你，有一個被殘酷謀殺的姊姊，會帶來這樣的後果。

卡爾此刻對她露出微笑，他的大手圍住她的頸部後方，將她拉得更近。她再次讓自己沉迷於遺忘之中，這次是透過他柔軟的吻。

當他這樣吻她時，她不在乎他是誰。

說到底，他叫什麼名字並不是那麼重要。

當卡爾在她脊椎的凸起處輕輕用指尖做出走路的樣子，塔碧忍不住對那些不起眼的旅館枕頭露出了微笑。

她一直認為卡爾有足夠的經濟能力，能夠選擇比這些經濟型連鎖旅館更好的偷情地點，但這樣的選擇似乎恰到好處，她就是那種適合低價連鎖旅館的女孩，如果他試圖帶她去一些高檔的地方，她可能就會嚇跑。

她喜歡那種他似乎很瞭解她的感覺，雖然這想法連自己也覺得愚蠢。

「那是你男友嗎？」卡爾問。

「幹嘛假裝在意？」她的話語中沒有絲毫怒氣。他們都知道這是怎麼回事，這絕對不是專一的關係。

他幾乎是自顧自笑了起來，手指向上在她背部輕輕探索，最後纏繞著她的髮絲。「他是個警察。」

「我知道，當然，」塔碧掙脫他的手坐了起來，沒有理由逗留。「他可不是因為有某種癖好才穿制服的。」

他異常冷靜地盯著她。「你在利用他。」

那個念頭再次在她腦海的陰暗角落裡糾結，就在她要開口請求尼克協助調查珍妮案件的那段時期，他剛好出現。她像往常一樣輕易地將這念頭拋開，她討厭這樣的自己，不喜歡自己庸人自擾。

卡爾不過是個有錢的男人，為了尋求刺激而自我沉淪，如此而已。也許他是一個涉足城市陰暗面，以不完全合法的方式累積財富的有錢人，她認識幾個這樣的男性——與警察共處一室時他們總會時時保持警惕。

「你怎麼會這麼想？」她反問。

又是一段長時間的沉默，時間久到讓她抬頭看著他，他盯著她看，直到她與他的目光相遇，他卻移開視線。

「你應該問我，我可以幫你。」他提議，聲音安靜而羞澀，她從未見過他這樣。

「是嗎？」塔碧幾乎要笑出來，男人的荒謬令人啼笑皆非，他們總以為自己無所不能，「你知道我姊姊謀殺案的目擊證人躲在哪裡嗎？」

他們彼此之間很少談到這類話題，甚至在寬衣解帶前也很少問候對方，但他面對言語上的挑釁並沒有表現出退縮。

他瞇起眼睛。「所以我猜對了，你自以為是神探南西[2]。」

「那又怎樣？」塔碧感到憤怒和抗拒，對他話中隱含某種高人一等的蔑視表示不滿，她不認為有必要讓他知道自己在業餘偵探方面的努力毫無進展，也不必讓他知道她在那天稍早的時刻曾想過完全撒手不管，然而，那句直白而帶有輕蔑的評論卻讓一切都改變了——這句話重新點燃塔碧十年如一日的熱情。或許從案件檔案找不到結果，但她相信還有別的方法可以試試。

她挑釁似地抬起下巴說道，「這跟你有什麼關係？」

「自以為是神探南希，就只有死路一條。」他的語氣雖然輕鬆，但所說的卻是沉重的警告。

「對啊，光是身為女孩子，就可能成為被殺害的理由。」她以一聲疲憊的嘆息回應，鬥志漸漸熄滅，她的思緒不僅在珍妮身上，還有那些在她之前和之後無數的受害女孩身上，實在是太多了，為什麼總有這麼多女孩遭到謀殺？「至少，我知道自己曾經努力過。」

---

2 Nancy Drew是一名虛構的女性偵探角色，首次出現在一九三〇年的青少年偵探小說系列中，南希以聰明、勇敢和機智著稱，成為無數青少年的榜樣，也激勵許多讀者對於解謎和冒險的熱愛。

第八章　葛蕾琴

現在

「沒有其他可能的嫌疑人嗎？」馬可尼一邊問，一邊把餐巾紙撕成細小的碎片，這些碎片在桌前堆成了小山。

馬可尼提議去覓食，葛蕾琴欣然同意，考量到她血液中的酒精濃度，油膩的食物似乎是更好的選擇。女服務全程用不悅的目光盯著葛蕾琴，可能是因為她在早上十一點就聞起來滿身酒氣，她對她甜甜一笑，然後大口咬下漢堡，嘴裡塞滿食物的她指出顯而易見的事實，「我被發現時手持凶器。」

「據我所知，這起案件唯一可能的嫌疑人似乎就是一個八歲小孩，」馬可尼繼續說，彷彿沒聽到葛蕾琴說的話。「但聽起來，你家裡的每個人都可能是嫌疑人，還有許多其他人。你姑姑不是消失了好幾年嗎？那段時間她在做什麼？她在青少年時期進出那些療養機構，有沒有結下仇家？有這麼多更合理的角度去追查，比一個沒有暴力傾向的孩子刺殺她姑姑的推論要合理太多。」

葛蕾琴用精心練習過的方式輕輕挑起半邊眉毛。「他們是在她床上發現我，全身血跡斑斑，還握著凶刀。」

「對，」馬可尼拉長了音，「但那是事實，還是一種說法？你跟我一樣好奇，對想要脫罪的凶手來說，你是完美的代罪羔羊。」

從理論上來說，這話說得簡單，但案發現場的證據對她非常不利，沒有必要因為馬可尼基於某種原因對葛蕾琴有所偏袒，就否認這個事實。「有時候實情確實就是看起來那樣。」

馬可尼在桌子上敲打手指。「是誰報警的？」

「我母親。」

「芭杜．比瑟．懷特。」馬可尼輕聲說道，彷彿很喜歡聽到這個名字。「然後蕭內西接下他警察生涯第一宗重大謀殺案，成了頭條新聞，但就是無法逮捕頭號嫌犯，也就是你。」她停頓一下。「如果案件真的那麼罪證確鑿，為什麼沒有定罪？你為什麼沒有遭到起訴？」

「因為檢察官對我的家族背景有所忌憚。」馬可尼和她一樣清楚，有錢人享有不同的司法待遇。「他說蕭內西缺乏充分的實質證據。」

葛蕾琴的視線不自覺飄向馬可尼肩後，蕭內西就坐在停在外面的車輛中，連躲也懶得躲。葛蕾琴向他送去一個俏皮的敬禮，但角度讓她看不見他的反應，令她非常失望。「你說過……」葛蕾琴將注意力轉回到馬可尼身上。「你說過如果他真的認為凶手是我，就不會讓我擔任案件顧問。」

「他不會，」馬可尼語氣堅定地回答，「你只需與他共事一天，就知道他不會在案件上做出那樣的妥協。」

確實如此。葛蕾琴雖然不常需要以檢方證人的身分出庭，但這情況也不是完全沒有發生過。大部分人都對她的過去絕口不提，但當辯護律師認為對案件有利時，他們會毫不猶豫採用這種人身攻擊策略。如果她還想持續接到來自波士頓警局的電話，她需要保持絕對清白的紀錄，直到三個月前，她的表現都還算相當得體。

葛蕾琴敲敲桌面。「把案件檔案給我。」

馬可尼默默將檔案推給她。葛蕾琴回想起三個月前在那間披薩店的情景，那時她的手心也是一樣冒汗。她打開檔案夾，開始閱讀。

「一九九三年八月十一日晚上十一點三十七分，接到芭杜．懷特報案，她聲稱發生了一起凶殺事件，受害者是她二十七歲的小姑羅雯．懷特。警方問及受害者是否還有生命跡象，懷特表示她無法靠近現場。」

「『我的女兒手持一把刀。』」馬可尼引述，視線未曾離開葛蕾琴的臉。「這就是蕭內西發現你在房間時的景象。」

仍有餘溫，濕黏的鮮血。

刀柄溼滑。

窗戶旁的樹在風中搖曳，枝條撞擊著玻璃。

羅雯的雙眼沒有閉上。

角落裡有一個人影。

是什麼……是誰……？

麻木的感覺向葛蕾琴伸出雙臂，彷彿在邀請她，它在等待，準備用一層迷霧的毯子包裹起那些記憶，讓往事再次遺忘。

葛蕾琴頑強抵抗，這不是她的案件，這只是一個普通案件，她必須保持客觀。

一個八歲的孩子站在一個鮮血淋漓的女人身旁，手中拿著刀。

「為什麼芭杜不直接壓制那個女孩呢？」葛蕾琴喃喃自語。當馬可尼往後一坐，眼睛微微睜大時，她才意識到自己說了些話。

「那個女孩？」她問。

葛蕾琴搖搖頭。「我。」

隨後是一段沉默，以及一個葛蕾琴無法辨識的表情，但之後馬可尼放棄了追問。「我也想過這個問題，正常人的反應應該是衝進去，奪走那把刀。」

「我是一個……異乎常人的小孩，」葛蕾琴緩緩承認。「大家都……怕我，即使是在案發當年。」

「你有傷害過任何人嗎？」她的語氣中沒有指責，而是帶著詢問的口吻。「我是指嚴重的傷害，不是一般小孩間的打打鬧鬧。」

「傷害我自己嗎？當然，」葛蕾琴聳聳肩說。當她捕捉到馬可尼驚訝的表情時，幾乎笑了出來。

「我不是說自殘之類的，我只是缺乏恐懼感，也不懂得後果，這種行為常常會導致受傷，這對年幼的反社會者來說是很普遍的現象。」

「但你會傷害你姊姊？或者你的朋友嗎？」馬可尼追問，「暴力行為會升級對吧？如果你真的殺了羅雯，應該會從更小的事情開始。」

「我沒有朋友，」葛蕾琴聳聳肩說，「我當年還沒學會……」

「如何融入群體？」馬可尼猜測。

「其他孩子感覺得到，」葛蕾琴勉強說出，「我不太正常。」

「確實如此，」馬可尼同意，「那你姊姊呢？」

芙蘭。

我要告訴別人！我要告訴，我要告訴，我要告——

不，你不會的。

「她會說是我幹的。」葛蕾琴終於開口，對答案避重就輕。葛蕾琴對真相的處理方式是隨心所欲，對於遺漏的謊言更加不以為意，但葛蕾琴希望能在取得芙蘭的說法之前先發制人，葛蕾琴心想她們遲早會找她談。

馬可尼總能揣摩她沒有明說的話。「那實情是什麼？」

葛蕾琴漫不經心地聳聳肩。「我們會互相傷害。」

「但她跟你」——馬可尼對著葛蕾琴揮揮手——「不一樣？」

馬可尼有時會這樣猶豫不決，不知是否要給葛蕾琴貼標籤，彷彿她不太相信她真的是反社會者。

「不一樣，她這個人只是很賤。」葛蕾琴這麼說時馬可尼皺了皺鼻子，她感到好笑。

「那天晚上她在哪裡？」

「睡覺。」葛蕾琴回答，儘管案件檔案裡明明就找得到這項資訊。

我想聽你親口說。

葛蕾琴心想，馬可尼真的很想比對出檔案和供詞的不一致之處，比起對任何其他細節都更有興趣。

「那晚家裡還有其他人嗎？」馬可尼追問，「有人和你們同住嗎？來作客？羅雯有沒有帶男性朋友回家？她有約會對象嗎？」

房間角落裡的人影。

葛蕾琴搖搖頭。

「我不知道。」她不情願地承認。不知道是千真萬確，但她再一次因為這個回答而感到不悅，葛蕾琴習慣無所不知的感覺。

「好吧，」馬可尼說。「羅雯的房間裡有電話嗎？」

葛蕾琴輕蔑地撇撇嘴。「如果我連殺了她都不記得，怎麼會記得那種事？」

「整棟聯排別墅裡有電話嗎？」馬可尼重新提問，毫不退縮。

「臥室裡沒有。」葛蕾琴聽懂了，故意忽視對馬可尼推理的讚賞，那是手機還沒有普及的年代。

「所以芭杜跑出去報警，留你一個人在房間裡？」馬可尼問，眉毛一挑。「把你和羅雯留在原地，我猜她當時已經死了？」

「一定死了。」葛蕾琴選擇這樣回答，這樣就不必承認她其實並不確定。是芭杜報的警——錄音證實了這一點，她不會想浪費時間去叫醒芙蘭，要她起床監視她已死的姑姑，以及殺害姑姑的凶手。

「好吧，」馬可尼再次用從容的語氣說。「蕭內西之所以能迅速趕到，是因為接到報案時他剛好在附近。」

「據他的說法，確實是如此。」葛蕾琴說。

「他發現你時你還在房間裡？還拿著刀？」馬可尼問，葛蕾琴點點頭。「他有說什麼嗎？在那個當下？」

她努力回想，但頭痛使她難以集中思緒。「我不知道。」

「那之後你還記得什麼？」馬可尼追問，「還記得那晚的任何事嗎？」

「警局，」葛蕾琴說，她決定不透露在那之前的模糊記憶。房間角落裡的那個人影真的存在嗎？那句驚恐的聲音：葛蕾琴，你做了什麼？無論如何，那些記憶都無濟於事。「有個穿制服的人帶我去偵訊室，我母親打電話給我們家的律師，蕭內西那晚就對我進行偵訊。」

偵訊紀錄一定在檔案裡，馬可尼也許已經能夠倒背如流，儘管如此，她還是問道，「你有告訴他什麼嗎？」

「什麼也沒有，」葛蕾琴說，「完全沒有。」

「他一定很『欣賞』你的沉默吧。」馬可尼此言緩解了桌面上的緊張氣氛，葛蕾琴點點頭表示認同。

「我們後來又談了幾次，」葛蕾琴故意淡化了審訊的語氣。「但我真的什麼都想不起來，他又不相信。」

「他認為你在說謊？」

「是的。」葛蕾琴毫不猶豫地說。她回想當時，可以理解他的策略——稍微改變提問的方式，試圖比對出她前後說詞的矛盾，這是他特別喜歡用的一招。

馬可尼的嘴角扭曲了一下，但她繼續問道，「當時羅雯是住在你家，還是只是來訪？」

「住在我家。」葛蕾琴不假思索地說道，她沒察覺到自己事實上早就知道答案，記憶正悄然回歸，佔據了現在的她。「正如我之前所述，她在二十幾歲時消失了一段時間，當她再次出現時，她表示自己正在定期服藥並接受心理治療。」

「這是你自己記得的，還是別人告訴你的？」馬可尼問。

一個答案隨即浮現。*是的，我記得。*但她其實不記得，並不是確切記得。那股葛蕾琴無法忽視的情緒：*在我知道什麼是殺人之前，我就想殺了她。*那種接近憎恨的怨恨根植於內心深處，即便葛蕾琴並不理解這種感覺的源頭。

但她對羅雯的所有「瞭解」都來自她的父母、她的祖母，甚至是媒體，他們共同塑造了關於羅雯生命的故事，葛蕾琴已經將其內化為真實。

她選擇搖頭而不是回答，這大概是她這一生中第一次給不出答案。馬可尼發出那種似乎在沉思的哼聲，這讓葛蕾琴感到有些煩躁。

「她是在一九九三年春天再次出現？」

「夏天。」葛蕾琴糾正她。

馬可尼在桌面上敲打手指，目光投向窗外蕭內西的車輛。「然後幾個月後，她就死了。」

第九章　蕭內西

一九八三年

蕭內西輕輕用拇指撫過那張紙條破損的邊緣，上面的文字他第一次讀到就牢記在心中，他重複讀過了上百次，或許上千次。

還有其他女孩，找到她們。

「需要我幫你傳紙條給你暗戀的對象嗎，蕭內西？」博伊把一隻沉重的手搭在蕭內西肩上，然後輕輕擠了一下。

蕭內西沒有甩開他，也沒有對那種輕蔑的挑釁有所反應，而是把手中的紙條抓得更緊，盡量不讓這個動作太明顯。

「有什麼事嗎，警探？」他的語氣盡可能保持禮貌。

博伊倚靠在蕭內西桌子的邊緣，好像準備來一場八卦閒聊。「前幾天晚上那個幽靈女孩怎麼樣了？」

幽靈女孩。這個稱呼似乎非常貼切，羅雯面色蒼白，無預警地出現在路中央。蕭內西搖搖頭，「問題少女，她母親來將她接走，說她正在接受憂鬱症治療。」

他想起伊迪絲・懷特遞給他的那張名片，她的精神科醫生安德斯・懷特博士。

蕭內西甚至在警方資料庫中搜尋了那個男人的名字，結果除了兩張超速罰單之外，他的紀錄完美無瑕。他甚至撥打了名片上的電話，但當一個愉快的聲音告訴他懷特博士正在會診中，如果蕭內西願意留下名字，他很樂意回電時，蕭內西選擇掛斷了電話。

一切看起來都很合法，合情合理，但蕭內西仍然無法擺脫一種感覺，那就是他不應該讓伊迪絲・懷特帶走羅雯。

博伊抓抓下巴，伸了個懶腰。「還是感覺不太對勁。」

雖然此人的性格有時候會讓蕭內西不太舒服，但博伊總是能夠察覺到事情不太對勁。「確實。」

「我們開車去看看吧，」博伊再次拍拍蕭內西的肩膀。「你知道這些人的名字吧？」

蕭內西迫不及待站了起來，像是獲得獎勵的小狗，一邊抓起他的夾克一邊拿起鑰匙。「有名字，但沒有地址。」

「潘，」博伊朝著負責掃描器的豐滿女士喊道。「能幫我們查個地址嗎，寶貝？」

「寶貝，只要是你交代的，什麼都行。」

十分鐘之後，他們乘坐蕭內西開的車，朝著州立森林的方向再次出發，在日光下路途似乎一片祥和。

直到抵達一座設有大柵門的豪宅前，兩人才開口說話，他們向安裝在守衛亭的高科技攝影鏡頭展示警徽後，才獲准進入。

「有錢人。」博伊隨口說道，蕭內西把車停在一輛高檔的ＢＭＷ後方。

蕭內西本想冷不防回一句：*廢話，福爾摩斯*，但一想到博伊看起來是真的對羅雯的遭遇感到關切，便選擇保持沉默。

從何時起，蕭內西在想到她時，腦海中浮現的不是她的姓氏，而是她的名字？羅雯．懷特原本只是個受害者，是他們某次值班中曾幫助過的一位民眾，她的故事雖然不幸卻屢見不鮮，但羅雯不一樣，她是那個笑得太燦爛、悄悄將一張紙條塞進他掌心的女孩。

在門口迎接他們的是伊迪絲．懷特，她的肩膀緊繃成一直線，薄薄的唇抿到幾乎完全消失不見。她的雙手交錯在腹前，就像一幅老照片中的尊貴女士。

如果蕭內西要畫一張「波士頓富豪」的畫像，那她一定是最佳代言人。

「懷特太太，」博伊以拖長的語調問候，他從德州來到波士頓任職，在準備討好對方時喜歡加重自己的口音。「能借我們一點時間嗎？」

伊迪絲的嘴角進一步收緊，但她沒有把門砰地關上，而是轉身引領他們到大廳旁的一間小房間：沙龍。蕭內西想，那就是有錢人稱之為客廳的地方。

他感覺自己的存在顯得太過笨拙又笨重，與當初在辦公桌對面凝視著羅雯時一樣。

「我女兒生病了，你們懂的。」伊迪絲說，她的全部注意力都集中在博伊身上，很容易就看得出來，他是現場較資深的警探。

「當然，當然。」博伊的語氣充滿同情和理解。「請容我們問她幾個問題。」

「恐怕不行，警探，」伊迪絲說，「我們決定羅雯還是需要有人全天候照顧，我們無法在家裡處理她的特殊狀況。」

「您是指什麼樣的狀況？」蕭內西插嘴。如果博伊聽到這個問題時沒有點點頭表示認同，蕭內西懷疑伊迪絲是否會裝作沒聽見。

但她輕咬牙關，轉過身來回答他。「要我老實說嗎，警官？」她這麼發話，是為了明確讓他知道她知道他的官階有多低。「自殺觀察。」

蕭內西早就預料到這個說法，這不是第一次聽到，伊迪絲在警局時也是如此聲稱，唯一的問題是蕭內西見過很多自殺未遂的個案，沒有人會試圖割傷自己的上臂。

蕭內西抽出筆記本。「她住在哪一間療養機構？」

「與你們無關。」

「梅多伍茲靜養院。」門口傳來回答。

「安德斯。」伊迪絲低聲說，明顯感到不悅，在客人面前，她能表現出來的不悅僅止於此。

蕭內西將視線轉向門口的人。

安德斯．懷特博士。

他穿著整齊的背心和長褲，衣著十分講究，和羅雯一樣擁有冰冷的膚色和細緻的面容，看起來仍具男性氣質，並非漂亮，而是帥氣，彷彿一尊用大理石雕刻出的希臘貴族。

梅多伍茲靜養院。蕭內西記下這個名稱之後仍舊凝視著字體，好奇這是否只是個玩笑，就像《週六夜現場》為一家精神病院設計的名稱。

然而，伊迪絲和安德斯都面無表情。

「媽，」安德斯用安撫的語調說道，「這兩位傑出的警官顯然非常關心羅雯的安危，就跟我們一樣，他們應該因為超出職責所在的表現而接受表揚。」

當安德斯逐漸接近他們，蕭內西挺起脊椎，腿部肌肉繃緊，就像是獵物察覺到掠食者接近時準備逃逸的反應。

那種戰逃反應的本能雖然轉瞬即逝，卻讓蕭內西渾身冷汗，感覺很不自在。沒有人會把安德斯．懷特視為威脅——從他的外貌看來，彷彿一記猛拳就能將他擊倒，但他一開口說話就掌控了整個房間，甚至能與博伊和伊迪絲抗衡，這兩人都擁有很強勢的性格。

「她當時的情緒不太穩定。」蕭內西發現自己不由自主重複了他當晚對伊迪絲說的話，他不能直言我們發現她遭受嚴重凌虐，那個說法並不完全精確，也不是一名剛從警校畢業六個月的菜鳥警官能夠去指控波士頓懷特家族的罪行，即使他對政治遊戲一無所知，也深知這一點。

「羅雯對最近的藥物調整的反應不良，」安德斯說，「我一直在親自治療她」——他舉起一隻手，彷彿其他人正準備提出異議——「我知道這不合常規，但我母親不希望這個問題引起更多關注。」

伊迪絲的眼角緊縮了一下，但沒有出言反駁。

「兩位，我可能是這個領域的頂尖人物，」安德斯接著說，他不知何以成功在自嘲和傲慢之間找到了平衡點。「但即便是我，也有我的極限。我們過去在梅多伍茲有過正面的經驗，為了讓她接受全天候的照顧，讓她暫時離開學校是值得的。」

蕭內西在筆記本上敲著鉛筆。

這一切聽起來都很合理。即使才在警隊服役六個月，他已經見證過一些類似的案例：問題少年。家人關心他們卻無法控制他們，一切都漂亮地包裝起來。

然而……

他們會說謊。

「哪間學校？」他這麼問，只是為了找個話題。

母子倆交換眼神後停頓了一下，但隨後安德斯回答道，「菲利普斯學院。」

蕭內西寫下來，然後在黑暗的內心中思索，尋找任何可以抽絲剝繭的疑點，任何可以讓這個完美小謎題解開的線索。「她父親呢？」

身旁的博伊咳嗽了一下，但他並未否定這個提問。

伊迪絲的指關節因緊握而變得蒼白。

然而，安德斯臉上仍保持著溫和理解的微笑。「她父親不再參與她的人生了，在她出生幾個月後就離她而去。」

就在那一瞬間，伊迪絲迅速眨眼，但她仍未發言，沒有反駁安德斯對事實的描述。

「能告訴我名字嗎？」蕭內西大著膽子問道，感覺自己既魯莽又勇敢，而且完全是愚蠢至極。他為這個女孩冒著失去警徽的風險做什麼？只為了三十秒的燦爛微笑？

這是安德斯第一次顯得有些不知所措。他遲疑了，看了母親一眼，視線又回到他們身上。「我不懂這問題與羅雯有什麼相關性。」

這問題確實可能無關緊要，蕭內西只是不知道還能問什麼。他在絕望中看了博伊一眼，博伊只是無奈地聳聳肩。

「她提到還有其他女孩。」蕭內西脫口而出，話一出口就像重錘一樣砸在這個房間的潔淨地毯上，讓他幾乎畏縮了一下。

伊迪絲嘆了口氣，與安德斯交換一個眼神，安德斯點點頭。

「我母親告訴我，她曾告訴你們羅雯的想像力過於豐富，」安德斯解釋得很順，「所有我妹妹說的話——什麼來著？還有其他女孩？——全都只是藥物反應不良的結果。」他停頓一下，臉上擺出一副關切的神色。「但請放心，我們現在正在解決那個問題。」

這解釋聽起來合情合理，然而對蕭內西來說感覺依然不太對勁，只是他不知道該如何處理這種感覺。

「好吧，」博伊在一陣沉默之後開口說道，「一切看起來都很正常，蕭內西會給你們我們的聯絡方式，如果後續發生任何情況……」

「當然。」安德斯站了起來，伊迪絲仍然坐著。

蕭內西除了遞出一張印有他聯絡方式的名片外，沒有做出其他禮貌性的道別。安德斯若有似無地笑了笑，將名片塞進他那件精緻背心的口袋裡，這張名片很可能很快就會被他丟棄。

當他們重新上車時，博伊才故作誇張地顫抖起來。「我敢打賭十美元，那個變態把她關在地下室裡。」

蕭內西感覺自己的肺部被一拳打空，他想彎腰用力搓自己的皮膚，想確認自己還存在，但他只是呆呆望著眼前的豪宅。「我們真的無能為力嗎？」

博伊打了個哈欠，伸了個懶腰，然後舒服地靠在車門上，準備開車回市區。「抱歉，老弟，除非發現她死了。」

第十章　葛蕾琴

現在

「從直覺上判斷。」馬可尼從葛蕾琴的客廳喊道。她們回到葛蕾琴的住處，檔案中的文件散落在地毯上，兩台筆電開啟，螢幕上顯示著那起謀殺案的舊新聞。

葛蕾琴遲疑了一下，手放在酒瓶上，但她選擇拿起瓶裝水，走向坐在地毯上的馬可尼，葛蕾琴沉默地站在那裡，直到馬可尼轉過身來，艱難地仰望，想要直視她的臉。

「從直覺上判斷，」馬可尼以正常的音量重複說道，「是誰殺了她？不要說是你自己。」

「是安德斯，」葛蕾琴說著，把手中的塑膠瓶口扭開。「從統計來看，凶手很可能是家中的男性，而且是死者的近親。」

「但安德斯當時在休斯頓出差，」馬可尼指出，「死亡時間證實是在芭杜報警之前不久。」

「我知道，」葛蕾琴聳聳肩，這也是為什麼除了葛蕾琴以外，沒有其他可疑的嫌犯。「警方徹底檢查過芭杜身上是否殘留血跡。」

「萬一她換過衣服呢？」馬可尼推論，「我的意思是，她把本來的衣服脫了，畢竟羅雯不是立即死亡——而是慢慢失血而死。」

「所以你的意思是，芭杜刺了她一刀，跑去換了衣服，然後引我進臥室，而在這當下，羅雯就在那裡慢慢死掉？」葛蕾琴問，故意調整語氣，讓讓馬可尼聽出這說法聽起來有多牽強。

「為什麼不可能？」馬可尼反駁。「她們可能發生了爭執，芭杜情緒失控後驚慌失措，犯罪現場分散了蕭內西的注意力，派警員抵達並搜查現場就花了一個小時。」

一個小時。如果所有目光都被轉移，那段時間可以發生很多事。

不，這個推論是一條不該踏上的道路，盡頭隱藏了危險的誘惑，「希望」可能會讓最公正客觀的調查人員失去原有的判斷力。她從未完全相信自己是無辜的，現在也不會，即便馬可尼的表情看起來非常誠懇。

「房間裡沒有其他人的指紋。」

「但這不是更加證實了我的說法嗎？」馬可尼追問。「如果我搜查一個地方，只找到受害者的指紋，我會判斷凶手清理過現場。」

「是只找到她和我的指紋。」葛蕾琴糾正她。

馬可尼對此只是聳了聳肩。「我的意思不是說你不在現場，只是你不是殺害她的那個人。」

「蕭內西認為，按法醫確定的死亡時間，芭杜要在這段期間把自己洗乾淨並消除房間內留下的證據，再撥打九一一報案，幾乎不太可能。」葛蕾琴說。

「不太可能不代表不可能。」馬可尼鎮定地反駁。

「不太可能就是不可能。」葛蕾琴的語氣更為嚴厲，她轉動肩膀，試圖舒緩頸後緊繃的肌肉。

「如果不是芭杜，那麼就是另有其人。」馬可尼抬起下巴，好似準備迎戰。

「我。」葛蕾琴輕聲說。

但馬可尼沒有聽進去。「我們應該調查一下，羅雯在她消失的那幾年都做了些什麼事。」

「這麼做毫無意義。」葛蕾琴說，她聽得出自己的聲音中帶著孩子氣的倔強，但她不在乎。

「找你那個電腦高手來調查這件事，」馬可尼提議。「就算最後真的證明這調查無濟於事，你也不缺這一點無謂的開銷。」

這個提議言之有理，葛蕾琴拿起手機，滑找弗瑞德的電話號碼。

葛蕾琴朋友不多，但她確實掌握了屬於自己的人脈網，她擔任案件顧問時，這些人脈經常會提供協助，萊恩·凱利就是其中之一，他是個小報記者，曾經差點被馬可尼掐死。弗瑞德——全名溫妮弗瑞德·詹姆斯——也是其中之一，且可能是最有價值的人物，這個女人在反社會人格光譜上的得分很高，她曾威脅說如果葛蕾琴用她的全名來稱呼她，她會刺穿葛蕾琴的頸動脈，這威脅聽起來非常真實。

「好久沒聯絡了，懷特博士，」弗瑞德接聽時說道，「我還以為你把我的號碼丟了呢。」

葛蕾琴沒有回應這句挑釁，弗瑞德喜歡裝作她是關係中委屈弱勢的一方，但葛蕾琴知道自己資助了弗瑞德不少租金。

「如果有個人突然消失了好幾年，你能你能追蹤到這個人這幾年的行蹤嗎？」葛蕾琴問，沒有浪費時間閒聊。

「要看情況，」弗瑞德說，「不過，簡單來說，我可以。」

「那段期間約在八零年代末到九零年代初。」葛蕾琴擔心這可能是個問題，因為那個時代大多數人還沒有數位紀錄，但弗瑞德只是輕輕哼了一聲。「我喜歡接受挑戰。」

「辦得到嗎？」葛蕾琴轉頭發現馬可尼正目不轉睛地盯著她，葛蕾琴故意對她豎起大拇指，馬可尼則翻了個白眼。

背景中傳來電腦鍵盤的敲擊聲。「名字？」

葛蕾琴遲疑了一下，這個環節沒辦法逃避。「羅雯．懷特。」

電話另一端傳來的聲音驟然停止，接著弗瑞德低聲長長吁了一口氣。「該死，博士。」

「是的，這名字差不多說明了一切，」葛蕾琴說。「多少錢？」

「七千。」弗瑞德毫不猶豫地回答。她不會讓感情或同情心妨礙賺錢，她知道葛蕾琴的口袋有多深。

「五千，前提是你找到線索。」

葛蕾琴必須談判，否則弗瑞德會把她身上的錢全都騙走，兩千元的差額對她的財產來說只是九牛一毛，就算是更高的金額，她眼睛也不會眨一下，但這是原則問題。

「五千不二價，如果找到線索就八千，」弗瑞德提出條件，「如果有重大發現，就一萬。」

「如果有重大發現，獎金會更高。」葛蕾琴同意，正面激勵對弗瑞德通常很有效。

她掛斷電話，沒有再給予進一步的指示，關於這名字的資訊很多，弗瑞德不會不知道從何查起。

馬可尼向後仰靠在手上，目光再次盯著葛蕾琴。「我很不想這麼說，但我想我們已經從現有的案件檔案中獲得我們能掌握的所有線索了。」

那就是什麼線索也沒掌握到。葛蕾琴一直認定蕭內西資質駑鈍，但或許蕭內西並非她想像中那樣無能。「蕭內西不會跟我們談。」

「如果我們製造的麻煩夠多，他就得說話了。」馬可尼的嘴唇和眉毛間流露出調皮的神情。就當成陌生人的案子來偵辦吧。

什麼事會讓蕭內西氣到不得不介入呢？

葛蕾琴嘆了口氣。「我想現在該去拜訪老爸了。」

第十一章 塔碧

一九九三年

塔碧對姊姊的案件瞭若指掌，就如同有些人能夠對聖經或史詩倒背如流，檔案上的字詞雖不是宗教或詩歌中的語句，但當她一唸出聲來，就如同聖經或史詩一樣刻骨銘心。

珍妮是一名獎學金生，在聲譽卓越的菲利普斯學院就讀，與同學關係生疏。她在十六歲那年遇害。

克羅斯家的電話帳單上有幾個父親李維無法識別的來電號碼，追蹤這些號碼後，矛頭指向一個距離購物中心十分鐘車程的公用電話亭，這座電話亭不在任何監視錄影鏡頭的拍攝範圍內，購物中心的員工沒有人記得曾看見有人經常使用那座電話亭。

這條線索無法追查下去。

珍妮的曲棍球隊友表示在她失蹤幾週前，曾有一名年紀較長的男性在練球過程中將她接走。每當有人問她那人是誰時她都會臉紅，沒有人記得那輛車的車牌號碼，且車型很常見。當警方問女孩們車輛是什麼顏色，她們只是聳聳肩不置可否，到底是黑色？還是深藍色？

有沒有人真正看清楚那個男的？沒有，只有一名女學生回憶說珍妮曾經提到過秋季園遊會，她猜想他們可能是在那裡認識的。

珍妮性格內向，大多時間都是自己一個人，她從不談及自己的感情生活——她也沒有太多經歷可談。

她在失蹤一週後被人發現，棄屍在森林裡的一個淺坑中，手臂從肩膀到手腕外側都有割傷，法醫對這些傷口也感到困惑，因為這些傷口看起來沒有明顯目的——即便是一種折磨被害者的手段，似乎也沒有真正的作用。

死因是後腦受到猛烈撞擊，沒有性侵證據，沒找到精液和纖維，在太平間或當地醫院也沒有其他女孩身上有類似的傷勢。

附近住家沒有人目擊或聽到任何聲音，但這附近的住宅都與周遭盡量保持距離，且都是有入口大柵門和長車道的豪宅。

警方浪費了數週時間試圖追蹤那台神祕車輛，只是為了讓外界認為警察有在做事。不敢承認自己無計可施。

一起懸案。這是警探們在塔碧聽不見的時候，私下使用的稱呼。

眼下塔碧又靜靜聽了一會兒她父親在沙發上的打鼾聲，然後像是怕被燙傷一樣觸碰了珍妮房間的門把。

當然，她沒有被燙傷。

走進這房間的念頭依然讓她感到恐懼，但現在已經無法寄望於案件檔案，這裡是最後一塊未探之地。

此後她將放棄，繼續過日子，接受珍妮的謀殺案可能永遠不會偵破的事實。

塔碧差點笑出聲來。她這輩子已經告訴過自己幾次了？總會有新的線索接連出現，她懷疑自己是否真的能從珍妮的陰影中解脫。

她踏入房間，進入後才發現自己不知不覺閉上了眼睛，準備好迎接一掌痛擊，但沒有人揍她；她的父親在樓下繼續熟睡，世界仍在繼續運轉，珍妮還是死了。

警方曾要求父親提供珍妮的日記，他也盡快交出了日記，但塔碧要找的不是姊姊寫下的煩惱和暗戀，那些都太微不足道了，無法描述一個女孩生命最後幾天的真實狀況。

人們總會在那些日記頁面上說謊，即使讀者只有他們自己。

警方沒有在日記中找到任何線索，似乎證明了塔碧的論點。

儘管珍妮並不想與她那些膚淺又有錢的同學為友，但他們至少在某些事情上說對了，珍妮的性格安靜好學，總是獨來獨往，尤其是在那所學院，她總說她討厭那裡所有的人，但一得到領獎學金的機會，她便毫不猶豫地接受了。

因為珍妮總是渴望逃離，她環視他們住的普通街區，那個不起眼的家，想到自己注定要度過的平凡人生，她拒絕安於現狀。塔碧一直都知道自己最終會陷入一份毫無前途的工作，過著勉強糊口的生活。

但珍妮呢？她有遠大的夢想，而且知道如何實現。

她實現夢想的方式不是在日記中對男生的名字畫愛心，而是在她的計畫本中精心安排她的家庭作業。

如果警方真的想知道珍妮在她生命最後幾天、最後幾小時裡在想什麼，應該查看她的學校作業；應該檢查珍妮留給自己看的那些便利貼，這些便利貼即便過了十年，卷曲的邊緣仍舊緊貼在木頭上。他們應該看她寫的文章和曲棍球手冊，這本手冊一直放在抽屜的顯眼位置。

當警方面對一個女孩遭到謀殺，他們會鎖定在一些極端的線索——例如男生、衝突、毒品、性行為、青少年的羞愧感。

但塔碧卻無法擺脫一種感覺，即破案的關鍵可能遠比想像更加平常。

塔碧坐在姊姊年幼時貼滿貼紙的書桌椅上，珍妮從十歲貼上這些貼紙後就再也沒有撕掉過。她拿起一疊最近期的文件，內容是關於開國元勳和美國獨立戰爭的小組報告——這是波士頓地區學校一直偏愛的教學主題。

小組拿到A等成績。

塔碧從不懷疑珍妮會有這麼好的表現。

在她姊姊的名字旁邊是一個聽起來有點熟悉的名字。

她的手指在字跡上游走，試圖追溯一個可能虛構的記憶。

這個名字既古典又清新悅耳，塔碧嘴裡重複唸著那個名字，一邊檢視下方的文件。

羅雯・懷特。

第十二章 ——葛蕾琴——

現在

葛蕾琴用手指敲敲駕駛座側的窗戶。

蕭內西嘆了一口氣，葛蕾琴即便聽不見也能看見。他按了車窗按鈕，玻璃吱嘎作響地緩慢下降，這輛有著十五年車齡的 Crown Vic 努力在執行命令。

葛蕾琴彎下腰，一手支撐著車門對他微笑，表情就像稍早輕快敬禮的風格。「警探先生，我想請您幫個忙。」

他的眼神相當不滿，明顯感覺自己被當成了白癡。「說吧。」他的口氣更像是命令而非詢問。

「好像有人在跟蹤我。」葛蕾琴說。

「也許是有個看守員在跟蹤你，確保你不會失控殺人。」蕭內西回嘴。

葛蕾琴假裝沉思。「嗯，是的，也有這個可能性，既然如此，我找你，是要幫你的忙。」

蕭內西瞇起眼睛，以退為進。「怎麼幫？」

「我們要去劍橋。」

蕭內西眼中閃過一絲領悟，但表情刻意保持平靜。「安德斯。」

「你反應真快，警探，不必在意別人怎麼看你。」葛蕾琴說。在他還來不及反應之前，她已經讓預藏在前臂下的刀柄滑入手掌，然後快速一揮手腕，將刀片深深插入他的前輪，狠狠一劃將輪胎割破。「只是速度還不夠快。」

蕭內西開始咒罵，即使葛蕾琴已經走回她的保時捷，馬可尼也已經繫好安全帶坐在副駕駛座上，他還是沒有停止咒罵。

「他可以因此逮捕你。」馬可尼說道，雖然起來並沒有特別緊張。

「我倒想看他怎麼逮捕我。」葛蕾琴邊說著邊發動引擎。根據過去的經驗，蕭內西遇到她偶爾衝動的情況時，總會給予她超乎預期的寬容，但這次她幾乎希望他會提出抗議，如此一來他就得向局長解釋自己的行為，她猜想局長可能根本不知道局裡的頂尖凶殺組警探在浪費時間跟蹤他的頂尖顧問。「不過那樣一來，我們就不必去找安德斯了。」

她給馬可尼投去一個眼神。「你對他現在的行為有什麼看法？」

馬可尼撥弄著頭髮望向窗外，掩飾自己的表情。「也許他只是想監視你。」

或許如此，只要蕭內西當前的行為與過去的模式相符，只要他對葛蕾琴的行為感到不安或緊張時就會開始監視她，但是……最近蕭內西似乎特別煩躁，看來這不僅是一起舊案，而是一起對他和她都有重大意義的案件。

「案發當晚，他沒有等待警方的支援到場，就擅自進入我們家。」葛蕾琴說，她提到這一點時沒有提到他對此行為的合理解釋，但蕭內西總是喜歡單獨行動，偏好隱藏自己的行蹤。

「這行為很不尋常，」馬可尼同意。「但如果他的說法是真的，那這種行為也不是完全沒有先例。」

蕭內西的官方說法是他當時正在回家的路上，緊急調度員向他轉達芭杜報案電話的內容，他離報案地點恰好只有幾分鐘車程。蕭內西在增援警探到達之前就進入羅雯的房間，並且解除葛蕾琴的武裝。

「他沒有遵循正常程序。」葛蕾琴指出。

「嗯，你還持刀在手，而且屋內還有其他可能的受害者，」馬可尼理性表示。「包括你姊姊，她當時……多大？」

「十五歲。」

她不太願意承認這點——也不會公開說出來——但馬可尼說得對，蕭內西提早單獨進屋的行為雖然看似不尋常，但無法直接引起懷疑，如果在法庭上推論，這個行為可能站不住腳，但蕭內西報告中提到他認為現場還有持續性的危險，在這種情況下他的行為就變得有了合理的依據。而且當時是九零年代初，遠在警方制定標準犯罪現場程序之前，這套程序是在O．J．辛普森案[3]後才確立。

「這說法聽起來十足合理，似乎是真的。」馬可尼的說法反映了葛蕾琴的想法，但她聽起來似乎有些遲疑。

「你覺得他的說法不是真的？」葛蕾琴追問，「你覺得他知道些什麼？有些內情沒說出來？」

「也許吧，」馬可尼閃爍其詞。「但說到底，我還是無法理解，如果蕭內西認為你殺了人，為什麼還讓你參與謀殺案的偵辦工作，而且……」

馬可尼話沒說完，葛蕾琴試圖控制語氣中的惱怒。「不想把話說完，一開始就不要說。」

馬可尼投來一個眼神。「你們兩個人當中，只有你跟我說過他認為你是凶手。」

「解釋一下。」葛蕾琴生硬地說。

「你們在犯罪現場開的那些玩笑，你自稱是凶手時他並沒有反駁，」馬可尼慢條斯理地說，葛蕾琴差點踩下剎車，好讓她快點說完。「那些玩笑話，整個對話，如果你不在場，他不會那樣說。」

葛蕾琴在思考時闖了一個紅燈。她不喜歡這種時刻，她知道對方正在告知她一些重要的事，但她的大腦卻不允許她理解這些事的重要性，她最終咬牙說道，「講重點。」

「這只是我的理論。」馬可尼說著又再次望向窗外。葛蕾琴想要搖晃她的身體甚至打她，什麼都好。「你覺得蕭內西認為你逃過了法律制裁，但我覺得那可能是你對自己的說辭，而不是事實。」

「警方報告與你描述的理論不一致。」葛蕾琴說，她討厭這個事實，她還以為馬可尼會說出什麼顛覆性的看法。「那就不算什麼聰明的理論。」

「警方報告——還有當年小報掌握到的訪談，你先讓我講完——都是三十年前的內容。」馬可尼語調冷靜，無動於衷地說，「如果警局有誰在背地裡講了什麼關於你的閒言閒語，他會罵那些人。」

葛蕾琴吞吞口水，不確定該怎麼處理這些資訊，這段話讓她感到很不自在，感覺就像穿上一件不合身的外套，所有太緊的感覺都出現在不對的地方。

「可能他已經說服自己，認為這想法是合理的，因為我當時還是個孩子，而且只是一次性事

3 O・J・辛普森是美式足球運動員，所涉凶殺案在一九九五年引起全球的關切，主要是因為案件的高曝光度和隨後針對警方辦案的輿論批評，促使了警方和法律機構對犯罪現場管理程序進行標準化和改進。

件。」葛蕾琴提出。她發現大多數人只要涉及自己追求的目的，都很容易在心理上做出各種合理化的解釋。對蕭內西而言，他最在意的是破案，她與他合作的這幾年裡，他的名聲有了極大的提升，這在很大程度上是因為她在調查中提供了專業意見。

「你知道他不是那樣想的，」馬可尼反駁道。「如果你冷血殺害了羅雯？我不認為他會對此視而不見。即使你當時還是個孩子。」

葛蕾琴長時間注視著馬可尼的側臉，沒有注意到路邊停著的車輛，她突然急轉彎，險些撞上路邊車輛的後照鏡。「如果這只是一次性事件，你還會和我合作嗎？」

「如果是一次性事件，」馬可尼喃喃自語，聲音中帶著些許嘲弄和反感。「這無關緊要，因為你並沒有殺害她。」

「你和蕭內西一樣有太多偏見。」葛蕾琴指出。她不打算就此罷休，現在她已經開始挖掘這個話題，熱度從她的脖子上升，流向胸口，她的手指緊緊握著方向盤。

無論葛蕾琴是否認為自己真的有罪——這是她在過去三十年中一直舉棋不定的問題——謀殺案、懷疑、議論和目光，以及身為謀殺案主嫌的後果已經塑造了她的整個人生，成為她的一部分，也是她建立生活其餘環節的基礎。

她從小學就提前畢業，青少年時期就完成了大學學業，選擇攻讀犯罪學和心理學，希望能夠更深入瞭解自己為何感覺內心空虛，而其他人似乎內在充實。

葛蕾琴不希望因為自己臭名昭著就被趕出居住的城市，她將自己的過去當作武器，反擊那些說她沒能耐成為犯罪和反社會人格障礙領域頂尖專家的人。蕭內西對她的執念不僅影響了她的行為，也塑造了所謂的個性，但對她自己而言，這些只是她對外展現的行為。

如果蕭內西沒有從她八歲起就一直在她身旁監視她，那麼在那些被衝動驅使，差點升級成暴力行為的片刻當中，是否會有一次她終於無法壓抑自己，讓那些衝動佔了上風？如果她從未學會控制自己天性中的黑暗面，會不會因此坐牢或者死亡？

即使她大聲向所有願意聆聽的人宣稱自己的清白，事實上她的生命卻是圍繞著「殺害羅雯」這個概念而塑造。

如果她不是那個逃脫謀殺指控的孩子，她是誰？如果那不是她的過去，她又將何去何從？

長期以來她一直告訴自己，她自從成為警方案件顧問後就沒有再深入調查這起案子，是因為害怕被上級禁止參與刑事調查；她告訴自己不繼續調查下去是因為害怕坐牢，那樣的後果不值得她去滿足破案好奇心。

但她真正害怕的是，那個成就她人生的創傷性事件可能根本就不存在。年輕時她想盡一切辦法，只想擺脫過去的陰影；而成年後，如果要她老實說，即使有能力改變過去，她也不會想要改變。

如果奇蹟發生，證明她完全無罪，那她精心構築的生活將何去何從？一切會改變嗎？會有任何改變嗎？

馬可尼從副駕駛座上看著她，葛蕾琴努力控制自己，掩飾自己的面部表情。人們普遍認為反社會者沒有情感，但這並不完全正確，此刻的葛蕾琴可以證明這一點，她不想讓馬可尼看穿自己。

「如果你殺了她，一定有你的理由。」馬可尼的語氣非常果斷，超出她該把持的理性範疇。

「你怎麼會這麼信任一個公認沒有道德指南針的人？」葛蕾琴忍不住問，她本應保持沉默，讓馬可尼協助調查這起案件就好，如果馬可尼因此受到傷害，那也不是葛蕾琴的責任，畢竟她已經事先警告過她。

然而，好奇心有時就像一頭難以迴避的野獸。

「因為就我所觀察到的，儘管你有反社會人格，仍然十之八九會做正確的判斷，」馬可尼說。「這不是比你天生就有正當的思維模式更加令人敬佩嗎？」

「可能十次中有八次吧。」葛蕾琴說，試圖平息胸口的那股悸動。

「好吧，八次。」她的聲音中帶著一種似懂非懂的笑意，讓葛蕾琴覺得很煩。「即使十次中有七次，依我的經驗看來，你也算是高於平均水準了。」

葛蕾琴想不到反唇相譏的台詞，馬可尼露出一副得意的笑容。「噢，我終於讓你無言以對了嗎？」

葛蕾琴雖然不以為然，還是用馬可尼常用的粗魯手勢回應。

「你的機智不過如此喔。」馬可尼調侃道，但此後她就閉嘴了，靜靜地看著葛蕾琴在車道間穿梭，以超過限速四十八公里的速度閃避車輛，小心翼翼，但又充滿信任。

葛蕾琴發現自己處於一個特殊的境地，她不想利用馬可尼對人的信任，雖然她發現自己正在記錄下這份信任，以便在未來如果有需要時可以利用。這種做法與她在薇奧拉．肯特案件中的行為類似。

她們穿越遠離城市的橋樑後，馬可尼在座位上調整一下姿勢，看起來不是不舒服，而是在沉思。「你說過，如果安德斯是凶手，他會希望親自動手。」

「對，」葛蕾琴確認。「他可能不是精神病態者，但至少是個控制狂。」

「那些傷口太過殘忍。」

撕裂的肉體被拉扯開來。「沒錯。」

「這不是買凶暗殺，也不是自衛殺人，因為羅雯沒有武器，」馬可尼繼續說道，她的聲音遙遠，彷彿正在思考某個線索。「殺人動機是出於憤怒或虐待。」

馬可尼像許多人一樣看過屍體的照片。「當然，簡單判斷的話是虐殺。」葛蕾琴以輕鬆的手勢指向自己。

「但如果凶手不是你……」馬可尼再次說，不像是有意要把這話說出來。「我可能會將憤怒這個動機重新納入考量範圍。」

「也許吧。」

「你認為你們家裡還有誰會對虐待羅雯感到興奮，進而將她折磨至死？」馬可尼問。

「沒有，」葛蕾琴說。「除非芭杜或芙蘭是什麼神祕的連環殺手。」

「我們假設她們不是，」馬可尼說，「那麼動機只剩下憤怒。」

「所以我們的方向錯了。」葛蕾琴略感尷尬，她現在才聽懂馬可尼的思考邏輯。

「我們不需要找到嫌犯，」馬可尼眼睛瞪大，身體幾乎在興奮中顫抖。「需要的是找到犯案動機。」

葛蕾琴轉向一條住宅區街道，即使她已經有二十年沒來過，腦中仍然記得太清楚。她停在路邊，沒有開進車道：面對安德斯和芭杜．懷特，必須準備迅速的撤退策略。

「好吧，」她說著打開車門。「我們馬上就能見證滿屋子的動機。」

第十三章 蕭內西

一九八四年

蕭內西無法忘懷四個月前羅雯．懷特突然衝出來，跑到他車前的那一刻，她的臉龐在他的記憶中變得模糊而柔和，更像是一種想像，而非她真實的模樣。

她的笑容太過燦爛，她那輕快的聲音，以及手指在片刻間伸入他掌心的感覺，都已牢牢烙印在他的記憶中，無法抹滅。

他曾經告訴自己，該放手了，沒有什麼可調查的，但放手對他來說從來都不是容易的事。

蕭內西最後還是忍不住打了電話到懷特家提到的精神療養機構，卻被接電話的人擋了回去。

「女士，調查很緊急。」他說。

「我相信您能說服法官。」接線員的回答冷若冰霜。

此後他所能做的就是等待，觀察周邊地區的警察報告，希望再次見到羅雯時不是看著她死去的面孔。

「她把你整個腦袋都佔據了，對吧？」博伊問。他倚靠著蕭內西的辦公桌，敲了敲快要掉落的檔案。

蕭內西很自責，他不該讓檔案被人看見。「這樣很危險，老兄。」

蕭內西忍住把檔案夾藏進辦公桌裡的衝動——但那只會讓別人更注意到他的行為。「你看過她手臂的樣子。」

「對，她不是第一個亂玩剃刀的女生。」博伊的語氣聽起來很熟悉，他曾經用同樣的語氣打賭安德斯把她囚禁在地下室，這種語氣通常是出於無聊，但又帶有一絲好奇，似乎在努力掩飾自己的好奇心。「走吧，我們去街角喝杯啤酒。」

蕭內西搖了搖頭。「沒關係，我不去。」

博伊穿上拿在手上的外套。「你打算坐在這裡，對那個陰魂不散的女孩糾結嗎？」

「她從樹林中飛奔而出，好像在躲什麼人。」蕭內西說。

「她當時可能處於精神錯亂的狀態。」博伊反駁道，但他並沒有走開，這讓蕭內西想起他的綽號：警犬博伊，一旦嗅到了線索，他通常不會輕易放手。

「她叫我們快逃。」蕭內西試探地說。

「我沒看到那一幕。」博伊聳聳肩，蕭內西知道他只是在扮演反對者的角色。

除了「那一家人看起來真的很怪，你明明也這樣覺得」之外，蕭內西還想找出其他說服他的理由。

「她說還有其他女孩。」蕭內西咕噥道。

「這一點也有合理的解釋。」博伊壓著桌子站起身，環視其他同事是否準備好出發了，有人還在和局長聊天，這大概是博伊還留在這裡的唯一理由，但蕭內西能感覺到博伊的注意力已經開始分散。

蕭內西在束手無策之下傾身向前，試圖抓住博伊的目光。「你說過，除非發現她死了，否則我們也無能為力。」

這話讓博伊重新把視線轉回，他不自覺嘆了口氣。「那你有什麼厲害的推論？」

蕭內西知道這是個賭注，因為連他都覺得自己的理論聽起來很瘋狂，但獨自一人無法突破僵局。

還有其他女孩，去找她們。

他又猶豫了一會兒，博伊的視線又再次飄離，他伸手到辦公桌底部的抽屜，拿出他收集的資料：雜誌、報紙剪報、從書籍和心理學期刊撕下的頁面。這年頭很容易找到這些資料，畢竟他們生在一個對這些嗜血殺人魔著迷的國家。

連環殺手。

博伊盯著那些文件，蕭內西展示了幾本雜誌的封面：黃道十二宮殺手、約翰・韋恩・蓋西、大衛・伯科維茨。

「你在跟我開玩笑吧？」博伊低聲急促地問道，他調整一下位置，用身體擋住了辦公桌，防止其他在門口徘徊的警察看到。「我的天，老兄，你知道這裡的人已經覺得你腦子有點不太正常了吧？」

蕭內西的下巴肌肉抽搐了一下，他不是傻瓜。從一個女孩衝出馬路聯想到連環殺手，這想像力有點太豐富了；蕭內西很清楚這一點。

他也知道其他警察對他的看法，這些話他以前都聽說過。

他母親曾聽警告過他，他一但有了新的執念，就會變成這副模樣。

她的形容詞是「太認真。」

他兄弟姊妹的評語就沒有這麼委婉了。

「怪人。」布倫娜這麼說。

「神經病。」麥克接著說。

「陰陽怪氣。」瑟夏這麼形容。他沒有將這評語放在心上，因為瑟夏自以為是家裡最聰明的小孩，當時正在準備大學入學考試。

但每當兄弟姊妹開始對他冷嘲熱諷時，他的父親總會把他拉到一旁。

「你是個好警察。」他父親一次又一次地這麼說。「你有偵破案件的嗅覺，派崔克，別讓別人說你辦不到。」

現在蕭內西每週日回老家吃晚餐時，都會把自己的工作任務講得很重要，不是只是負責載著資深警探四處巡邏，或者坐在超速和酒駕檢查站而已。布倫娜、麥克和瑟夏可能不相信，但他的父親會用近乎驕傲的眼神看他。

「我早就說過了，對吧？」

也許他並沒有處理過任何實質案件，但他總能察覺到某些事情不對勁。

蕭內西始終無法忘記羅雯手臂的樣子，那個畫面很奇怪，不合常理，無法解釋。

她手臂上的傷口似乎象徵某種隱隱可見的記號，加上她看起來像是剛從地下室逃出，身上只穿著薄薄一層衣服，還警告他有其他受害者。以上諸多疑點讓他自行聯想出一個推論，也是情有可原。

「告訴我，你不覺得她的傷口像是某種儀式。」蕭內西低聲說，他的目光越過博伊，現在門口的那些人開始變得焦躁，其中一個正向他們走來。

「怎麼，你現在是在替聯—邦—調—查—局工作嗎？」他故意把每個字的發音拉得又長又誇張。

蕭內西在收起所有文件時不自覺聳了聳肩，博伊說對了一件事：不需引發其他警探的八卦嗅覺，不需要讓他們知道這個菜鳥是個多麼瘋狂的陰謀論者。「我不是在拜託你幫忙。」

他知道這句話中的苦澀和受傷聽起來有多像個青少年，但他控制不了自己，當別人注意到他的——執念時（他內心有某個聲音最初稱之為執念，但隨後又修正為「興趣」），他就會表現得過於激動和急切，就像小孩急於炫耀自己的作品。

「聽著。」博伊嘆了口氣。「我會留意任何奇怪或是相似的案件，但是如果沒有確鑿的證據，就不會有任何進展。」

「我已經試過了。」博伊向其他警探那邊走去，蕭內西搖搖頭，「我該怎麼辦？」

「去找一個不像鬼的女孩睡一下，」博伊咕噥道，然後他又嘆了一口氣，因為不只是蕭內西，其他警察也可能會過度沉迷於一個神祕的案件。「好了，放輕鬆點，拜託，你不會再踏進那棟房子，你也不會從那個精神科醫生那裡問出什麼線索。」

他說的蕭內西都知道。「好。」

「所以還剩哪裡沒查？」博伊問，靠近了些。

雖然惱怒幾乎要讓他失去所有理性思考，但蕭內西把情緒暫放一邊，他想起了當時緊急剎車的情景，回想起自己當時的思緒。

「森林。」

「答對了，沒錯，寶貝。」博伊說。

「但是我可以在那裡找到什麼？」蕭內西忍不住問。那片樹林距離懷特家的豪宅並不遠，她很可能是從房子裡逃出。

「我不知道，」博伊聳聳肩說。「但如果你不去看看，就什麼也查不到。」

第十四章 葛蕾琴

現在

開著一輛耀眼的櫻桃紅色保時捷有一個好處，就是讓葛蕾琴難以忽視，成為引人注目的焦點。

葛蕾琴認為芭杜可能會親自應門，也可能是由女僕開門。那輛保時捷可能讓是芭杜親自出來迎接，而不是由女僕負責迎客或送客的唯一原因。

「親愛的，」芭杜傾身向前，在離葛蕾琴臉頰非常遠的空氣中親吻致意。「你能來訪真是太好了。」

她這話說得彷彿她們除了在宣讀伊迪絲遺囑的律師辦公室之外，還有私下見過面。

「媽，」葛蕾琴故意模仿芭杜的語氣，「我們剛好在這附近，蘿倫堅持要來見爸媽。」

葛蕾琴在提到馬可尼的名字時刻意拉長語音，用捲舌的方式親暱地發音，故意要誤導她母親。從精心梳理的咖色髮絲，到脖子上那串珍珠，再到米白色裙裝和配套的高跟鞋，芭杜身上的每一處都激起葛蕾琴想要殺她個措手不及、想要搖撼她那種難以動搖的形象的欲望。

芭杜向馬可尼投去一個眼神，她的注意力像蜂鳥的翅膀一樣快速回到葛蕾琴身上，彷彿多停留一秒就會讓馬可尼誤以為她真的歡迎她來拜訪。

「對不起，親愛的，可能得下次了。」芭杜努力讓自己的語氣聽起來比較真誠。「美國革命女兒會的女士們等一下就會來訪。」

馬可尼在葛蕾琴身旁微微移動，從外套中掏出警徽。「其實，夫人，我是波士頓警局的警探蘿倫・馬可尼，您是否能抽出幾分鐘時間？」

葛蕾琴嘴角泛起一絲微笑，看著芭杜的肉毒桿菌發揮作用，如果她母親臉上還有哪條肌肉沒有麻痺，一定會在此刻扭曲痙攣，這現象一定會讓芭杜感到恐慌，葛蕾琴會因此更加樂在其中。

「葛蕾琴，你在想什麼？你竟然把警察帶到我們家？」芭杜說，再次忽略了馬可尼。馬可尼擅長用一種獨特且不易被察覺的方式行動，直到她已經進入前門，旁人才真正意識到她的存在。

儘管芭杜具備一種不可抗拒的存在感，但面對馬可尼時她與其他人反應並無二致，轉眼間她們三人就站在她父母家鑲有大理石地板的大廳中，馬可尼的視線迅速掃過兩幅莫內、一幅竇加的畫作，以及蒂芙尼的吊燈，和遠方角落裡的迪奧躺椅。葛蕾琴對於馬可尼是否真的能辨認出這些藝術品表示懷疑，但整個空間都透露著豪奢的氣息，馬可尼是個太優秀的警探，不會沒有察覺到這一點。

豐厚的懷特家族信託基金雖然已經不再撥給安德斯和芭杜，但這並不表示兩人的手頭很緊。

「如果您現在無法接待，我們很樂意改天再來，」葛蕾琴好心提議，「或許還可以留下過夜？」她轉向馬可尼，眼神充滿期待。「或者度過整個週末，聽起來很不錯對吧，親愛的？」

馬可尼用一個冷淡的眼神回應她，接著把注意力轉向芭杜。「夫人，我們不會佔用太多時間。」

馬可尼提出的第二種選擇暗示了她們會迅速離開，終於讓芭杜點頭同意。

芭杜瞥一眼手腕上精緻的金錶，哼了一聲。「我可以抽出幾分鐘。」

「還有安德斯，」葛蕾琴插嘴說，「他也會一起吧？」

「你父親在溫室，」芭杜說，其實這不算真正的回答，但隨後當她們經過一扇門時，她靠向門框說，「珍，請告知懷特博士我們有訪客。」

一位年輕女士穿著過時的女僕裝，從她們三個人之間穿梭而過，然後朝著房屋的後方走去。

芭杜指向靠近廚房的另一扇門。「這邊請。」

她們跟隨芭杜進入時，馬可尼與葛蕾琴對視，馬可尼悄悄示意她保持冷靜。

馬可尼很有理由提醒她，因為葛蕾琴感覺沒辦法完全控制自己，但她漸漸不懂為何需要在乎這件事。「你知道的，媽，你沒必要為了滿足自己的法式女僕癖好，逼那些可憐的女人穿成那樣，直接包養一個不是更簡單嗎。」

馬可尼抬頭望向天空，明顯在努力讓自己鎮定下來。

「請原諒葛蕾琴，」芭杜對馬可尼說，馬可尼似乎贏得芭杜的好感，只是因為她不是葛蕾琴。「這不是她的錯，她的自制力非常差，我敢說您已經注意到了。」

馬可尼沒有像葛蕾琴預料中那樣立即同意，而是用接近於怒視的眼神正視著芭杜。「其實，我發現她的自我控制能力非常好。」

葛蕾琴坐下時努力忍住別讓自己露出得意的笑容。自她們把車停在路邊以來，她體內一直翻騰著激烈風暴，馬可尼為她辯護的舉動某種程度上安撫了她的躁動。

「好了，如果可以——」

芭杜打斷了馬可尼的話。「我們等懷特博士。」

接著她們在沉默中坐了七分四十五秒，房間裡的緊繃感不斷加劇，這對任何人來說都可能是難以忍受的狀況，除了葛蕾琴。她覺得整件事非常有趣，甚至視為一種遊戲，她在過程中觀察芭杜每次努力不讓自己動彈時身上發出的細微抽動，同時也計算馬可尼交叉和鬆開腿的次數。

「啊，歡迎。」一個聲音從門口傳來，滲透進葛蕾琴假裝這個家裡不存在的所有裂縫中，她沒有轉身去看安德斯，只是靜靜等待他走過房間，站在芭杜坐的沙發後方。

儘管剛從溫室工作完畢，安德斯的穿著仍然一絲不苟，他的白襯衫袖子捲到肘部，衣襬整齊塞進米色的亞麻褲中，頭髮大部分已經銀白，卻夾雜著淡淡的金色，髮絲又厚又密，向後梳理，遠離了他貴族般的臉龐。皺紋落在他的眼角和嘴角，男性的臉上出現皺紋似乎較可接受，儘管皺紋也沒有想像中深。

兩人站的位置恰到好處，看起來就像是一幅栩栩如生的上流家庭畫像。在財富的加持下，他們優雅地老去。

安德斯把修甲得非常整齊的手指放在芭杜肩上，視線卻落在馬可尼身上——而非他多年未見的女兒。

這麼做背後有個明顯的理由。馬可尼給人的感覺很明顯是個警察，任何有自保本能的人都會在她穿越人群時注意到她，對安德斯來說，沒有什麼比自我保護更重要。

「很抱歉讓您久等了，警探，」安德斯平靜地說。「請容我問個問題，」——他的注意力首度移向葛蕾琴，然後又回到馬可尼身上——「兩位的來意是？」

葛蕾琴的指甲深深掐入手掌中，他的出現激起了她內心的怒火，所以她直接提出了問題，「你殺了羅雯嗎？」

馬可尼以一種幾乎無聲的方式嘆了口氣，表達出她的不耐，但她並未插話來試圖打圓場，她並不想削弱葛蕾琴的立場。

她直接提問，目的是激起其中一個人的反應，但他們甚至連眼睛都沒有眨一下，這是多年訓練的結果。

「親愛的，」芭杜的嘴角顯露出擔憂。「親愛的，這不是過去很久的事了嗎？」

「所以到底是怎樣？」葛蕾琴問。她當然知道，但她希望他們大聲說出來，他們總是在這個話題上避重就輕，所有人都假裝那件事沒有發生。

安德斯故意看了看馬可尼，目光又回到葛蕾琴身上。「你現在真的想談這件事嗎，葛蕾琴？」

葛蕾琴挑起眉毛。「是的，我確定。」

芭杜的嘴唇緊抿成一條細線，安德斯用手指輕掐她的肩膀，似乎在表達支持。葛蕾琴差點就要反唇相譏，眼前這場戲，每一次猶豫、每一個動作都是明顯的表演，一切都是為了演給馬可尼看。

馬可尼用精準的目光觀察這一切，沒有遺漏任何細節。

「親愛的，我在場，」芭杜用一種平靜卻遲疑的語氣說道。「如果你想要尋求協助，我們一直都告訴你，我們會支持你的決定。」

那是一個謊言，或者至少是刻意誤導，被迫收治在療養機構並不等於「獲得協助」，他們兩個人都知道葛蕾琴不能透過傳統的方式治療，他們真正的目的是把她丟包，這樣他們就不必面對她所有的問題。如果蕭內西真的將她逮捕，他們就會得逞。

他們沒有將她送進精神病院，而是試圖安撫伊迪絲，勉強自己和古怪的孩子一起生活，而且連一點好處都沒有得到。

葛蕾琴直勾勾盯著他們的眼睛。「你們還沒有回答我的問題。」

她並不認為羅雯的死是安德斯一手策劃，但那不是重點，重點是看他們的反應，看他們如何閃避這些引爆性的問題，這可能比任何證據更能揭露真相。

「這個問題不需要回答。」安德斯在芭杜開口之前反駁。

馬可尼略微調整了一下位置，這個肢體語言非常微妙，很容易被忽略。葛蕾琴咬著嘴裡的肉，直到嘗到血腥味，然後她坐了回去。她的動作足以成為馬可尼再次開口的信號，自安德斯進來後，這是她第一次發言。

「我只是想釐清那晚的一些細節。」馬可尼說著抽出她的筆記本。葛蕾琴覺得她其實並不需要筆記本來寫下任何細節，但這是一個有效的道具。馬可尼示意芭杜旁邊的沙發。「不介意坐下來談談吧？」

不太瞭解安德斯的人可能會錯過他被問到這句話時，肩膀向後一挺的動作，雖然這句話是以問句的形式提出，但含有命令的意味。安德斯在自己的家中不習慣被人指揮，但他現下正在努力飾演關心又配合的紳士角色，所以在幾乎察覺不到的短暫停頓後，他繞到沙發的一端並坐在芭杜身邊。他們彼此握著手，沒有眼神交流，明顯在裝出一副團結合作的樣子。

真是荒謬的一場戲。

「懷特夫人，能否回憶一下凶殺案發生前的那個晚上？」馬可尼問，手中的筆已準備就緒。

芭杜深吸一口氣撫平頭髮，彷彿頭上有一根頭髮沒梳整齊。「除了安德斯不在家之外，那是個普通的夜晚，女兒都已經安頓好，上床睡覺了。」

這句話讓葛蕾琴感覺……不太對勁，就像馬可尼之前說「發現你的人是她」時，她也有一樣的感覺。

葛蕾琴在心中反覆琢磨這些話，將字句拆開並重新組合。

安頓好上床睡覺。

此時空間似乎突然縮小，世界在她的周圍顫抖，然後突然凝結。「天啊，是保姆。」

馬可尼在她旁邊挪動了一下。「有保姆嗎？」

雖然馬可尼讓語氣保持平靜，但她肯定也在思考葛蕾琴的想法，在任何警方報告中都未曾提及過保姆的存在。

芭杜的目光在他們之間來回移動，但她臉上的表情依然平靜。

「我們家一直都有保姆，」葛蕾琴說。她之前怎麼沒有想到這一點？芭杜從不讓這個職缺空出超過一天，她可不想被迫親自照顧小孩。「家裡一直都有全職保姆。」

「是的，」芭杜說，彷彿這只是她忘記提及一個小細節。「我想是這樣沒錯。」

馬可尼低頭檢視她的筆記本，彷彿當中真的記錄著一些資訊，但葛蕾琴知道她只是在凝視一張空白頁。

「凶殺案發生時她在現場嗎？」馬可尼問。芭杜明顯深吸一口氣，彷彿因這麼直白的問法吃了一驚。「她應該在。」

馬可尼轉向安德斯，他點點頭接著說，「除非她那天晚上請假……」

葛蕾琴不理會那個模棱兩可的回答。「她叫什麼名字？」

「那是三十年前的事了，葛蕾琴，」芭杜急忙說。安德斯用另一隻手拍拍他們相握的雙手，芭杜明顯在努力讓自己冷靜下來。「我得查查才知道。」

葛蕾琴，你做了什麼？

問出那個問題的聲音不屬於她母親，聽起來更年輕，充滿了驚訝和恐懼。

是保姆。

葛蕾琴看向她的父親。「你也不記得了嗎？」

他聳聳肩。「老實說，我根本不記得有見過那個女孩，是你母親在處理保姆的事，而且，」——他故意停頓一下謹慎地說——「我們家的保姆流動率很高。」

他在暗示她也有責任，葛蕾琴對此番言論表示不屑，如果她母親身邊的員工能夠持續留任超過一個月，都值得敲鑼打鼓慶祝一番，但安德斯和芭杜喜歡將自己塑造成這個故事中長期受害的英雄。

「你再打電話給我，告訴我名字，」葛蕾琴說，這不僅是一個請求。「我離開後你查一查，一找到就打給我。」

「好吧，雖然我不知道此舉有什麼意義。」芭杜說，她的語氣聽起來彷彿她覺得那個資訊並不重要，也不會對解決問題有任何幫助，因為葛蕾琴已經多次檢視過當晚在屋內的人——她自己、芭杜、芙蘭——卻始終找不到其他嫌疑人。芭杜只是輕輕挑了挑眉毛。「我該繼續講下去嗎？」

馬可尼大方示意她繼續說。

「那天晚上大約八點鐘，保姆帶葛蕾琴上床睡覺。」芭杜說。葛蕾琴發現芭杜之前是故意避免提及那個女孩，她在措辭上非常小心——只是還不夠小心。

問題是，為什麼？她是在保護保姆，還是在保護自己？

「那芙蘭呢？」馬可尼問。

「芙蘭已經夠大了，可以自己照顧自己。」

「對，」馬可尼在一個奇怪的停頓後說，「她那時已經十五歲了，對嗎？」

安德斯和芭杜交換了一個眼神，葛蕾琴在心中記下這個瞬間，留待以後再分析，她不確定為什麼這一刻變得如此緊張，但她的父母和馬可尼看起來都精神緊繃。

所以葛蕾琴負責回答。「是的。」

其他人似乎都鬆了一口氣。每當遇到這種時刻，葛蕾琴都會感覺到自己身為反社會者的局限性，有些事情隱藏在表相之下，她讀不懂。葛蕾琴能理解語言，肢體語言也可以，但結合起來的意義，她還是理解不了。

馬可尼對她露出一抹微笑，但眼神仍然冷漠。「那您呢，懷特夫人，您當時在做什麼？」

「我在書房喝了一杯紅酒，」芭杜說，「然後看了幾個小時的書——」

「什麼書？」

芭杜略顯猶豫。「為何要問這個？」

馬可尼以一種安撫的方式舉起手。「我只是在試圖勾勒一個畫面。」

芭杜看了手錶一眼。「嗯，您問這種問題，是在浪費自己的時間，這真的是您想問的問題嗎，警探？」

葛蕾琴一輩子所能掌握的社交技巧，都比不上馬可尼此刻的表現，她低頭查看一下她的筆記本，然後又抬起頭來。「那我應該記下您不記得了嗎？」

「隨便你怎麼寫。」芭杜急切地回答。

「好的。」馬可尼寫下一些字。「那之後發生了什麼事？」

這場對話似乎讓芭杜感到有些不安，安德斯一定也察覺到了，因為他靠得更近，還用拇指摩擦她的指關節，但他在那個晚上對外正式的說法是不在現場，因此他無法置喙，除非他希望讓氣氛更加劍拔弩張。

「我記得大概在十一點半，保姆開始尖叫，」芭杜終於接著說。「我上樓發現那個可憐的女孩就站在羅雯的臥室門外。」

「門是開著的嗎？」

「是的，」芭杜回答。「雖然燈是關的，我看到……」

葛蕾琴揚起眉毛。「我。」

芭杜吞吞口水。「是的，手上拿著一把刀，羅雯也在那裡，躺在床上。」

「所以房間裡沒有其他人，對吧？」馬可尼確認。

「沒有，當然沒有，」芭杜的語氣幾乎像在辯解。「屋裡沒有其他人。」

「保姆也在，」馬可尼指出，「事實上根據您的描述，她是第一個抵達案發現場的人，警方檔案中似乎遺漏了這一點。」

芭杜塗滿睫毛膏的眼睛眨了眨，「那又怎樣？」

「您是否還記得她身上有沒有沾上血跡？」馬可尼問，「手上或衣服上？還是鞋子上？」

「當然沒有，」芭杜的聲音中帶有一絲困惑，彷彿真的不懂她們為何會對保姆感興趣。

葛蕾琴瞭解馬可尼的意圖，但芭杜提供的時間線聽起來不假，保姆是馬上尖叫，而且她也不是葛蕾琴一直試圖勾勒出的房中人影。

「好的，」馬可尼接著說，「那把刀是家裡的刀吧？」

「對，從廚房的一套刀具中拿的，」芭杜回答，「非常昂貴，這是我能夠輕易認出那把刀的原因。」

「您之所以決定不進房間查看羅雯的狀況，是因為……」馬可尼的目光落到筆記本上，但葛蕾琴記得她幾小時前才逐字逐句覆述過芭杜的說詞。「您害怕葛蕾琴也會傷害您嗎？」

至此安德斯終於逮到機會插嘴。「您必須理解當時葛蕾琴的情況，警探。」

「她之前有過暴力行為嗎？」馬可尼問，小心翼翼保持語氣的平靜。

「是的。」安德斯毫無愧色地回答，葛蕾琴不期待他能說出半句好話。「她傷害自己的姊姊、母親，還有她自己。」他的目光落在葛蕾琴身上，她對他把一些小擦傷和瘀傷描述得如此嚴重，感到不屑一顧。「我們努力過，想要幫助你。」

「好的。」馬可尼再次以輕鬆的方式回應，如果對她不夠瞭解，可能會以為她毫無威脅性。

「您是用哪部電話報警的，懷特夫人？」

芭杜猶豫了一下，但隨後聳了聳肩。「書房裡的電話。」

「所以您留保姆和葛蕾琴獨自在樓上，自己——」

「跑下樓到書房，對。」

「好，好的。」馬可尼點頭附和。「您的大女兒芙蘭，她在這整個過程中都在睡覺嗎？那個尖叫聲大到連您在樓下都能聽到？」

嗯，葛蕾琴終於明白了方才那一刻氣氛緊繃的原因，因為芙蘭也在房子裡，假設不考慮葛蕾琴手持凶器的事實，如果八歲的她可以成為嫌疑人，那麼十五歲的芙蘭豈不是更合情合理。

安德斯傾身向前。「您到底想問什麼，警探？我們都知道那天晚上的真相。」

「嗯，我不太確定這個說法是否準確，懷特博士。」馬可尼的笑容依舊和藹可親。「懷特夫人，您能回答這個問題嗎？芙蘭全程都在睡覺？」

「她睡得很沉。」芭杜回答。她利用短暫的喘息機會，重新找回鎮定。

「沒錯，這裡也是這麼記錄。」馬可尼說，但她記下一些內容。葛蕾琴希望所有對話都錄了下來，這整個比她預期中要有趣許多，她非常希望能回頭重聽。「您報警後有回到樓上嗎？」

「他們不讓我掛斷電話。」

「所以意思是……」馬可尼拖長了語句。「沒有？」

安德斯再次顯露不悅。「警探，我必須提醒您注意語氣，我們已經非常配合了。」

「我只是想建立準確的時間線。」馬可尼以一種安撫且帶著歉意的語氣說道，「那麼，懷特夫人，警方在您報警後多久抵達？」

「大約……我不確定，警探，那是將近三十年前的事情了。」

「給我一個大略的估計。」馬可尼堅持。

「我不確定，也許十分鐘吧？」芭杜說。

「所以您留下葛蕾琴、芙蘭和保姆單獨在樓上，沒人看管，和受害者待在一起。」馬可尼輕聲說，彷彿自言自語，但屋裡的每個人都聽到了。

這次安德斯真的站了起來，他並不是個體型巨大的人，但他懂得如何用自信填滿空間。「好了，我現在必須請您離開。」

馬可尼看著他，露出驚訝的表情，彷彿她並沒有在過去幾分鐘內試圖激怒他們。

「如果您還有其他問題，可以聯絡我們的家族律師，」安德斯說，「我相信葛蕾琴把他的名字記得很清楚。」

「是，我當然記得，」葛蕾琴站起來說，「從你們試圖說服法官我精神狀況不佳，不適合管理伊迪絲的遺產時，我就再也忘不了。」

安德斯的目光滑向窗戶，眼神望向保時捷的車尾，這舉動清楚暗示了他仍然堅持送客。

馬可尼闔上筆記本並收起，打斷了當下的氣氛。「我們會的，謝謝您抽空接待，一旦找到保姆的名字，請立刻聯絡我們。」

接著她巧妙地引導葛蕾琴離開房間，沒有引發進一步的事端，直到重新坐回保時捷裡，兩人才開始交談。

葛蕾琴向她投來一個眼神。「我不知道你有這種本事，」她承認道，「我該替你鼓鼓掌。」

馬可尼的表情轉為嚴肅，但聽到這話她露出微笑。「總有一天你不會再驚訝，你會發現我並不像你最初想像得那樣無能。」

「也許吧，」葛蕾琴承認，啟動引擎駛入寧靜的街道。「但今天不是那一天。」

經過幾英里的沉默後，馬可尼輕聲說，「保姆。」

葛蕾琴的舌頭輕掃過臉頰內側新留下的疤痕。「有兩種可能。」

「要不是你的家人刻意隱瞞屋內有其他人的事實，」馬可尼說，「要不就是蕭內西在正式警方報告中對她的存在刻意隱瞞。」葛蕾琴把話說完，完成她們共同的推論。

「芭杜不希望我們知道她存在，」馬可尼說，她也注意到了這一點，葛蕾琴並不驚訝。「我閱讀過她在一九九三年的證詞，當年她並沒有提及保姆。」

「可能吧，」葛蕾琴說。「但也可能是蕭內西把她的存在從報告中抹去。」

馬可尼是個徹頭徹尾的警察。雖然蕭內西可能沒有誠實記錄真相，這點葛蕾琴並不感到驚訝，但她可以看出馬可尼正在努力接受這個事實：她的搭檔可能不如她想像中那樣誠實。

但隨後馬可尼微微抬起下巴，彷彿準備上場戰鬥一樣。「好吧，如果真的是他動了手腳，我們也該找出原因了。」

第十五章　塔碧

一九九三年

經過一個月的時間，塔碧終於把珍妮的房間實際檢查過一遍——包括她桌子裡收好的所有文件。

在珍妮死前幾週，有個名字反覆出現。

羅雯．懷特。

起初她是在同一堂歷史課的小組報告中提到她，後來羅雯的名字開始出現在珍妮的日曆上，她的姓名首字母隨意寫在便利貼上，甚至連曲棍球手冊的邊角處都出現她的名字。

羅雯與安德斯一起搭車。

塔碧不懂這句話是什麼意思——她猜警察也無法理解，如果警方有找到那些幾乎被時間抹去的倉促紀錄的話。塔碧年少時曾迷過圖書館的微縮膠片機，從那裡可以找到大量資訊，簡直讓她嘆為觀止，但現在如果想要搜尋羅雯．懷特的相關資訊，無法仰賴這些設備。

塔碧還一時興起搜尋了安德斯這個名字——如果那確實是他的真名——但同樣一無所獲。

因此，塔碧轉而調查羅雯和珍妮初識的地方。

塔碧走進菲利普斯學院的校長辦公室，立即對眼前的一切和每一個人感到厭惡，塔碧不像珍妮那麼聰明，也沒有獲得任何獎學金——就算她沒有因為姊姊的死陷入極度的悲傷，也一樣拿不到獎學金。

然而所有校長辦公室的感覺都是一樣，這間辦公室讓她猛然想起波伊爾街的甘迺迪高中，她不由自主低下了頭，彷彿因為穿著破舊的牛仔褲和磨損的靴子站在那裡，就活該受到責罵。

馬丁內斯校長以熱情的微笑迎接她，只要人們得知她那悲慘的身世，就會露出那種表情，當塔碧別有目的時會自行加強這種效果，而她現在確實另有所圖。

她從牛仔褲口袋裡掐自己的大腿，讓眼裡泛出淚光。「只是想看看畢業年鑑……如果你們有的話……我不想造成你們的麻煩。」

馬丁內斯女士的表情變得更加溫柔，她帶塔碧走向圖書館，一個側架上放著學校數十年來的每一本年鑑，塔碧維持鎮定，努力不流露出勝利的表情，直到校長安靜地退後，指點她如果想複印任何頁面，就告訴圖書館員。

塔碧的手指沿著年鑑整齊的書脊滑過，挑出珍妮就讀那一年的年鑑。她人生的最後一年。確認沒有人偷看後，塔碧找到一張最遠、光線最陰暗的桌子。

桌面上刻滿無法抹去的塗鴉，塔碧摸到「想快樂時就找蘇珊」時幾乎笑了出來，沒有留下電話號碼——大概是因為刻號碼太費力了，青少年真是太可笑又太容易預測了。

塔碧坐下來翻閱那本應該有珍妮照片的年鑑，整整一頁都在悼念她，班上同學為了自己、他們的父母和大眾表演著悲傷，這些人中沒有一個真正瞭解珍妮；沒有一個真正關心過她。

塔碧找到珍妮一張普通的班級照片，她臉上帶著壓抑的微笑，棕色的頭髮顯得蓬鬆，戴著大眼鏡。她穿的那件粗條紋高領毛衣即便在九年前也顯得過時，兩顆門牙稍微重疊，明顯可見。但天啊，她真的很漂亮，比塔碧漂亮許多。

塔碧忍不住眨了眨眼，翻過幾頁直到找到W字母開頭的名單：羅雯．懷特。

這女孩身上帶有一種冰冷的美。照片是黑白的，但塔碧可以看出羅雯留著前十年流行的漂白金髮，剪成長度剛好在下巴附近的鮑伯頭，當年這樣的髮型顯得有些奇特。

女孩眼中有一種令人不安的黑暗，可能是因為灰階效果，但塔碧也見過很多眼神悲傷的女孩，足以讓她辨認出眼下的瘀傷代表了什麼：羅雯．懷特的世界並不完全正常。

接下來的半小時裡，塔碧翻閱年鑑尋找羅雯的照片，在各種姿勢的社團照片中，在偶然的快照背景中搜尋。有一頁是秋季園遊會的照片，但當中沒有羅雯的蹤影，沒有珍妮，在隨機拍攝的照片角落也沒有出現英俊的成年男性。

如果塔碧可以幸運一點就好了。

年鑑中也沒有提到任何名叫安德斯的人。

塔碧再次確認四下無人後，從外套口袋偷偷拿出了她帶來的即可拍相機。她早已標記好每個出現羅雯的頁面，翻看這些頁面並拍下照片。儘管校長已經保證她可以複印想要的內容，塔碧還是疑神疑鬼，她不希望任何人看到她針對的人是誰。

完成後，塔碧把年鑑放回原處，觀察了圖書館員一會兒，她看起來相對年輕——如果要塔碧猜的話，可能三十五歲左右。珍妮的謀殺案發生在大約十年前，這表示她可能知道一些事情。然而，塔碧認為從校長辦公室外那位年長的女士身上，更有可能探問到消息。

塔碧進入圖書館的這一個小時之間，館內變得更加嘈雜紛亂，但她很快就找出負責守門的那隻「惡龍」。

西蒙斯夫人顯然統治著她的小小王國——如果她的名牌是真的，她的名字叫蓋兒．西蒙斯。但出於某些原因，這類女性總會被塔碧所吸引，或許因為她們在塔碧冷漠的外表和不屑一顧的表情中看到自己的影子。不管原因是什麼，塔碧也不打算深究。

她在西蒙斯夫人的桌邊徘徊，直到這位女士透過厚重的雙焦眼鏡瞄了她一眼。「有什麼事嗎？」

「我在找資料，」塔碧直截了當地說，沒有拖泥帶水，開門見山總是比較好。「找一個名叫安德斯的學生。」

西蒙斯夫人抿緊嘴唇，但她並沒有立即把塔碧趕走。這是一個好兆頭。

「你對姊姊的死似乎不太傷心。」西蒙斯夫人直言不諱地說，正如塔碧所料。

她確實料到了，皮膚黝黑、見多識廣的女性通常不會拐彎抹角說話。「是的，畢竟已經過去十年了。」

西蒙斯夫人點了點頭表示同意，這是事實。「確實如此。」

「安德斯是誰？」塔碧追問。

「我們不該隨意公開學生的資訊。」西蒙斯夫人說，她的語氣顯示她並不太關心正當性這種事，但似乎喜歡玩這種你追我跑的遊戲。

「是很久以前畢業的學生嗎？」塔碧試圖探出端倪。她可能只是喜歡講八卦——擔任這種職位的女性，喜歡八卦並不足為奇——或者她想先收到好處。如果塔碧判斷錯誤，感覺會立即產生反效果。

「安德斯．懷特，我只能說這麼多。」西蒙斯夫人說。

「懷特？」塔碧挺直身體問。「跟羅雯．懷特有關係嗎？」

「是她哥哥。」西蒙斯夫人用一種異常陰沉的聲音說，她那白灰相間的眉毛在鏡框上凝結成一道深V狀的皺紋。「別再多問了。」

「哪一年的學生？」塔碧忍不住繼續追問。西蒙斯夫人打量了她一番，她豐滿的胸部因為惱怒而上下起伏。「大概比他妹妹早十年左右吧？」

「謝謝。」塔碧將一顆包裝好的焦糖糖果滑過桌面，這是表示感激和尊重的姿態，不會像給錢那樣粗俗，還會貶低西蒙斯夫人的自尊。

「哼。」但那顆糖果還是消失在西蒙斯夫人的掌中，她對塔碧眨了眨眼。

塔碧微笑著低頭走回圖書館，她向圖書館員揮了揮手，但盡量不讓這個動作看起來太親暱。

「十年左右」這個回答留下很多解釋空間，但塔碧抽出那個時間範圍的四本年鑑，花了一些時間，最終在這些年鑑中找到安德斯．懷特。

那是他的高年級畢業照，因此是彩色而不是黑白的。他身穿一套漂亮的西裝，佩戴著一條帶有絲質光澤的綠色領帶，使他那像冰湖般的藍眼睛顯得更加深邃。他幾乎與羅雯一樣美，雖然塔碧確定男性可能不會喜歡這樣的形容詞，不過這真千萬確，豐滿的嘴唇、一抹金色的頭髮、直挺的鼻樑、有稜有角的下巴線條。他的嘴角帶著與羅雯相似的微笑，但他的眼神中沒有悲傷，所以整體感覺有所不同。

他的魅力似乎從頁面上散發出來，彷彿只要她閉上眼睛並深信不疑，他就能從墨水和像素中走出來，變成真實的血肉之軀。

然而，讓她的血液在薄薄的手腕皮膚上急速奔騰的原因，並不是這一切。

她吞吞吞口水，試圖平穩呼吸，儘管汗水已經在她的頸背、背部下方和手掌凹處聚集。

來到圖書館之前，塔碧早就做好心理準備，她可能會認出羅雯是她見過的人。

然而塔碧沒有想到的是，她竟然認出了安德斯。

第十六章 葛蕾琴

現在

葛蕾琴和馬可尼開過橋，回到波士頓市中心。時間已經很晚了，馬可尼總共打了十通電話給蕭內西，他全部拒接。

「你知道的，如果可以，他會盡可能逃避這件事。」葛蕾琴說。

馬可尼的目光盯著遠處的某個地方。「天啊，真的是他嗎？他真的陷害你嗎？」

當羅雯的生命逐漸流逝，房間角落有一個人影，葛蕾琴努力想像那個人影是蕭內西。「我相信他有可能會這麼做。」

馬可尼在座位上扭動。「你的反應也太冷靜了。」

葛蕾琴聳聳肩。「這就是當反社會者的好處，背叛對我來說不算什麼。」

「不，我不信。」馬可尼把手指指向葛蕾琴的臉，葛蕾琴張嘴差點咬到她的手指。「每次我回答你『什麼？』，你就對我發火。」她指了指兩人之間的空間。「你剛才差點咬掉我的手指，只因為我指著你，然後你竟然對蕭內西可能陷害你一輩子這件事不生氣？我才不信。」

「不喜歡手指靠近臉，有什麼好奇怪的？」葛蕾琴對馬可尼氣沖沖的反應感到好笑。「就算我很欣賞邏輯跳躍好了，但你這個推理飛躍的距離大概有大峽谷那麼遠，我們甚至還不知道是不是蕭內西把保姆的事情從報告中抹除，即使他真的這麼做，也可能只是因為無能。」

馬可尼無視葛蕾琴的話，她的語氣愈來愈激動。「我當初只是提到這起調查，你就把我按在牆上。」

葛蕾琴真希望自己不必時時注意路況，她相信馬可尼現在看起來一定臉紅脖子粗，這景象光是想像就非常有趣。

「因為我提到這個案子，你失控了三個月，」馬可尼繼續說，葛蕾琴從未見過她那麼激動。「你曾說過，蕭內西是你努力保持極端自制的原因，現在他可能涉案，而你連眼睛都不眨一下？我不相信，我不信。」

「也許你該冷靜一下。」葛蕾琴說。

「看吧。」馬可尼差點又要指著她，但明智地放下了手臂。「我在你父母家告訴你要冷靜下來時，你很生氣。你可能可以隱藏情緒，但你的脾氣非常急躁，怎麼可能對這件事不生氣。」

葛蕾琴恍然大悟。

「噢，」葛蕾琴說。「原來你又在替我生氣了。」

這種情況之前發生過，每次都讓葛蕾琴很愉快，馬可尼像斷了線的木偶一樣癱倒在座位上。「你這種無動於衷的態度讓我抓狂。」

「我暴力威脅別人時，你幾乎沒有反應，現在卻因為我不想暴怒殺人而抓狂？」葛蕾琴確認道。

「這麼說的話，我聽起來——」

「我們就說是『不理性』吧，好嗎？」葛蕾琴插嘴，「而且，不管怎麼說，蕭內西從來沒有真正陷害到我。」

馬可尼看起來又要激動起來，葛蕾琴舉起手。「我沒有遭到逮捕，即使他知道我不會被起訴，他還是可以逮捕我，他沒有真的陷害到我，頂多可以說他嘗試陷害我但失敗了。」

「可是……」馬可尼慌亂地說，「你一輩子都在面對別人的懷疑，即使到了現在，有些警察還是不願意和你合作。」

「你現在是想故意激怒我嗎？」葛蕾琴問，主要出於好奇。

馬可尼幾乎要舉手投降。「是的。」

葛蕾琴瞄了她一眼。「我大概可以擠出幾滴眼淚，如果這樣能讓你好過一點。」

馬可尼豎起中指，葛蕾琴笑了起來。

「你說過蕭內西是你的底線。」馬可尼稍微冷靜下來，語氣嚴肅了一點。「你說過，他是你的道德指南針，所以如果我們發現他並不如你想像中的那麼正直，你會怎麼樣？」

雖然將反社會者全都形容為無腦殺手是一種誤解，但對他們太過輕忽仍然很危險。無法控制衝動、無法權衡後果、為了緩解無聊而追求刺激，這些都會產生犯罪傾向。反社會者，尤其是像葛蕾琴這樣情況較輕微的，會意識到這些症狀可能對他們的生活造成負面影響，所以他們會設下一些限制、自我約束的標準、不能越過的底線，讓自己能夠在社會中正常運作。

對某些人來說，宗教是一套明確的規則，非常有約束力，另一些人則是靠刑法來控制自己——他們可能允許自己犯一些輕罪，但一定不會犯下重罪。

葛蕾琴花了幾年的時間實驗——甚至短暫加入一個她現在意識到是邪教的組織——才發現她長期約束自己的動機是什麼。

蕭內西。

她對那個人並沒有好感，對他頂多只有勉強的尊重，也許在心情好的時候，會承認他們之間的互利關係，但在大多數情況下，當葛蕾琴的衝動強烈到幾乎無法控制時，她眼前總會浮現蕭內西的臉。如果被他逮到機會逮捕她並定罪，他臉上一定會露出得意的表情。

現在她懷疑自己長期以來是不是看錯他了。

這並不意外。葛蕾琴經常誤解他人的動機，這和她的診斷一樣，都是她的一部分，就像她渴望在波士頓的每個紅燈前猛踩油門一樣，她比普通人更依賴刻板印象和普遍認知，這通常是情境喜劇和肢體語言課程常見的簡化方式，因為易於被大眾理解。

蕭內西一直在監視葛蕾琴，她一直將這種行為解讀為懷疑，在那些每週播出都要解決一宗謀殺案的犯罪電視劇中，警察通常會表現出這種典型行為。

但也許有別的理由，是她既解讀不出也理解不了的動機。

*你說他是你的道德指南針。*馬可尼剛才像下挑戰書一樣說出這句話，但到了這關頭，這句話還有真實性嗎？葛蕾琴想到薇奧拉．肯特案，想起馬可尼不斷跑到她門前，逼她挺身而出，澄清自己的名聲。她跟蕭內西認識了三十年，但馬可尼為她做得更多。

「嗯，現在我有你了，對吧？」葛蕾琴輕描淡寫地說，話語間既非認真也非完全開玩笑。

「但我從來沒有認為你會殺人。」馬可尼反駁。她知道對葛蕾琴而言，重要的不是蕭內西的看法，而是證明他錯了。

「是的，但如果我做了你不認同的事，你會給我那種失望的眼神。」葛蕾琴說，語氣中帶著顫抖，

「我相信你做過很多我不認同的事。」

葛蕾琴看了她一眼。「但沒有任何事情會阻止你跟我合作。」

「這對你很重要嗎？」

「我告訴過你，生活就是在權衡利弊，」葛蕾琴漫不經心地聳聳肩，這個動作掩蓋了這段對話的認真。「你為我們合作關係帶來的正面效益——比如讓芭杜在她完美的客廳裡慌張失措——抵消了我隨意殺人的衝動。」

「我很榮幸。」馬可尼冷冷地說，但如果要葛蕾琴猜的話，她認為這句話底下隱含著某些真實成分。馬可尼看了看時間，嘆了口氣。「送我回家吧？」

葛蕾琴將車停靠在下一個空著的路邊停車格。「你的觀察力才是我留你在身邊的真正理由。」

馬可尼一震，怒視著自己家的公寓大樓，好像那棟房子背叛了她一樣，她回頭看向葛蕾琴，盯著她看了好一會兒。「我不會醒來就聽到蕭內西在睡夢中遭人殺害的消息吧？」

葛蕾琴聽了這問題竟然笑了出來。「如果我真的殺了蕭內西，絕對不會趁他睡覺時，我會慢慢折磨他，讓他生不如死，肯定還會包含某種報復或寓意深刻的行動。」

「我放心多了。」馬可尼低聲說道，然後她抓起她的包包，從保時捷車內爬了出來。「記住，我不會幫你藏屍。」

「噢，」葛蕾琴咕噥道，「那其他事呢？」

「我得先權衡一下利弊。」馬可尼說完，砰地一聲關上車門。

葛蕾琴搖下車窗大聲呼喊，「總有一天我會把你培養成一個合格的反社會者。」

馬可尼懶得回頭，只是給了葛蕾琴一根中指。

葛蕾琴笑了整整十分鐘，一直開到蕭內西的公寓，她將車停在暗處，找到那把稍早用來割破他輪胎的刀子，當周圍逐漸暗下，她用指尖輕撫著刀刃。

第十七章

──蕭內西──

一九八四年

蕭內西的靴子踩在結冰的雪上，發出嘎吱嘎吱的聲音。

他內心有某個部分也感受到了這片冰雪世界的美，但腦中主要在思考雪會如何掩蓋證據。

蕭內西並不指望會發現什麼，到頭來這也只是徒勞無功，這舉動很愚蠢，沒有意義，但他並未因此而停車，仍舊驅車前往森林，尋找任何可以證實他的假設的證據。

太陽初升的光芒在遠處照射到某個金屬物體上，蕭內西屏息凝視。光線散開了，他看不清楚是什麼，但他還是往那個方向前進。

他向上攀登。只是一座不高的小山丘，但足以解釋為何羅雯會沿這個方向跑下山。

他眨了眨眼，大口喘息，一度滑倒但隨即站穩，舉手封住眼前的陽光，隱約看到……某樣東西的輪廓。

是一座小屋。

他抵達山丘頂端，轉身背對升起的太陽，小屋在陽光的照射下特別醒目。

小屋兩側有幾道狹窄的窗戶，位置接近屋頂，如果有人被困在裡面，要爬出去會很困難。小屋的大小適中，油漆處處剝落，但整體看來維護良好。

門上吊著一把掛鎖。

還有其他女孩，找到她們。

蕭內西緊握著手電筒，四處張望，他也不知道自己是否已越過產權界限，但他知道自己很接近懷特家族的宅邸，很可能已經走到他們家的範圍。

但這裡既沒有標誌也沒有圍欄。

他咬著臉頰內側，手指在沉重的手電筒上逐漸失去知覺。

腦中傳來家人嘲笑的回聲，蕭內西試圖抹去，卻無法讓聲音消失。

太認真。

怪人。

如果他撬開那道掛鎖，小屋裡找到的所有證據都無法用於實際案件；如果他破壞掛鎖且被局長知道，他很可能會遭到解職處分，至少也會惹上麻煩。

蕭內西閉上雙眼，彷彿這樣就能聽見牆壁裡某個虛幻受害者的尖叫聲，耳邊卻只有風聲迎面而來。

他想試著往窗戶裡看，但小屋太高，他需要一把梯子才能看個清楚。

反正裡面什麼也沒有，他在做傻事。

也許如果他直接破壞掛鎖，就能繼續原本的生活，忘記那晚的事情，忘記羅雯・懷特。

他還沒意識到自己舉起沉重的手電筒，掛鎖就被敲碎了。

蕭內西盯著那把鎖，一切竟然如此簡單。

神不知，鬼不覺。

蕭內西看著自己戴著手套的手伸出去，敲掉鎖上的碎片，然後拉開門。

這次是掛在門上的金屬鏈在初升的太陽下閃閃發光，接著是牆上的刀具，刀刃光滑閃亮。

正當他的手要去摸無線電時——想幹什麼？通報這件事？——他清楚聽見槍栓拉動的聲音，急忙轉過身來。

安德斯·懷特從樹林的陰影中走了出來。

「蕭內西警官。」安德斯的問候與他們在波士頓市中心咖啡館偶遇時一樣，面帶六個月前見面時那種親切的微笑。「能解釋一下您在我的地盤上做什麼嗎？」

這個問題讓蕭內西感覺像是被揍了一拳，他對此趟調查的所有疑慮一下子湧現出來。

但如果他現在表現得太過防備，他知道自己就再也無法掌控局面了。「想解釋一下你的酷刑室嗎？」

安德斯的目光跟隨蕭內西的手勢，看向開啟的小屋。

「蕭內西警官，你來查看這裡一定有搜索令對吧，我無法想像波士頓警局一名正直的警官居然會私闖民宅。」

「我有正當理由。」蕭內西用自信的口氣回答，儘管只是虛晃一招。

安德斯嘴角微微上揚，似乎對一切感到莞爾多於生氣。「但我們已經給你一個非常合理的解釋，解釋為什麼羅雯那晚會出現在路上，你還能有什麼相當理由呢？」

「給你一個非常合理的解釋」這說法讓蕭內西感覺不太對勁，彷彿安德斯知道那個說法是個謊言，但也知道從表面上看來，那理由站得住腳。「我聽到了尖叫聲。」

安德斯放鬆了獵人的姿態，把步槍的槍口指向地面，而不是蕭內西的胸膛。「在路上？」

要亂編理由？蕭內西也會。「我當時在健行，沒有發現這裡是私有地。」

安德斯歪歪頭好奇地問，「蕭內西警官，你到底想怎樣？這一切又有什麼意義？」

「我在找其他女孩，」蕭內西說。對付像他這樣的人的唯一方法是採取突擊攻勢，在他們用巧言令色和精心設計的誤導言詞扭曲你的想法之前，先將他們擊倒。「羅雯可能是你第一個或是最後一個受害者，但她不是你唯一的受害者，懷特。」

「其他女孩，」安德斯緩慢地重複這句話，彷彿在品味這些陌生的詞彙，然後他嘆了口氣。「噢，羅雯真的影響了你的思考對吧？你以為我是個……連環殺手。」

不是以為，你就是，蕭內西本想這樣糾正他，雖然他知道這想法很荒唐，知道這是一個糟糕的失誤，但他似乎就是無法閉上自己的嘴，他這輩子從未遇過像他這樣讓他警鈴大作的人。

「想解釋一下你的酷刑室嗎？」他再次提出這個問題，對安德斯的猜測不置可否。

安德斯微笑著問道，「蕭內西警官，你不是獵人吧？」

蕭內西投去一個難以置信的眼神。「是啊，我參加童子軍時沒有獲得那個徽章。」

「你知道嗎？」安德斯面帶慷慨的笑容，朝著小屋揮揮手。「隨便看吧。」

蕭內西知道安德斯比他聰明，知道自己很容易被這個人玩弄於股掌之間，他想像著他是否心懷鬼胎——安德斯會在他轉身時將他反鎖在裡面嗎？但這似乎不太可能，所以他小心翼翼推開門，然後走了進去。

搜索了十分鐘後，他不得不承認，在徹底搜索那小小的空間後，裡面找不到任何確鑿的證據。

「我知道你接下來會怎麼想，我可以說給你聽嗎？」安德斯用一種冷峻傲慢的聲音喊道。

「畢竟我是一位受過專業訓練的精神科醫生。」

蕭內西咕噥著，他再次檢查混凝土地板上的一條裂縫，想看看裡頭是不是殘留血跡，但他就是看不清楚。

「你在那裡找不到任何證據，但這不重要，因為你會改變目標，」安德斯繼續說，「你會想：我一定是把我的連環殺手巢穴藏在別的地方，這就是陰謀論的運作方式，警官。」

一個明顯遭受虐待的女孩，在半夜跑到馬路中間，事實確鑿，談什麼陰謀論，但蕭內西沒有浪費口舌去爭辯。

「當你找不到證據——或者其他受害者時——你會認為我一定犯下某些令人髮指的罪行卻逍遙法外，你會認為我是個天才殺手，所以能輕易靠奸巧騙過任何調查我的人，你永遠不會相信我是無辜的。」安德斯說，從他的語氣聽起來，他似乎對此不太在意，實際上，他的語氣帶有一種好奇和學術的色彩，彷彿把蕭內西當成一個案例在研究。「即使我允許你自由搜查整棟宅邸，即使我們讓你與治療羅雯的所有精神科醫師談話，就算他們斷然說她罹患憂鬱症和妄想症，你也不會被說服。」

*因為治療她的人就是你，其餘也全是你的同夥，*蕭內西這麼想，一邊凝視著掛在牆上的武器。刀，致命而明確的證據，但對他的調查而言卻於事無補，這些刀具確實有可能造成羅雯手臂上的傷口，但即使他證明有人使用過這些刀具，也無法證明手臂上的傷口不是自殘造成。

這裡的一切都是間接證據，一切都能說出一個非常合理的解釋。

「警官，你沒有掌握到任何證據。」安德斯說。他的話沒有惡意，甚至沒有挑戰的意味，他的態度合情合理到了極點，如果蕭內西抽離當下，客觀觀察這個場面，他會覺得自己瘋了。「我不介意你打擾我，但我擔心你將來會打擾羅雯，我不能讓你那麼做。」

打擾羅雯。她可能已經十八歲了，即使她被關在精神病院裡，還是可以憑自己的意願決定要不要見誰。蕭內西保持冷漠的表情，終於走出了小屋。「這算是威脅嗎？」

安德斯舉起沒拿槍的那隻手，掌心向外。「我不敢威脅執法人員，但我會向你上司報告這次的小插曲。」

蕭內西點了點頭，早就預料到這一點。他想起那些關於連環殺手的資料，那些聰明且自制的殺手喜歡吹噓自己逃脫了多少次，許多人其實在內心深處希望被抓到。「我懂你的意思，我不夠聰明，逮不到你，懷特，但你知道嗎？」

「嗯？」安德斯饒富興味等著他說。

「總有一天會有人逮到你，」蕭內西說，「到那時，你會為你所做的一切付出代價。」

「我所做的一切。」安德斯的聲音幾乎低到聽不見，目光垂落到地上。

這是自從安德斯走進這片小空地以來，首次卸下了面具。

在那一瞬間，安德斯臉上浮現的不是蕭內西想像中的恐懼、自負或得意。

不，那一閃而逝的表情中流露出深刻的悲傷。

第十八章　——葛蕾琴——

現在

葛蕾琴從未殺過人，至少她自己是這麼記得。

她生命中有那麼幾次，憤怒如烈火燎原，強烈且致命，但她從未真正走到那個不可逆轉的境地。

殺掉蕭內西或許不會太難，只需要在他的脖子上輕輕一劃，看起來並非不可能完成的任務，然而，葛蕾琴從來不是天生嗜血的人——光有衝動和欲望並不表示她會真的行動。

儘管葛蕾琴天生無法真正理解他人生命的重要性，但她實際上並沒有殺人的慾望，尤其是蕭內西，即使他有些怪異，但整體看來，他對她的生活還是頗有益處。

葛蕾琴坐在保時捷的駕駛座上，看著蕭內西的公寓窗戶亮起，她手上一直轉動的刀子現在靜靜搭在拇指上。

她無法透過窗簾看清屋內的情況，只能辨認出一個黑暗的輪廓，但葛蕾琴在心中想像蕭內西在房間裡走動，可能在他滑輪式吧台旁的老式黑膠唱片機上放了一張舊唱片，幫自己倒了一杯中等價位的酒，對這個男人來說，這已是生活中小小的奢侈。

有次聖誕節，葛蕾琴買了一瓶頂級蘇格蘭威士忌送給蕭內西，他差點在她面前喜極而泣。

她點開手機查看時間，已經過了午夜，不過蕭內西一定不會這麼早睡，他有失眠的問題，葛蕾琴以前曾利用過這一點，如果有必要，她當然要在他心靈最脆弱的時刻打給他。

認識他這麼久，她一直認為他的道德感很重，他非常重視自己的靈魂和操守，而這些懸而未決的案件讓他感受到極大的心理負擔，但現在她開始懷疑，他晚上失眠是否有其他原因。

葛蕾琴剛剛花了三個小時，試圖想出他為何要掩飾當晚有保姆在場的事實，問題是她找不到任何合理的解釋。當然這不代表沒有理由，葛蕾琴比所有人都清楚，人們常常只憑藉有限的知識，卻以為自己能猜到每一種動機和結果，她很容易落入這種陷阱，尤其是因為她曾被診斷為自大狂[4]。

但葛蕾琴一直陷在邏輯的死胡同。

蕭內西在犯罪現場發現保姆之前，是不是就認識她？如果是這樣，除非她有什麼可疑的理由，否則他不會主動將她列入警方報告中，但站在一個拿著兇器、血跡斑斑的小女孩旁邊，誰會看起來可疑？

芭杜是否在跑去書房打電話報警時，就請保姆先行離開了？理論上，發現小姑被小女兒殘忍殺害後，她應該從頭到尾都處於驚慌失措的狀態當中？

相較之下，芭杜先請保姆離開的推論，比蕭內西在警方報告上說謊來得更有可信度，雖然這個可信的標準本來就不高。

4 delusions of grandeur，一種對財富、權力和天賦等過於關注的病態人格。自大狂對名聲、社會影響力和物質財富有特別的要求，一般被認為是偏執狂的一種表現形式。

同。

但芭杜為何要先讓保姆離開？她除了關心自己和丈夫之外，似乎不在乎任何人。

三小時過後，葛蕾琴開始思考蕭內西和芭杜串通的可能性，這時她發現自己似乎走進了死胡同。

光是想像他們兩人為了某種共同的目的而共謀串通，就讓她差點莞爾失笑，他們這麼做的動機為何，她連想都不願想。

當晚究竟發生了什麼事？她還找不到拼湊出真相的碎片，無論蕭內西掩蓋了什麼？他守著這麼祕密已經有三十年之久，她今晚不可能在這裡找到任何答案。

於是葛蕾琴離開他的公寓，那裡的燈光依然明亮，窗前的扶手椅上坐著一個模糊的人影。

回家已經太晚——或者說太早，葛蕾琴知道自己無法入睡，所以她在城市慢慢甦醒時開車穿梭在街道上，她故意挑選狹窄的街角競速，不斷加速，思緒如同她的行駛路徑一樣飄忽不定，最終她來到馬可尼家，她不禁想著，此舉對她來說是否有什麼特殊意義。

她在外面傳訊息給馬可尼，馬可尼一定在等她，因為她兩分鐘後就從大樓門口走了出來。

「看來沒有屍體要埋。」馬可尼一上車就說。

「真有趣，你又知道了。」葛蕾琴反駁道，一邊啜飲著咖啡，她沒有幫馬可尼買。馬可尼瞪了咖啡一眼，然後從她超大的包包裡掏出保溫瓶，嘴角帶著一抹得意的微笑，好像她早就預期葛蕾琴就是這麼不體貼。

「我重新看了羅雯凶殺案的警方報告，發現報告似乎不完整，」馬可尼說，葛蕾琴漫無目的地向前開。「我發現不止少了保姆的資訊。」

葛蕾琴看了馬可尼一眼，但她不想主動問她「什麼？」。

馬可尼似乎從葛蕾琴的沉默聽出了弦外之音，微笑著說道，「驗屍報告少了一頁。」

「哪一頁？」葛蕾琴迅速問，同時掉頭往法醫辦公室的方向駛去。

「倒數第二頁。」

這可能表示那頁的內容並不重要。

「你怎麼發現的？」

「報告很厚，我之前沒注意到頁面是從第十七頁直接跳到第十九頁。」馬可尼邊喝咖啡邊說。「上面的資訊——我不知道該怎麼形容驗屍報告的內容，但如果非要找個詞——就像B級資料吧。」

葛蕾琴搖搖頭，似乎聽不懂。「找個更貼切的詞來形容。」

「你明明就懂我的意思，」馬可尼反駁，「上面都是記錄她的甲狀腺，還有小時候骨折之類的事，這些背景資訊與當前的調查不太相關。」

「但內容確實少了一頁。」葛蕾琴自言自語地說，她很少需要重複對方的話。

「是的，有人想掩蓋官方報告中的某些內容。」馬可尼說。

「你有什麼推論嗎？」

馬可尼沉思了一會兒，隨後聳了聳肩。「可能是疤痕？她小時候遭受虐待留下的疤痕？」

「但你說過內容有提到骨折。」葛蕾琴感覺像是邊思考邊自言自語。「如果只是類似的事情，為什麼有人要刻意刪除？」

「無論他們抽掉了什麼內容，都非常走運。」

「怎麼說？」葛蕾琴問。

「缺的那頁一點也不突兀，」馬可尼說，「讀起來好像那一頁本來就不存在，我感覺那頁記錄的可能是完全獨立的內容。」

葛蕾琴看著馬可尼沉默了一會兒，然後不情願地說了句「幹得好。」

「噢！」馬可尼笑了起來，「要把這種話說出口很困難對吧？看起來很痛苦喔。」

葛蕾琴的嘴角扭曲，看起來很煩躁，但她牙齒後方潛藏著一抹微笑，她猜馬可尼也察覺到了。「不要說我從來沒有讚美過你。」

「對，因為你的讚美是物以稀為貴。」馬可尼反駁道。

「事實不容爭辯。」葛蕾琴說，馬可尼再次笑了，她的笑聲充滿整台車。這幾天來的馬可尼比她們初識時要好相處許多，她是個有防備心的人，就像一座設有護城河、吊橋、高牆和塔樓的古老城池，葛蕾琴好奇馬可尼是否至少已經讓她進入了第一層。

她的內心深處還有多少層？

馬可尼行事低調，儘管客觀來說她的外貌非常美麗——曲線玲瓏、黑髮、蒼白的皮膚，還有美到不可思議的淡褐色眼眸——聰明且是一位相當稱職的警探。上述這種優勢的組合，通常會對葛蕾琴精心安排的世界造成破壞，嫉妒和苦澀的情緒在每一次的互動中層層累積，葛蕾琴不擅長應對人與人之間的競爭和比較。

由於某種原因，馬可尼似乎正好能和葛蕾琴強勢尖銳的個性產生互補，她總是出乎葛蕾琴的預料，不按牌理出牌，正因如此，她讓一切都保持了新鮮感。

對反社會者來說，最糟糕的就是無聊，而馬可尼絕不無聊。

當她們抵達法醫辦公室，葛蕾琴搖搖頭，把這些想法拋到一邊。

「噢，看，是你最喜歡的地方呢。」馬可尼說，這不是在開玩笑。

即使葛蕾琴自己可能不是殺人犯，但身為一名反社會者，她深受死亡吸引，撕裂的肉體、惡臭的傷口，體液無法容納在體內，只能外流，這一切都令她著迷。葛蕾琴曾經站在她摯友的屍體旁邊，欣賞她死後僵硬抽搐的肌肉。

停屍間滿足了她潛藏在皮膚下的病態本能，她熱愛這一切。

但她對這個地方的熱愛遠不如她對陳李歐醫師的喜愛，他可能是波士頓警局中她最喜歡的人，不是因為他的專業、善良或聰明——雖然大家都這麼形容他，而是因為他跟她一樣，對死亡抱有一種難以言喻的迷戀。

「葛蕾琴，」陳醫師一邊把手伸進某具屍體的腹部，一邊喊道。他透過那副特大眼鏡看著她和馬可尼走過房間。「還有馬可尼警探，歡迎，歡迎，歡迎你們大駕光臨。」

「我們來得不是時候？」葛蕾琴問。這具屍體僵硬而蒼白，就像大多數屍體一樣，死的是個年輕男子，身上明顯有多處槍傷，不需要高學歷就能猜出死亡原因。

刀傷致死的傷口對她來說更有吸引力，她不想深究其中的原因；可能會讓她不得不面對自己的過去，而且也和佛洛伊德的理論太雷同了，當年她上第一堂心理學入門課程才二十分鐘，就對這位學者失去了興趣。

「接待最愛的訪客，永遠都是好時候。」陳醫師對著葛蕾琴笑著說。這位法醫的年紀幾乎可以當她的祖父，並且偏好男性伴侶，但他倆確實熱衷於調情。「這次不是來閒聊的吧？」

葛蕾琴如果心情好，會在週五晚上到陳醫師家，一邊品嘗他珍藏的昂貴波特酒，一邊研究歷史上的醫學畸形照片，這通常是她一週中最期待的事。

「很遺憾不是，」葛蕾琴微微撇起嘴承認。陳醫師終於從屍體上抽出手，但全身沾滿血跡和內臟，葛蕾琴和馬可尼都沒有靠近他。「你不是檢驗我姑姑凶殺案的首席法醫，對吧？」

他長嘆一聲。「要是我當時能參與驗屍就好了，但不幸的是，我不是，首席法醫由我的前任擔任，我當時只是個助理。」

「你參與過那個案件嗎？」葛蕾琴問。陳醫師看起來非常資深，但她不確定他何時到波士頓就職。

「確實參與過，」陳醫師脫下手套後拍拍屍體的側腹。「能參與那個案件是畢生的榮譽，儘管我當時沒有領悟到這一點。」

「因為案件和我有關？」葛蕾琴露齒而笑。

「還能有別的原因嗎？」陳醫師對她誇張的眨眼。

馬可尼忍不住說了句「天哪。」

「不要理她，」葛蕾琴說，「她不懂得欣賞戲劇化的誇飾。」

陳醫師過去對馬可尼有一定程度的好感，此刻他顯得有些不安。「那可不行喔。」

「說得對。」葛蕾琴附和。

「我感覺我應該為自己辯解一下，」馬可尼說，「但你們說的是事實，我無法否認。」

「你還記得羅雯的驗屍結果嗎？」葛蕾琴問。

「很抱歉，我不太記得了，至少記不得具體的細節。」

陳醫師垂頭喪氣，就像一隻被踢的小狗。「如果這很重要的話，我可以仔細回想一下。」

「透過官方報告？」馬可尼問。

這句話引起陳醫師的注意。「當然。」

「報告被人篡改了。」葛蕾琴說。

陳醫師居然真的後退了幾步，雙手捂胸。「這是褻瀆。」

「我也是這麼認為，」葛蕾琴說，「有沒有可能留存手寫備份？」

「噢，親愛的，」陳醫師低聲說，「也許檔案室裡有，一九九七年曾經發生過一場大火，我不能保證那裡還有留存，但至少機率最高。」

「我們可以查看嗎？」

「你們不是在偵辦正式案件對吧？」葛蕾琴點頭確認時，陳醫師四處張望。「那麼，理論上是不行的。」

「但是？」

他摸著下巴。「我一直在尋找一個適合實習生執行的計畫，整理檔案室或許會對他們有教育意義。」

「我有沒有說過，在這世界上，我最喜歡你？」葛蕾琴問。

「親愛的，你這句話要多說幾次。」陳醫師一邊說，臉頰泛起的紅暈蔓延到皺紋深處。「你們先走吧，如果有什麼發現，我會聯絡你們。」

她們走回到外面時，馬可尼用肩膀輕推了一下葛蕾琴。「你覺得找到什麼蛛絲馬跡的可能性大嗎？」

「我覺得可能性大概是三成，」葛蕾琴說，「但目前看來，蕭內西離清白愈來愈遠了，畢竟我父母不可能接觸到法醫辦公室。」

「不過，用賄賂的方式買通人很容易。」馬可尼指出。葛蕾琴必須承認這有可能性，她父母很擅長用錢解決問題，在那個年代，可能只需要幾百美元就能辦到，對她父母來說簡直就是小錢，或者對伊迪絲也是。

這讓葛蕾琴想起芭杜還沒有交出保姆的名字，她撥打家裡的電話和母親的手機，但都轉入語音信箱，這很詭異，家裡總會有女傭負責接總機。

芭杜是在逃避問題嗎？

葛蕾琴重新收起手機，馬可尼敲敲保時捷的車頂。「蕭內西從昨天開始就不接我的電話。」

葛蕾琴認為她們可以去找他，但如果他心意已決，不想跟她們談話，他又能告訴她們什麼？

「芙蘭呢？」儘管葛蕾琴心中不太願意，還是提議道。

「嗯，」馬可尼慢慢地說，「但我們既然在城裡，我有另一個想法。」

葛蕾琴考慮過要為反對而反對，但馬可尼通常都是隨和的搭檔，如果她主動提議，表示她真的認為這個行動會有所幫助。「好吧。」

「就這樣？」馬可尼問，腳跟向後一倒。葛蕾琴知道這個動作是用來表達驚訝。

「不，沒有這麼簡單。」葛蕾琴回答。

馬可尼試圖忍住笑意，葛蕾琴則瞪眼相應。

「怎麼了？」葛蕾琴忍不住問。

「你信任我，」馬可尼用一種瘋狂的語調高聲說道。「你喜歡我。」

「別得意忘形。」葛蕾琴翻了個白眼，坐回駕駛座。

「你再也騙不了我了，」馬可尼一邊繫上安全帶一邊高聲說。「你需要我。」

葛蕾琴吐出一口大氣，沒有否認。「你的天才計畫要帶我們去哪？如果是個糟糕的建議，請相信你這輩子都抹不掉這個污點。」

馬可尼的表情失去了些許光彩，她側眼看著葛蕾琴。「你不會喜歡的。」

「開局不錯喔。」葛蕾琴嘟囔著。

馬可尼咬著嘴唇說。「去找拉克蘭・吉布斯。」

當葛蕾琴開始爆粗口時，馬可尼舉起了手。「我說過你可能不會喜歡。」

「不喜歡跟不想被逮捕是天壤之別。」葛蕾琴將鑰匙插入點火開關。拉克蘭・吉布斯是內務部一名炙手可熱的人物，他對聘用反社會者擔任警方顧問抱持強烈的反對意見。「我跟他處於平行宇宙。」

「拉克蘭不會逮捕你的。」

「親愛的，」──葛蕾琴發動引擎──「相信我，你說不準。」

馬可尼的目光滑向葛蕾琴苦笑著。

「好吧，也許他會逮捕你，但可能值得一試，如果有關於蕭內西和羅雯案件的任何內部消息──他一定聽說過。」

葛蕾琴嘆了一口氣，開車上路。「那你得負責我的保釋金。」

第十九章 塔碧

一九九三年

塔碧盯著卡爾第一晚給她的名片，用指尖按壓名片的角落。

自以為是神探南希，就只有死路一條。

她側目望向客廳，她的父親正醉倒在沙發上，她隨即抓起電話，夾在頸側和肩膀間。

卡爾響了第三聲才接起電話，塔碧閉上眼睛，任由他的聲音包圍她。「我們能見個面嗎？」

電話那頭沉默了一下，然後他說，「一切還好嗎？你聲音聽起來有點怪。」

「是的，沒事，」塔碧回答，一邊用顫抖的手撥弄自己茂密的頭髮。「我不知道，我想我……」

「發現了什麼？」他鼓勵她繼續說。

「找到了一些線索？」她說，聽出自己話語中的不確定。「我不知道，我可能只是在胡思亂想。」她停頓了一下之後追問，「我們可以見面嗎？」

接著又是一段沉默的寂靜，但他最終還是定了個時間，之後就掛斷了電話，連再見都沒說。

這沒什麼好奇怪，他可能因為她在白天打給他而生氣，這總會讓他脾氣上來，但她不在乎。

那天下午看到那些年鑑，還有安德斯和羅雯・懷特的照片，她需要別的事情來分散注意力。

卡爾駕駛一輛破車來接她，看起來像是從廢車場偷來的，塔碧不覺得有什麼好意外。

她好奇他平常開的車是否是像BMW這樣的豪車。

副駕車門上有個大凹陷，她得拉三次車門才能打開，她一坐進車裡，卡爾就迅速駛離路旁。

他見到她的第一句話是，「我跟你說過，白天別打給我。」她猜得沒錯：他真的很生氣。

塔碧抱膝坐著，把額頭靠在膝頭上，彷彿讓自己顯得渺小一點，就能讓他別這麼憤怒。她沒有道歉，什麼也沒說。

他們就這樣開車。

過了二十分鐘，卡爾決定停在一家汽車旅館，他連告訴她在車裡等著也沒有——只是直接下車，砰地一聲關上車門，走向那棟感覺起來只有接待櫃檯的小建築。

她為什麼要這麼做？

因為她想停止鑽牛角尖，跟卡爾見面能讓她放空。

儘管如此，他比預期中還要生氣。

她回想他們在電話中的對話，一絲疑慮悄然湧上心頭。我找到了一些線索……我們可以見面嗎？

卡爾知道她在調查姊姊的謀殺案，她從檔案室竊取資料幾天之後，他就突然出現了。

別這樣想。

天哪，她真的受夠自己了，厭倦了那種在皮膚底下不斷嗡嗡作響的聲音，告訴她快逃，快躲起來。心理學家可能會給她的行為貼上一個看似專業的名稱，但塔碧不需要任何診斷就知道這感覺並不理智。

但即便如此，當卡爾走回車上，塔碧還是不得不跟自己喊話：別怕，他不會傷害你。

反正也無處可逃。他們身處偏遠地帶，除了這家汽車旅館之外，周遭只有一家看起來很可疑的麥當勞，和一家沒亮燈、窗戶又用木板封住的加油站。

他選擇這個地點必有原因。

塔碧用力拉扯自己的頭髮，試圖讓內心那個愚蠢的聲音閉嘴。

他走到後車廂，打開後拿出一只行李袋，她在心中不斷重複這個想法。

他們從不過夜，總是見面幾小時，發生性關係，然後各自離開。

他帶著行李袋幹什麼？

塔碧咬著嘴唇，將雙腿收緊到胸前。

我想我找到了一些線索。

她走出車外，卡爾整個態度都變了，他對她微笑並提起行李袋說，「我還跟別人約了吃晚餐，不想特別再回家一趟。」

塔碧胸口的焦慮並未消散，但她努力裝作一切正常，她回以微笑並點了點頭，無法想像自己該如何和他發生關係，如果她現在推開他會怎樣？如果她告訴他她改變主意了呢？

她吞吞口水，目光掃過遠方的大廳建築，又看了一眼麥當勞，有機會在他追上她前逃到那裡去嗎？

停止。

為何要有這種想法？她已經不想活在珍妮謀殺案的陰影底下。

因此，為了不再讓恐懼主宰自己的行動，塔碧給了卡爾一個發自內心的微笑，走近他並將兩根手指勾在他腰帶上。她隱隱能感覺到他因為她轉變態度而猶豫了一下，但臉上依舊保持迷人的表情。看來他們都不打算提及稍早兩人之間那奇怪的緊繃感，畢竟那種氣氛已經消散。

「嘿。」她語帶誘惑地說，聽起來很高興見到他，她必須演到最後一刻。

他盯著她看了好一會兒，然後露出一個謹慎又似笑非笑的表情。「嘿。」

他的尾音幾乎帶著一個問號，彷彿他和她都搭上了這班情緒的雲霄飛車。

塔碧轉身走開，回頭給了他一個挑逗的眼神，她注意到他猶豫了一秒，眼神從手中的行李袋落到後車廂上。

別怕。

一進房間卡爾就把行李袋放在門邊，房間如同他們常去的那樣——破舊又瀰漫了菸味和大麻味，電視機是十年前的款式，她敢說浴室裡的鏡子一定是霧濛濛又破裂。這種熟悉感讓她平靜下來，一切都沒問題，會沒事的。

她伸了個懶腰，然後一屁股坐到床上，伸手拿起遙控器試圖讓自己冷靜下來。

她在不經意間察覺到卡爾這次沒有像平時那樣脫下鞋子。

這是他的習慣，總會脫下他的樂福鞋，把鞋放在門口，他從來不會忘記。

塔碧把注意力放在閃爍著鮮豔色彩的電視購物廣告上，如果不是已經按了靜音，電視聲肯定會很吵。

吵到足以掩蓋所有可能發生的掙扎聲。

她決定關掉電視。

卡爾靠在門上，在胸前交叉手臂，臉上的表情看起來很隨性，如果她完全不認識他，她會以為他很放鬆，但她能從他肩膀的姿勢，還有手緊握在肘部的方式看出他很緊繃。

她的視線不經意掃過他的行李袋，當視線再次上移時，她察覺到他也注意到她的目光。

「你發現了什麼？」他的語氣控制得很好，沒有防衛性，只是在問一個簡單的問題，沒有其他意思。這是她自己在電話中跟他透露的，任何人都會對此感到好奇。

「我認出了……」塔碧開口，隨即又打住。真是太蠢了，她移開視線。「不，沒什麼。」

「你在電話上聽起來很不安。」他如預期中那樣追問。

塔碧緊抿嘴唇。「我想暫時忘掉那件事。」

她在無意間留意到窗簾緊閉，窗戶因為年久失修，可能已經封死。

卡爾堵住了唯一的出口，把她帶到一家四周荒無人煙的汽車旅館，現在站在唯一的出口處。

你不害怕，你不……

她感覺肺部像是在燃燒，意識到自己正急促地大口吸氣，她的肩膀劇烈起伏，心跳快到能感覺到每一次的跳動。

「說真的，塔碧莎，」卡爾一邊說，一邊伸手去拿他的行李袋。「我不相信你的話。」

第二十章 葛蕾琴

現在

葛蕾琴開車進入警局停車場時，忽然意識到了什麼。「你和吉布斯有一腿，」她說。「你在和未來的內部事務部主管搞曖昧。」

馬可尼的態度通常泰然自若，但提到性事她就變得有些尷尬，面對這個指控，她竟然臉紅了。「我沒有。」

葛蕾琴笑了，現在她確定自己猜對了。「你有，你叫他拉克蘭。」

「好一個鐵證如山啊。」馬可尼用那種翻白眼的語氣說。

「你最後一次直呼警探的名字是什麼時候？」葛蕾琴現在感覺得意又好笑，這是她最喜歡的感覺，這種感覺緩解了她們前往內部事務部的壓力。

過了一會兒，馬可尼臉色一僵。

「啊哈！」葛蕾琴戳了一下馬可尼的肩膀，反被她打了一下。「你的道德指南針對此有何看法？」

「我們只是朋友，我認為他對蕭內西可能有獨到的內部觀察。」馬可尼說道，但她的聲音顯得有些慌亂，過於防衛，隱隱透露出她的尷尬。「他很仔細在監督局裡的每一位警官。」

「噢，我相信他有很多『內部』觀察可以提供。」葛蕾琴說。

「那根本不代表什麼。」馬可尼嘟囔著。

葛蕾琴繼續說，故意假裝沒聽到。「他這種人，有什麼資格認為我沒道德。」

她平時不喜歡和波士頓警局的警員做朋友——除了馬可尼以外——但許多資深警探因為發現她的可用之處，不大計較她的過去。

總體來說，她覺得這樣的邏輯完全符合她的性格，她欣賞那些懂得權衡利弊的人，哪怕她不是真正喜歡這些人。

但這並不表示她在警局中沒有敵人，至少有些人對她的態度是懷疑多過尊重。

拉克蘭・吉布斯正朝著接管內部事務部的方向穩步前進，是這派看法的領頭人，負責串連抱持類似觀點的人。

葛蕾琴不知道內部事務部是否有足夠的影響力來阻止外部顧問參與案件，但她相信吉布斯會盡其所能推動。

內部事務部認為她會帶來負面影響，至少這是她多年來在相互不信任的關係中得出的結論。

「你根本沒道德。」馬可尼反駁。

「這倒是公平的說法，不過很明顯他也沒有。」他們剛走下車時葛蕾琴說。

「如果可以的話，請收起你的劍拔弩張。吉布斯，」——馬可尼斜眼看著葛蕾琴，可能是為了確定她注意到她用警探的姓氏稱呼他——「可能會願意私下談蕭內西的事情。」

「如果可以的話？拜託。」葛蕾琴停下來打量馬可尼，馬可尼沒有看她。「你覺得吉布斯會知道什麼？」

馬可尼慢條斯理、小心翼翼地說道，「我感覺大家對蕭內西有既定的評價。」她繼續說道，「以前我從不注意這些——你知道的，警察比高中生還要愛講八卦，但現在我對此很好奇，尤其是在警方報告遭到篡改之後。也許吉布斯對蕭內西在調查中的角色有不為人知的瞭解，畢竟那是他在重案組遇到的第一個重大案件。」

「吉布斯會知道大家對他的評價嗎？」葛蕾琴問道。她自己不太關心波士頓警局內部的人際關係，除了知道誰會願意和她合作，還有誰不會。當然她也知道，維護兄弟道義比任何警察之間的個人恩怨都要重要。

內部事務部例外。

「他是我唯一敢問的人，」馬可尼聳聳肩，「也許他什麼都不知道，但試一試也無妨。」她舉手制止了葛蕾琴的目光。「保姆失蹤、報告頁面憑空消失，還有蕭內西單獨進行調查的事實？」

「這些事實本身顯然不構成直接的罪證，」葛蕾琴回應，「但是小事會積累成大問題。」

「還有……」

馬可尼沒有繼續說下去，葛蕾琴又戳了她一下。「我不喜歡你話說一半。」

馬可尼翻了個白眼。「知道了。」

「所以？」

「蕭內西對你的執念……」馬可尼此時顯得猶豫不決，彷彿在探求一個尚未成型的推論。

「我知道你一直認為他對你緊追不捨，是因為他認定你有罪，但我不覺得這完全正確。」

葛蕾琴停頓了一下。「那你覺得是什麼原因？」

「在觀察或評價一個人的行為時，應該先排除對他的預期和偏見，然後……」馬可尼停頓了一下，深呼吸。「他似乎意識到你可能目睹了不該看到的事。」

葛蕾琴如遭重擊般呼出一口氣。

那個人影，是那個人嗎？

「他現在就坐在你公寓外的車裡，」馬可尼皺眉道，「清白的人不會這樣窮追不捨。」

「他向來就過於積極，」葛蕾琴努力回想與他合作的這十年，以及過去的二十年。萬一他隱瞞了關於那晚的事？他是否一直生活在恐懼中，只因害怕她會記起那些事？

他現在為什麼要故意不接她們的電話？

如果那天晚上是芭杜故意抹去保姆的存在，蕭內西不會急於想知道這件事嗎？就算他不知道她們發現了什麼新的跡證，他不會想知道懷特家是否透露了什麼蛛絲馬跡嗎？

還是他認為葛蕾琴的罪證確鑿，所以無法想像會出現新的證據？

「也許吧，」馬可尼說，她的姿態僵硬，明顯感到不太自在。葛蕾琴看得出來是因為她不喜歡這樣揣想她的搭檔，但她仍要追根究底，為了葛蕾琴，或者她認為自己只是在做對的事。有時她必須提醒自己，人們之所以做某件事，只是因為這麼做是對的。

「那我們趕緊解決吧。」

「吉布斯不會逮捕你的。」馬可尼保證。

葛蕾琴的心情更糟了。「你和他提過我。」

「沒有，信不信由你，但世界不是繞著你一個人轉。」馬可尼說話時自信滿滿，讓葛蕾琴相信了她的話。「但他不是笨蛋，你沒有犯錯，而且你偵破的案件比半個部門的警探加起來還要多。」

葛蕾琴投去一個眼神。「如果你的目的是用讚美來哄我，那就繼續說，這招對我有效。」

馬可尼又翻了個白眼，不過空氣中的緊張感似乎有所緩解。

她們一起轉身向門口走去。

「和他搭檔感覺如何？」葛蕾琴問道，「我是說和蕭內西搭檔。」

「這個你比我更清楚吧。」馬可尼回應，當葛蕾琴準備反駁時她打斷了她的話。「本來就是，你們至少共事了十年，認識得更早。所以，你感覺如何？」

思考自己和蕭內西的關係，就像思考呼吸、眨眼或吞嚥一樣奇怪，那是自然而然的事，自從她八歲以來就是這樣。

蕭內西就像一個永恆不變的存在，她不太需要去分析，他的存在讓她能控制住更狂野的衝動，她不得不承認他們的合作關係很有默契。她並不喜歡他，怎麼可能有辦法喜歡這個人。

她意識到了，他們的關係就像家人，她感覺到一種強烈的不適感在她的皮膚底下燃燒。她看過很多媒體上的內容，讀過夠多書，她知道很多人對家人都有這種感覺。

然而，將蕭內西視為家人的想法並未使她平靜下來，反而讓她感到躁動不安，彷彿突然意識到什麼讓人不舒服的事實一樣。

「他總是追求真相，」葛蕾琴終於開口。「如果他認為我發現了什麼，一定會支持我找出真相。」

「他是個稱職的警探。」馬可尼輕輕點頭表示認同。

「或許吧。」葛蕾琴回答，但她對這世界的看法正在動搖。

她們來到拉克蘭．吉布斯的辦公室前，馬可尼示意讓葛蕾琴先行。葛蕾琴深吸一口氣推門進去，連門都沒敲。

拉克蘭・吉布斯是一位風度翩翩的男士，皮膚黝黑，擁有深棕色的大眼睛和長睫毛，以及堅定的下巴和高聳的顴骨。

他從辦公桌後方冷淡地注視著她，他看她總是這副表情，接著他的視線轉向她身後的馬可尼。

「蘿倫。」他熱情問候她，葛蕾琴的眼睛睜得大大的，向馬可尼投去一個得意的微笑，但馬可尼卻無動於衷地從她身旁走過。

「還有懷特博士，」吉布斯終於注意到她，他的語氣比問候馬可尼時冷淡了許多。「無事不登三寶殿？」

「看吧。」葛蕾琴小聲對馬可尼說，馬可尼回了她一個意味深長的眼神，葛蕾琴明白這是在提醒她要注意言行。

「想請你幫個忙。」馬可尼說。

吉布斯刻意放下手中的筆。「我以為你在休假。」

「你很熟悉她的行程嘛？」葛蕾琴試探性地問道，但兩人都不理她。

「對，」馬可尼承認。「我們在調查葛蕾琴的案件。」

「你是指那起她涉嫌謀殺親姑姑的案件？」吉布斯問道。馬可尼迅速出手，阻止葛蕾琴起身離開。

「我是指那起有人謀殺她姑姑並陷害她的案件。」馬可尼糾正。

「你真的很信任這位殺人犯呢。」吉布斯低聲說道，彷彿葛蕾琴聽不到。「是的，因為顯然所有的負面行為都是出自反社會者，」葛蕾琴反駁道，「那請問你的職責到底是什麼？你除了針對反社會者，應該還有別的事情可以做吧。」

「對，我負責查處不良警員，」吉布斯終於轉向葛蕾琴，「我認為像你這樣的人不應該出現在警局裡，我的職責是清除風紀敗壞的警探，上述這兩件事其實是相輔相成的，你不認同嗎？」

「你所謂的不良警員是指那些貪污、懶惰或種族歧視的人，」葛蕾琴快速反擊，「不是反社會者。」

「你這麼說也沒辦法讓我更願意信任你，懷特博士。」吉布斯說。當有人故意這樣說出她的頭銜時，通常是在嘲諷她。葛蕾琴想用他桌上的筆刺穿他的喉嚨，但這樣可能會讓馬可尼不再願意與她合作，所以她忍住了。

「拉克蘭，」馬可尼插話，「你能告訴我們蕭內西警探的事嗎？我聽說他還是個新手時起步並不順利，那是八零年代的事了。」

他凝視著馬可尼良久，但只看了葛蕾琴一眼，然後他站起來，拿起外套。「我們出去走走。」

他們一直沒有再說話，直到走到三個街區外的公園。吉布斯幫自己買了一份熱狗，幫馬可尼買了一瓶水。即使葛蕾琴願意接受，他也沒有買任何東西給她。

「蘿倫，你知道這是在玩火。」吉布斯說。他們找到一張長椅坐下，他讓女士坐下，他自己站著，熱狗已經吃掉一半。

「經你這樣一說，讓我覺得我們可能真的走對路了。」馬可尼小聲說道。葛蕾琴發出了一個表示同意的聲音，但兩人都沒有理會她。

吉布斯大聲嘆氣，葛蕾琴知道他是故意想讓她們感受到他的不悅。

「一開始是他留不住搭檔這件事，引起了我的注意，」吉布斯的目光在葛蕾琴和馬可尼之間來回。「但是……現在我手上有一個檔案。」

「關於什麼？」馬可尼追問。「他的行為？」

吉布斯擦去嘴角的芥末，這一幕讓葛蕾琴覺得有些好笑。

「其實是關於一個女孩的懸案，」吉布斯說，「她在八十年代初期遭到謀殺。」

「名字。」葛蕾琴要求道。

吉布斯的臉色顯得很緊張。

「這件事需要保密嗎？」馬可尼溫柔地問。彷彿如果答案是肯定的，她們就會停止追問。

「我想不必吧。」吉布斯回答，他聳聳肩，看起來非常不自在。葛蕾琴好奇他在想什麼，是感到——害怕嗎？他是個絕對的專業人士，目光瞄準內部事務部的最高職位，他如此野心勃勃，卻跟馬可尼搞曖昧，這點讓她感到非常驚訝。也許沒有其他人像葛蕾琴這樣敏銳，他們現在還能在維持檯面下的戀情，但這種情況不會永遠持續下去，雖然沒有明令禁止辦公室戀情，但這對他們兩人的前途沒有任何幫助。

「拉克蘭……」馬可尼帶著懇求的語氣說。

他終於讓步了。「珍妮佛．克羅斯。」

「是蕭內西負責的案件嗎？」葛蕾琴詢問。

「不是，這就是奇怪之處。」吉布斯把手插進口袋說道，「那是在他進重案組很久之前的事了，就像你說的——他當時還是個負責交通勤務的菜鳥警察，她的屍體就是在那段時間被發現。」

「那他怎麼會牽扯進來？」馬可尼追問。

「你得理解那個時代的背景，」吉布斯解釋，「那是連環殺手橫行的黃金年代，情況比現在還要嚴重，當時聯邦調查局行為分析單位才成立不久——那些連環殺手每兩週就登上新聞頭條，我甚至還上過一堂關於這方面的課，是某個靠寫這些案件發財的傢伙負責授課。」

「柴克．丹尼爾斯？」馬可尼問，這個名字讓她想起了什麼，吉布斯的回答證實了這一點。

「對，就是那個從聯邦調查局出來後變成賣國賊的傢伙。」吉布斯的話中帶著些許苦澀和蔑視，葛蕾琴好奇吉布斯是否曾因為自己這種高高在上、彷彿無所不知的態度而感到後悔。

「那跟蕭內西有什麼關係？」葛蕾琴問。

「當時的每個人——」

「那不是在你之前的年代嗎？」葛蕾琴打斷了他，馬可尼投來一個失望的眼神。

「對，但既定的評價在警局裡是難以磨滅的，」吉布斯平靜地說道，「大家都說蕭內西中了那一招。」

「什麼招？」

「對連環殺手的迷戀。」

葛蕾琴皺皺鼻子。「真的有這回事嗎？」

「在那個時代？當然是真的。」吉布斯聳聳肩。「每個人都想成為抓到下一個連環殺手的警察。」

「所以，蕭內西認為這個懸案中的珍妮佛．克羅斯是連環殺手的受害者？」葛蕾琴根據邏輯推理問道。「從統計上來說，機率非常低。」

「你說得對，」吉布斯微微鞠躬表示認同。「大家都知道他對這件事很執著，但他捲入這起案件時在掃黃組毒組，所以他能做的事不多，只能製造一些麻煩。」

「你是怎麼知道這些的？」葛蕾琴再次詢問。局裡對他的評價是一回事，但這明顯超出同事評價的範疇。

「正如我先前提到的，他以前就引起過我的注意。」吉布斯又開始在長椅前來回踱步，使他的動作顯得更加急躁。「而且後來他又和你合作，真抱歉，但我想要盡可能摸清他的底細。」

葛蕾琴微微一笑。「真是明智之舉。」

馬可尼將話題拉回到正軌。「談談珍妮佛．克羅斯吧。」

「一九八三年，她的屍體在森林裡被發現。」吉布斯立刻回答。雖然有謠言稱他記憶力驚人，但葛蕾琴懷疑那是外行的無知言論，她從先前的觀察中推測，他擁有回聲記憶，表示他能記住所有聽過的事情，不僅是讀過的內容。這對內部事務調查人員來說是極為重要的天分，因為他們的工作大量仰賴訪談和供詞。「她是某間名校的獎學金學生，死因是後腦遭鈍器重擊。」

「他為何什麼覺得她是連環殺手的受害者？」葛蕾琴問。

「因為那個女孩的屍體手臂上有割傷。」吉布斯用沉重嚴肅的語氣說。

葛蕾琴看了馬可尼一眼，她搖搖頭，表示她也不懂。

「但這有什麼……意義？」葛蕾琴希望她們不是在和一個無論出於什麼原因都不願意透露口風的人打交道，內部事務部的人總是這樣，嘴巴關得像堡壘一樣緊。

他在耳朵旁邊輕輕摩擦一下，目光與她相遇，她意識到他是在斟酌是否要說出更多資訊。

吉布斯又故意嘆氣。「你姑姑出現在警方紀錄中，跟珍妮佛屍體出現的時間是同一時期，而她的手臂上也有同樣類型的割傷。」

這資訊讓葛蕾琴大感意外，她只能問，「什麼？」

吉布斯在他們兩人之間轉移視線，葛蕾琴知道馬可尼的表情一定和她差不多。

「蕭內西警探是在某個晚上，在馬路中央撞見你姑姑羅雯．懷特，那時他大概才在警隊任職六個月。」吉布斯緩緩說道，彷彿他懷疑她們想對他設圈套，正在試圖弄清楚她們的動機和圖謀。「她的手臂上滿是割傷。」她們繼續盯著他看時，他用手摸了摸臉。「你們之前不知道這件事。」

葛蕾琴沒有回答，她們臉上的表情已經說明了一切。「抱歉，這是哪一年的事情？」

「大約就在那個時期，」吉布斯回答，「大概是一九八二或一九八三年，我可以查查看，紀錄都在檔案中，因為這個紀錄，導致他收到內部事務部門唯一一次正式警告。」他略微停頓。「奇怪，你們怎麼可能不知道？」

「為什麼這個資訊沒有列在她的死亡報告中？」葛蕾琴說話的同時，也在思考是否會在缺頁中找到這個資訊。

一九八三年應該是葛蕾琴家在多次含蓄的爭吵過程中經常提到的『最後一次企圖自殺』，那次警方也介入了。

「那一晚的事件記錄為企圖自殺，」吉布斯確認了她的推測。「這與她十年後的死亡無關，當時的檔案都是用紙本記錄……很多文件最終在檔案室中遺失，我之所以知道這些，是因為我刻意查過蕭內西負責過的所有案件。」

他說話這種無動於衷的態度，讓葛蕾琴不得不努力控制自己的衝動。

「不，有關。」她用輕蔑的態度表達出不滿，同時滿足動手修理他的衝動，他臉上立刻變得面無表情，她知道自己的批評達到了目的。

「那不是我負責的案件。」自她多年認識他以來，吉布斯第一次顯得有些防備，「那種高高在上的態度很危險，因為跌下神壇會很痛。」

她很慶幸自己的職位沒有像他那麼高，所以跌下神壇受到的傷害較少。

「她們兩人的手臂上都有相同的傷口嗎？」馬可尼再次把他們引回正題。

「蕭內西一抓到這個細節，就一頭栽進去了。」吉布斯說，「但有傳言說，早在他知道珍妮佛．克羅斯的名字之前，他就覺得那個家族有些蹊蹺。」

吉布斯提到「那個家族」時感到有點尷尬，但他繼續說道。「這是他收到警告的原因，安德斯．懷特——」

「我父親，」葛蕾琴插話，理由無他，只是想強調警局沒有人注意到這段過去有多荒謬。

「你父親，」吉布斯承認。「曾對蕭內西提出投訴，說他擅自闖入他的住宅範圍尋找證據，企圖證明安德斯是個『瘋狂連環殺手』，他當時是這麼形容的。」

「天啊。」馬可尼從眼角瞄了葛蕾琴一眼。「有趣的是，他的執念不僅局限於你。」

葛蕾琴突然意識到，這一切可能都始於她的姑姑，如果這是真的——從吉布斯的表情來看，確實如此——蕭內西在羅雯死前十年就與她的生活糾纏不清。羅雯的謀殺案成為他擔任重案組警探的第一起重大案件，也不再只是巧合——看來他在接到電話時人就在現場附近，甚至就在現場。

老天，訊息量太大了，葛蕾琴根本不知該如何處理。

「那珍妮佛．克羅斯的案件後來怎麼樣了？」馬可尼問，她似乎意識到葛蕾琴已經無力再發問。

「沒有進展，」吉布斯回答。「蕭內西顯然是在無的放矢，案件仍未偵破，大家都已經放下，那只不過是內部事務檔案中的一個註腳，已被人遺忘。」他稍作停頓，然後向她們揮揮手，似乎是在表示她們兩人對這起案件的調查一無所知，就是最好的證明。「看吧。」

「你怎麼看？」馬可尼站起身，不經意碰到吉布斯的手肘。「是連環殺手幹的嗎？」

「那些割傷確實可疑，這點我無法否認，」吉布斯慢條斯理地說。「但類似的傷口無法與連環殺手劃上等號。」

「哇，如果沒有你深刻的洞見，波士頓警局應該要倒了吧。」葛蕾琴說，她的語氣愈來愈刻薄，顯然她已經被逼入絕境。

吉布斯無視她的挑釁。「老實說，這不是我的專業領域。」

「但查處不良警員總是了吧，」馬可尼在葛蕾琴能進一步發難前，迅速插話。「那你對蕭內西有什麼看法？」

吉布斯皺起眉頭，就連內部事務部也不會願意出賣自己的同僚。「那兩個晚上，都是他發現了羅雯，這很不尋常。」

「第一次她身上有刀傷，第二次她遭人殺害。」馬可尼補充說明。

「如果我那時候在場，我會認為這足以啟動一次調查。」吉布斯表示。「但現在呢？從那之後，他就再也沒有收到過任何投訴，看來他學到了一次乖。」

「請問，吉布斯警探，查處不良警員有追訴期限嗎？」葛蕾琴問。

「他當年是個新進警探，他只是想證明自己，我不會咬住他的積極態度不放，也不會對他有所責難，」吉布斯說，「目前看來就是這樣。」

「但你還是有疑慮，才幫他起了一個檔案，」馬可尼說，「這難道沒有特別的動機嗎？」

「我手邊大約有二十個警察的檔案，」吉布斯說，朝著內部事務部的方向甩了甩頭。「監督警察是我的職責。」

「我們可以查看那份檔案嗎？」葛蕾琴問，她已經猜到答案。

「不行。」吉布斯毫不遲疑地說道。

葛蕾琴還沒來得及爭辯，馬可尼就用手肘頂了她一下。

「我們要如何取得更多關於克羅斯命案的資訊？」馬可尼追問。

吉布斯凝視著她們，肩膀垂了下來，似乎顯示出一種屈服的姿態。「我會簽一張進入檔案室的通行證給你們，由於你們正在休假，所以不能以個人的名義取走任何資料。不過……儘量保持低調，好嗎？我不希望這件事波及到我。」

葛蕾琴看了馬可尼一眼，假裝隨口說道，「你床上功夫一定很好。」

馬可尼笑了，但表情像是齜牙咧嘴。「難怪他想逮捕你。」

第二十一章

蕭內西

一九八四年

前往懷特家附近森林的祕密調查行動，讓蕭內西收到一封人事檔案中的官方警告信函、一週的留職停薪，也讓他在局內的評價迅速下滑。

整個過程中，他彷彿站在身外觀察這一切，眼睜睜看著自己滑向無底深淵，卻無力回天。他目睹自己在懸案檔案中翻找、週末在圖書館裡研究舊報紙、聯絡車輛管理局調查安德斯的車輛資訊。他似乎無法自拔，似乎上了癮。

不過，蕭內西漸漸學會掩飾自己的執念，二月博伊問起時，他只是隨口重複了他之前的回應——除非發現她死了，否則我們也無能為力。停職三個月後，局長來詢問，他誠實保證自己沒有再去過那座豪宅。當家人問起他手頭上是否正在偵辦什麼有趣的案件時，他低下頭，承認自己被調到交通勤務組。

但到了三月，他的努力終於有了回報，因為他找到了她的案子。

珍妮佛．克羅斯。

蕭內西第一次撞見羅雯不久，珍妮佛的遺體在附近的森林中被人發現，她手臂上也有刀傷，和羅雯手上一樣。

蕭內西的腦海裡浮現的只有「犯罪手法」這個外來用語，這是聯邦調查局負責追蹤連環殺手的探員們經常會提到的術語。

那個女孩也許可以幫他扭轉在局裡的頹勢。

兩名受害者讓案情更加複雜。人們或許會忽略羅雯的案件，因為她還活著，但是一個死去的女孩？一個曾引起全國媒體關注的女孩？可就很難忽視了。

如果蕭內西能說服他人看出這兩個案件之間的關聯性就好了。

幸運的是，蕭內西在檔案中發現珍妮佛的案件一週後，得知有一場由退休聯邦調查局探員柴克·丹尼爾斯主講的演說。

他認為這是個好機會。他租了一輛車，隨機選擇一個星期三的晚上，開了五十一哩到普羅維登斯，他對局長撒了個謊，說是去看牙醫，以便能夠早點下班參加講座。

丹尼爾斯在新英格蘭地區聲名大噪，他提前從聯邦調查局退休後，已經寫了四本暢銷書，深入解析連環殺手這個永遠談不膩的主題，還有那些劫後餘生的受害者。

演講當晚，當燈光變暗，觀眾席上的期待聲逐漸增強，丹尼爾斯終於登台時，觀眾的歡呼聲達到高潮，對那些剛發現人性可能有多邪惡的聽眾來說，他簡直像一個搖滾明星。如果要蕭內西坦白說，這場講座有點令人失望，因為大多數時間都在重複那些他在書中已經闡述得相當透澈的資訊，不過蕭內西並不是為了演講而來。當丹尼爾斯即將結束演講時，蕭內西悄悄離開了。

蕭內西買通一名保全，要他告訴他演講者出入的門在哪。他倚靠在牆邊，遠離那盞提供了一絲安全感的微弱光芒，但實際上，燈光無法提供他任何庇護。

半小時後，丹尼爾斯推門而出，蕭內西移動了一下，讓光線照亮了他的臉，更重要的是照亮了他的警徽。

「要不要喝一杯？」他提議。

丹尼爾斯略作猶豫，看了看他身後幾個人的反應，然後聳聳肩，點了點頭。

他們很快就在附近找到了一間酒吧，當丹尼爾斯點了最昂貴的威士忌時，蕭內西盡量控制自己的表情。

「你經常遇到這種事吧？」蕭內西猜測。

丹尼爾斯轉動著酒杯，注意力全放在酒上，對蕭內西似乎不太關心，但他嘴角嘲諷的笑容，透露出他對這一切頗感興趣。「來聊聊你認為誰是連環殺手吧。」

這個男人有某部分讓蕭內西感到緊張。「你怎麼知道我發現了連環殺手？」

丹尼爾斯投來一個眼神。「現在每個人都懷疑某個人是連環殺手。」他停頓一下，放下玻璃杯，雙臂搭在桌子上，直接與蕭內西對視。「你知道連環殺手有多難得一見嗎？」

蕭內西舔舔嘴唇，他知道那些統計數據，但他像其他人一樣，覺得自己懷疑的對象會是個例外。「今年大約有一百四十七個有作案可能性的連環殺手，大概吧。」

「好吧，至少你沒蠢到什麼都不懂。」丹尼爾說著後仰靠在椅背上，聽起來不是很驚訝，只是有些累。他拿起酒杯一飲而盡，然後示意服務生過來。「所以你以為自己碰巧遇到那一百四十七個中的一個。」

蕭內西想故意激怒他，所以說了句「大概吧」。丹尼爾斯書中描述的那個主人翁充滿奉獻精神、榮譽感和勇氣，但眼前這個人卻不是那樣。

丹尼爾斯對此笑了笑，端起新添的一杯酒向蕭內西致意，「你這話回得妙。」

「我還不確定他是不是連環殺手。」蕭內西承認，他輕輕握著檔案，突然間感覺它輕得像紙一樣薄。

「只有一個受害者？」丹尼爾斯問，嘴角帶著一絲狡黠的笑，他伸出手，抓住女服務生的手腕。「小妞，給我們上點新鮮的菜色，算在他帳上。」

「兩個受害者，」蕭內西等待服務生搖著臀部慢慢走開後，才開口說話。「呃……不是，對，算有兩個。」

這句話似乎引起丹尼爾斯的注意。「你聽起來不太確定，老兄。」

「一個死了，另一個遭受凌虐。」蕭內西試圖讓自己的聲音聽起來堅定一點，然後把檔案滑向丹尼爾斯。他接過檔案，仔細研究裡面羅雯及珍妮佛・克羅斯的照片和資料，蕭內西似乎看出他嚴肅表情中的一絲真誠，也許他身上還留有熱血的影子。「她們的傷痕完全一樣。」

「這看起來不像是同一個人幹的。」丹尼爾斯說，但還在繼續閱讀。

「其中一個受害者是那個人的妹妹，」蕭內西急切地說，「我認為他可能是在她身上練習，但不想要她的命。」

丹尼爾斯心不在焉地點點頭。「她是他真正的目標，但他還不想失去她，所以先找了個替代品。」

「對，」蕭內西吸了一口氣，「對。」

「你這個推論有漏洞。」丹尼爾斯突然一個巴掌闔上檔案，「她們的外表不像。」

「但有些連環殺手會——」

丹尼爾斯舉手打斷了他，「我不是說連環殺手不能改變選擇受害者的類型，我的意思是，如果這個人——懷特——是在找一個妹妹的替死鬼，那她們兩人之間至少會有一些相似處。抱歉了，小夥子。」

服務生端上一杯新的酒和一盤盤開胃菜時，蕭內西皺了皺眉。「我就這樣無能為力了嗎？」

丹尼爾斯塞了一把薯條進嘴裡，聳了聳肩，「如果你真的有找到什麼證據，再來找我吧。」

蕭內西掏出信用卡，努力不去回想這次會面有多失敗。

但他沒有放棄，他將丹尼爾斯的話視為一種挑戰。

找到證據。

去找。

與丹尼爾斯喝酒兩個月後，蕭內西才找到珍妮佛．克羅斯的父親並跟他談話。他打第一通電話時，李維．克羅斯因為蕭內西提到珍妮佛的名字而憤怒地掛斷電話，他知道那次就該放棄了。

但蕭內西無法忽視那些關聯性。

太認真。怪人。

蕭內西好奇瑟夏會用怎樣的詞彙來形容他，畢竟她已經拿到大學學位。

固戀。

無法自拔。

執迷不悟。

波士頓經歷數週陰雨後的第一個晴天，李維終於答應見面。蕭內西坐在一間整潔但簡陋的屋子裡，沙發上覆蓋著一層塑膠，房子位於中產和貧窮社區的邊界，出身這樣家庭的女孩居然會認識羅雯．懷特，真是難以置信。

這位男士體型龐大，穿著緊繃的襯衫和卡其褲，身形略顯臃腫，他的鬍子修剪整齊，但眼神空洞。

在早上九點，他身上就傳來濃重的酒味。

他用熊掌般的手抱著一本還沒翻開的年鑑，「她是獎學金生，大家都以為我們家很有錢之類的，但珍妮為了能在那裡上學，非常努力讀書。」

蕭內西忍住掏出紙筆的衝動，他不想驚動李維，他看起來隨時都可能逃到某個黑暗且安全的角落去，遠離警察，遠離那些關於他死去女兒的審問。

「她在菲利普斯學院唸書。」這其實不是蕭內西需要確認的資訊——他現在對珍妮佛．克羅斯的人生瞭解得應該比他還要多，但他想讓李維慢慢進入話題。

李維點了點頭，目光仍呆滯地盯著地毯。

「先生，我知道您已經回答過很多次了，」蕭內西盡可能委婉地說。他唯一一次這樣問話是幾個月前在懷特家豪宅的時候，這次不一樣，這次情況完全不同。「但您有沒有想起什麼，或者自那之後想到了什麼……」

「如果我有想到任何有用的資訊能幫助追查殺害我女兒的凶手，你認為我不會去敲警局局長的門嗎？」李維問。這個問題本應充滿憤恨，卻只流露了空虛與失落，他是個絕望的男人。

蕭內西試圖說些什麼，卻找不到適當的話語，於是他閉上了嘴。

李維翻開年鑑，遞給蕭內西。「大家只看過那張她母親提供給媒體的照片，那張塗了口紅，打扮得光鮮亮麗的照片。」他指著照片說，「但這才是真正的珍妮。」

蕭內西非常清楚他剛剛指的是哪張照片，他曾在《時人》雜誌上看到過，照片中的她看起來是個完美、受歡迎又漂亮的女孩，蕭內西很容易想像她會有羅雯那種朋友，她們看起來比較像電視劇中的演員，而非真正的學生。

然而畢業紀念冊中珍妮的照片卻大不相同，她看起來年輕了十歲，穿著條紋高領衫，戴著大眼鏡，遮住了雜誌中那美麗逼人的雙眼。她的頭髮凌亂地圍繞著臉，兩顆痘痘讓人注意到她的下巴，但她依然很美，看起來就像一個真實的少女，而不是穿著青少年服裝的成年女性。

他盯著那張照片看，蕭內西忍住翻開頁面尋找羅雯・懷特的衝動。

「珍妮有男朋友嗎？」蕭內西突然感覺自己在這間屋子裡顯得太過笨拙，彷彿全身只剩下手肘和笨嘴拙舌，他試圖讓說話的語氣溫柔一點，但他對溫柔這回事知之甚少。

李維的嘴角緊抿。「珍妮是個乖女孩。」

蕭內西點了點頭，卻不知道接下來該問些什麼，當李維意識到蕭內西似乎搞不清楚狀況時，他的頸項爬上了一層熱意。

「你不是負責我女兒案件的警探。」李維慢慢說，似乎終於把事情想通了。

「我只是在完成另一起調查的收尾工作。」蕭內西焦急地在褲子上磨擦手掌，這番解釋並沒有使李維平靜下來，他的臉色變得更加激動。

「你為什麼要這樣對我？」李維帶著一種肚子剛被揍了一拳的喘息聲問道，「如果你沒有珍妮案件的新消息？為什麼要再次挑起這件事？」

蕭內西吞吞口水但如鯁在喉。他到底在這裡做什麼？他怎麼會捲入這場毫無意義的追逐之中？

太認真。怪人。

他站起身時小腿撞到咖啡桌，沒注意到上面的茶杯，茶水從杯中噴濺而出。

「滾出我的房子。」這個命令像是發自李維內心的狂吼，不再空洞，而是充滿了悲痛父親的憤怒。李維站了起來，雙拳緊握。

蕭內西絆了一下，倚靠在沙發嘎吱作響的扶手上穩住身子。

就在那時，他看到了她。

一個女孩。

她緊靠著牆站立，臉色蒼白，下唇在顫抖，但她的眼神堅定地盯著他，小巧的下巴微微抬起。

蕭內西不擅長與孩子打交道，就算有人拿槍抵著他的頭，他也分辨不出小孩是五歲還是十二歲，但他猜這個女孩大概十歲，有著和珍妮一樣的深棕色眼睛，同樣的黑髮，雖然她的髮色中帶有紅色，綁成兩條辮子垂落在單薄的肩膀上。她的身形纖細如柳，膝蓋突出。

蕭內西身後的李維一看到她，似乎失去了對峙的鬥志。

「塔碧。」他低聲說。

但塔碧沒有將目光從蕭內西的身上移開。「你知道是誰幹的嗎？」

蕭內西無法回答。說「不是」，感覺像是在說謊，但說「是」，則太莽撞。所以他只是凝視著她，她也毫不退縮地回望。

塔碧點點頭，好像並不感到意外。「你會抓到他嗎？」

她的聲音和外表看起來比實際年齡成熟許多，但生在一個手足遭到謀殺的家庭，確實會讓人一夜長大。蕭內西也許年輕且經驗不足，但他對此深有體會。

蕭內西在回答時沒有任何遲疑，「會。」

第二十二章——葛蕾琴

現在

檔案室正如其名，充滿了昏暗與塵埃。

葛蕾琴從未深入這個領域，因為她有弗瑞德幫忙，而且這種工作遠低於她的薪資等級，如果被迫參與，她會立即退出案件。

但情況使然，她不得不來訪。

一位慈祥的老人戴著厚厚的眼鏡，頭頂只有幾縷梳過的頭髮，他仔細檢查了吉布斯寫的便條，然後指了指正確的方向。

珍妮佛·克羅斯的案件曾經引起全國關注，但證物箱卻出乎意料地輕。

「所以蕭內西認為這個女孩是你父親手下的受害者？」馬可尼一邊戴上乳膠手套一邊問道，和她平時一樣，就像個嚴謹的警探。「你認為安德斯是個連環殺手的說法站得住腳嗎？」

「不太可能。」葛蕾琴回答，但她仍舊回想起她們早些時候的對話：不太可能不代表不可能。「負責的警探是誰？」

「沒有。」馬可尼的頭微微一傾。「尚恩·瓊斯和葛瑞絲·李。我意思是說，他們沒有涉及這起案件的其他相關調查。」

葛蕾琴對這兩個名字都沒有印象，但她在腦中記下，之後再進一步詳查。「告訴我具體的細節。」

「最後一次有人看見珍妮佛・克羅斯是在一九八三年十月十二日晚上，目擊者看到她上了一輛深色的四門轎車。」馬可尼乖乖讀起報告。

「看來她認識那個人。」葛蕾琴低聲說。

「想必是。」馬可尼回答。「她父親在當晚通報她失蹤，但她的所有朋友都一問三不知，也沒人記下車牌號碼。」

「沒有鎖定主要嫌疑人？」葛蕾琴問。這些資訊通常不會公開給媒體，但報告中應該有記載。

「首先懷疑的是她父親，」馬可尼解釋，「但沒有人認為是他。有個女孩表示珍妮佛有個男朋友，但她從未提及他的名字或職業，只是暗示他年紀較大。」

「那個年代沒有手機紀錄，」葛蕾琴說，「沒有訊息、電子郵件，沒有留下任何數位足跡。」

「真不知道警方當時是如何破案的。」馬可尼說。

「他們真的有破過案嗎？」

馬可尼翻了個白眼。「這諷刺太過直白，不夠用心，明明就不是這樣。」

「確實不是我最好的發揮。」葛蕾琴心不在焉地同意並四下看了看，那個老人彎腰趴在桌子上，沒有注意到她們。「掩護我一下。」

「什麼！不行，葛蕾琴。」馬可尼開始抗議，但葛蕾琴已經行動起來，悄無聲息地穿過下一排架子，又一排，直到找到她想找的字母開頭。

W。

她輕輕撫過文件夾上的標籤。

羅雯．J．懷特。

葛蕾琴從架上取下檔案箱，走回馬可尼站的地方。「不要給我那種表情。」

「吉布斯如果來逮捕你，我不會阻止他。」馬可尼說，但她已經迫不及待想看葛蕾琴拿到了什麼。

「你不告訴他，他就不會發現，」葛蕾琴用甜到發膩的語氣說，「你沒那麼笨對吧，親愛的？」

馬可尼看著她。「為什麼我覺得你剛把刀片頂在我脖子上？」

「很好，這正是我想要的效果。」葛蕾琴簡短說完，迅速打開羅雯的檔案，這不是之前馬可尼帶來那份檔案的原始副本，這份是一九八三年那次早期事件的案件檔案。「珍妮佛失蹤的日期是幾號？」

「一九八三年十月十二日。」馬可尼讀出，雖然她知道葛蕾琴其實不需要她重複。

「羅雯是在一九八三年九月二十八日進了警局。」

「什麼。」馬可尼說，這不是在發問，只是在表達困惑，她搖了搖頭。「所以蕭內西在珍妮佛失蹤前兩週撞見羅雯，而兩個女孩的手臂上都有相同的傷痕？時間點太接近，不太可能是巧合，對吧？」

「可能有什麼玄機，」葛蕾琴說，然後又補充道，「也可能只是想太多。」

「怎麼可能只是想太多？」馬可尼有些尖銳地提問。

「你想不到其他解釋，並不表示沒有其他解釋。」葛蕾琴解釋道，她的注意力大部分放在檔案上。「我們在評估所有情況時總會受限於自己的經驗、邏輯或想像力——但範圍之外還有一個你無法想像的因果世界，如果不理解這一點，就容易陷入陰謀論的漩渦。」

「謝謝你的指教，懷特博士。」馬可尼說，葛蕾琴幾乎能聽出她在翻白眼。

葛蕾琴聳了聳肩。「我之前說過，你很擅長找到事物之間的關聯性——這是你工作的一部分，但這也讓你容易將一些其實可能毫無關聯的現實連結起來。」

「我還是覺得時間點很古怪，」馬可尼說，「如果時間相隔了好幾年，我或許還能相信那些傷口是巧合，但只相隔兩週？」

「這個疑點確實很重要，可以作為後續調查的參考點，」葛蕾琴同意，「蕭內西同時涉及這兩起案件也是一個參考點。」

「好吧，羅雯那晚突然跑出來，衝到他面前。」馬可尼將話題帶回正軌。

「是的，那天晚上蕭內西和連恩．博伊警探在附近處理一宗家庭糾紛事件。」葛蕾琴停頓了一下，陷入沉思。「這種巧合的機率有多大？」

「什麼機率？」

「在一條漆黑的郊外道路上，」葛蕾琴沉思道，「羅雯就那麼剛好衝到警察面前，這機率有多大。」

馬可尼嗯了一聲。「也許……她就是那起家庭糾紛的主角？也許安德斯真的在虐待她，她反抗了，而鄰居報了警。她逃離了他的控制，衝到馬路上？」

也許吧，葛蕾琴心中想。這是一個有趣的推論，但她仍然對安德斯是個凌虐自己妹妹的精神變態抱持懷疑態度，如果真是如此，葛蕾琴自己的童年也應該存在某種形式的虐待行為，然而，除了她父母施加的情緒勒索之外，她沒有經歷其他形式的暴力。

「當年從警局把羅雯接走的人是我祖母，」葛蕾琴說，「如果安德斯真的在虐待羅雯，那伊迪絲肯定也參與其中。」

「那倒不讓我意外，」馬可尼說，目光又回到珍妮佛的檔案上。「通常母親也可能是施虐者。」

「噢，謝謝你告訴我這個關於連環殺手的基本常識，我攻讀連環殺手博士學位的時候聽都沒聽說過呢。」葛蕾琴嘲諷地說。

馬可尼抬頭，「真的可以攻讀連環殺手學位？」

「不行，我只是想要——」葛蕾琴揮揮手，語氣有些無力——「幽默一下。」

「真遺憾，」馬可尼嘆道，她分心了，嘴角微微抽動。「那會很酷。」

葛蕾琴瞇起眼睛，她不喜歡馬可尼對她的刻薄無動於衷，但她也意識到這正是她們能夠合作愉快的原因，她決定將這次對話看作勢均力敵。

「我可以想像伊迪絲會試圖保衛懷特家族的名譽，」葛蕾琴說，「這可能是她包庇安德斯的原因。」

「同時把羅雯推到風口浪尖上。」馬可尼補充道。

「生在有錢家庭的女孩，宿命就是嫁人，不要多嘴，終點是步入婚姻的殿堂。」葛蕾琴說，聳了聳肩。「無論她們的兄弟們有多壞，都不重要。」

「這種人生真是太美好了。」馬可尼說。「所以珍妮佛·克羅斯和羅雯唸的是同一所學校，在羅雯衣不蔽體從樹林中逃跑之後的兩個多禮拜失蹤，珍妮佛被發現時，她的手臂上有和羅雯相同的割傷。」

「這年頭誰還用『衣不蔽體』這個詞？」葛蕾琴問，顯得很開心。

「你真的好會抓重點喔，」馬可尼說，「觀察力真是太敏銳了。」

葛蕾琴給了她一個不耐煩的手勢，但還是表示認同。「太多巧合了。」

「或許我們是在用事後認知，還有大腦建立模式的傾向來判斷這件事？」馬可尼提問。

葛蕾琴挑挑眉毛，她沒有表示同意，只是默認。在偵辦薇奧拉．肯特的案件時，葛蕾琴曾警告過馬可尼，人類有尋找不存在關聯性的傾向，這種現象的專業名詞是「空想性錯視」，就像小孩會從雲中看到形狀，或者成年人在無生命的物體上看到面孔。從進化的角度來說，這種衝動對人類非常重要，因為人類的生存仰賴社交連結，但這確實也使人類在建立無相關性事物之間的關聯性時過於冒進，導致陷入危險的陰謀論。

「光是菲利普斯學院這個關聯性，就足以讓我認定兩者之間必定有連結，」葛蕾琴說，「蕭內西可能也有同樣的想法。」

「他肯定是走進了死胡同，」馬可尼指出，「案件至今尚未偵破。」

「今天如果是你負責調查，第一步會怎麼做？」葛蕾琴問，「我指的是珍妮佛．克羅斯的案子。」

「我知道羅雯的事嗎？」

「不知道。」葛蕾琴回答，好奇馬可尼會如何著手。

「目擊者表示珍妮佛可能在學院的秋季園遊會上認識了那個男友，」馬可尼慢慢說道，「所以我會調出那次活動的志工、保全人員和教師名單，還有所有在場者的紀錄，然後組織專案小組對這些人進行訪談，確認是否有人目擊到任何可疑的行為，同時也要檢查照片，看看所有拍到這位神祕年長男性的照片背景當中，是否有珍妮佛出現。」

葛蕾琴迅速越過兩人之間的距離，將下巴靠在馬可尼的肩膀上，以便看到檔案。「她妹妹供稱可能是個金髮男子。」

「這符合安德斯的特徵。」馬可尼回答。

「也符合蕭內西。」

馬可尼在葛蕾琴的重量下動彈不得。「嗯。」

葛蕾琴戳戳她肋骨下的柔軟處，馬可尼縮了一下。

「你在想什麼？」葛蕾琴問，馬可尼仍然沒有說話。

「關聯性。」馬可尼小聲說，有意拉開她們之間的距離。「珍妮佛的謀殺案並沒有其他明顯指向連環殺手的跡象。」

「只有那些刀傷。」葛蕾琴同意。

「那也是關聯到羅雯案件的唯一線索。」馬可尼說。

「不對，看看她屍體被發現的地點，」葛蕾琴指著檔案，「我家以前就住在那附近不到一英里。」

馬可尼只能瞪大眼睛看著她，葛蕾琴聽出她很想問「什麼？」。

「搬家的時候我大概六歲，」葛蕾琴努力回想確切的日期。「搬到城裡的一棟聯排別墅。」葛蕾琴朝辦公桌的方向撇了撇頭。「珍妮佛遺體被發現的地點很靠近蕭內西那晚第一次撞見羅雯的地方。」

「到底是怎麼回事？」馬可尼低聲說。

葛蕾琴不願意承認她也不清楚，但想起聯排別墅這件事，讓她將挫敗感轉向一個更容易取得的目標。「芭杜還沒有告訴我們保姆的名字。」

「嗯，」馬可尼發出哼聲，明顯心不在焉，「我好奇保姆是否也住在那附近。」

珍妮佛的案件，還有其他懸案。

「看芭杜表現得如此小心，如果保姆也住在那附近，也沒什麼好意外。」葛蕾琴一邊說一邊拿出手機，找到正確的號碼，然後按下了通話鍵。

接電話的是女傭，雖然那是芭杜的手機。葛蕾琴擔心女傭可能會因為她的行為而遭到解雇。

「保姆的名字。」電話一交給芭杜，葛蕾琴就迫不及待發問了。

對方沉默了一會，這個停頓有點太長，但接著芭杜清清嗓子，「好了，好了，我不懂這名字有什麼關聯性。」

她的閃躲讓葛蕾琴感到一絲好奇，她本以為母親可能真的不記得了，但這明顯是刻意逃避。

「這跟你無關。」

「我看看，」芭杜說，背景傳來紙張翻動的聲音。「啊，有了，塔碧莎，塔碧莎．克羅斯。」

葛蕾琴閉上眼睛。「重複一遍。」

「塔碧莎．克羅斯，」芭杜用誇張的重音說，「好了，沒別的事了吧？」

葛蕾琴以掛斷電話作為回答。

她睜開眼睛時，發現馬可尼已經嚴陣以待。

「什麼名字？」馬可尼追問，但葛蕾琴已經在打電話給蕭內西。

他沒有接電話；她也不指望他會接，儘管如此，她還是留言了。

「我要你打電話到檔案室，要求他們把一九八三年羅雯案件的證物箱和珍妮佛．克羅斯的懸案檔案交給我保管，」葛蕾琴對著手機說，「我們不需要交談，也不需要討論，只要你照做就對了。」

葛蕾琴掛斷電話，目光轉向那位老人。

「這行得通嗎？」馬可尼問，語氣帶著好奇而非懷疑。

辦公桌旁那台老式電話機響起，葛蕾琴露出了笑容。

「行得通。」

「葛蕾琴，」馬可尼說，「保姆是誰？」

葛蕾琴將箱子撐在臀部旁。「珍妮佛的妹妹。」

第二十三章 塔碧

一九九三年

卡爾的身影籠罩在塔碧身上，背後的光線讓她無法看清他的臉。他手中握著從包裡拿出的繩索，繩圈靠在他的大腿上。

「你發現了什麼？」

塔碧的視野突然出現黑點，她拚命控制自己不規則的呼吸，呼吸時空氣似乎太多，然後又突然不足。

她的目光飛快地掃向門口。

「沒有，」她勉強說。「我只是……」小姐，振作起來。她的牙齒像是在寒冷中打顫，脈搏在她腳底怦怦跳動。「我和我爸吵架了——所以我聲音才聽起來很奇怪。」

她知道那根本說不通，塔碧已經在電話中承認自己找到了證據；她無法抹去那個事實，但她也無法清楚編出一個合理的解釋來。

兩人之間的沉默拉長，空氣中充滿難以忍受的尷尬，塔碧計算自己跑到門邊的距離，大概四步。他會立刻撲向她，一把揪住她頭髮，把她拖回來。

「塔碧莎，你為什麼要一直說謊？」他那平靜得可怕的聲音讓她的皮膚起雞皮疙瘩，她的手心、腋下和頸背開始出汗。

她將在這破爛汽車旅館的房間裡死去。

不知何故，這反倒顯得恰如其分。

下一秒，卡爾迅速壓倒她，將她按在床上，用前臂抵住她的氣管。

她的嘴唇動了動；她的腿猛踢，卻無處可踢。

她的指甲刮到皮膚，在他身上劃出血跡。

「賤人。」他咒罵著，稍微減輕壓迫，嘴唇翻起一抹獰笑。

當她絕望地吸入一口氣時，那男人笑了，他不再是卡爾，不再是她認識的任何人或任何東西。

他放開了她。

氧氣，純粹而美好的空氣湧入她的肺和血管，她的手觸摸到自己皮膚上已經形成的瘀傷，她注視著他。

他的動作緩慢，卻帶著一種熟練的自信，再次伸手去拿他的行李袋。

卡爾或許很強壯，但塔碧的反應很敏捷。

她或許能夠讓他措手不及，如果她現在行動的話。

門口。自由。安全。

或者至少逃到荒涼的公路上。

她可以接受，去哪裡都好，總勝過待在房間裡。

他俯身的時候注意力分散，自他們進入房間，這是他最容易受到攻擊的姿勢。

塔碧用手肘撐住身體，讓雙腳穩穩踏在地面上。

她計算自己的呼吸，試圖控制呼吸，確認自己的心肺已經做好準備。

深吸一口氣，然後又是一口。

接著……

她的手觸到冷冰冰的門把手。

卡爾在她身後大叫。

先是水泥地，然後是路面。

車輛呼嘯而過，一輛接著一輛。

沒有一輛會停下。

不能停步。

麥當勞。

卡爾追在後面。

她只需穿過街道。

她的肺似乎在尖叫爆炸，幾乎快要塌陷。

門。

推開。

是個臉上長滿青春痘的青少年，臉上留著稀疏的小鬍子。

「手機借我。」她勉強說出這句話。

卡爾站在外面，來回踱步，不時望進來。

那個男生的目光在他們兩人之間來回。

然後他指向牆邊。

塔碧顫抖著說了聲「謝謝」就溜到櫃台後面，操作薯條油炸機的女孩目瞪口呆地看著她，一邊將薯條投入熱油中。

手機。塔碧觸摸著手機，閉上眼睛，那塑膠的觸感彷彿救贖。

她回想起多年前在她家客廳的那一天。

他曾經向她保證，語氣堅決，姿態穩如泰山。

你會抓到他嗎？

會。

塔碧撥通查號台，接線員接聽時，她知道自己要打給誰了。

她睜開眼睛，看見卡爾的影子在街燈下晃動。

「蕭內西警探，」她低聲對著電話說，身體滑落到地板上。「請幫我轉接派崔克・蕭內西警探，拜託。」

第二十四章——葛蕾琴

現在

葛蕾琴將馬可尼送回家後，心神不寧地開車返家，她停好車，走進自己的公寓，幫自己倒了一大杯紅酒。

她坐在地上，把羅雯和珍妮佛·克羅斯證物箱的內容物攤在面前。

根據法醫報告，珍妮佛死後的屍體腐敗程度與她失蹤的時間吻合——這表示她生前如果遭到綁架，那麼期間並不長。她的手指下沒有皮膚片屑殘留，也沒發現任何防衛性傷痕。

她手臂上的傷口裡有一些碎石和土壤，這暗示她死後被人移動過，但那些碎屑與森林中常見的碎石和土壤比對相符，而那裡正是她遭到棄屍的地點。

珍妮佛的案件曾一度引起全國媒體關注，她的照片出現在《時人》雜誌上，很可能是因為她的美貌，還有因為她是白人，同時還躋身上流名校。但在風頭過後，調查很快就遇到了重重障礙，之後便完全陷入停滯。

這點讓葛蕾琴覺得奇怪，因為人的大腦，哪怕是正常人的大腦，都無法忍受未知的煎熬。許多未解的懸案，像是瓊貝妮特·拉姆齊[5]、D·B·庫柏[6]，以及最知名的開膛手傑克，都讓大眾深感著迷。

謎團如果存在，那就必須解開。

案件如果無法偵破，謎團不會就此消失，會變成臭名昭著的懸案。

然而，沒有人能解釋珍妮佛・克羅斯的死因，這個女孩只存在於波士頓警察局地下檔案室一個塵封的箱子中，僅此而已。

葛蕾琴想著，其他人可能會覺得這是個悲傷的故事，但對她來說，這件事更加引起她的好奇。全國關注的案件本應為警察局長帶來壓力，而處於壓力之下的警察局長很少會容忍那些連一條線索都找不到的警探。

這種情況可能有幾個原因，案件發生在八零年代的波士頓，警方可能正忙於整治黑幫，且珍妮佛的凶殺案發生時還沒有發展出ＤＮＡ和其他鑑識技術，謀殺案的調查只能仰賴警方的實地調查工作。

然而，葛蕾琴也察覺到案情冰封角落中的另一種可能性。

有人在積極封鎖這起調查。

如果這是事實，那麼從邏輯上說，這樣做的人應該是凶手，案件的偵辦停滯不前，除了凶手，還有誰會從中獲益？

---

5 JonBenét Ramsey，美國兒童選美皇后，在科羅拉多州博爾德的家中遇害，家中曾發現一張手寫勒索信，多年來一直無法破案。

6 一九七一年十一月二十四日，一名叫D.B. Cooper的神祕男子在劫持一架飛機後，挾帶獲得的勒索金，乘降落傘跳出飛機，從此消聲匿跡。

葛蕾琴大口飲下一口酒，然後翻開羅雯一九八三年的檔案。

她腦中所能想到的只有……兩名女孩，相隔十年死亡，警方報告中缺了一頁，更嚴重的是有一名證人沒有列入檔案，且這名證人恰好是其中一名受害者的妹妹。

兩人之間存在某種關聯性，這一點毋庸置疑，但這種關聯性是如吉布斯所說的，蕭內西已經中了那一招，還是因為她們根本是同一個凶手造成的受害者？

這是一個典型雞生蛋，蛋生雞的問題。

手臂上的割傷可能只是巧合嗎？問題是她們同校，珍妮佛的屍體又剛好在懷特家宅邸的附近被人發現？是蕭內西虛構了根本不存在的關聯性，促使她妹妹去應徵保姆的工作嗎？

還是說，是蕭內西殺害了這兩個女孩？

先是珍妮佛，十年後羅雯發現了他的罪行後，他又殺了羅雯。

珍妮佛的妹妹曾表示姊姊有一位年紀較大的男友，這點符合蕭內西——無論這個描述有多模糊。

不過這描述也適用於安德斯。

萬一葛蕾琴判斷錯誤，萬一安德斯真的是一個精神病態者，先在羅雯身上練習，然後又轉而對她的同學們行兇？萬一蕭內西真的找到什麼證據，證實安德斯是個連環殺手，先是拿羅雯練習，之後真的動手殺人呢？萬一珍妮佛的妹妹混入他家中，試圖尋找證據來證實他真的犯下那些罪行，安德斯是否必須先殺害羅雯滅口？

羅雯的照片回望著葛蕾琴。這不是警方的檔案照——因為羅雯從未遭到逮捕，這是一張八卦專欄的剪報。

她想起馬可尼的觀察——殺人動機是出於憤怒。

羅雯死在亂刀之下，凶手兇殘至極，屍體殘破到讓葛蕾琴想探見姑姑的內臟，觸摸那些臟器並陶醉其中。

如果凶手的目的只是想栽贓葛蕾琴，實在沒必要製造這麼嚴重的刀傷。葛蕾琴過去從未有暴力行為的記錄，她至多就是那種眼神空洞、缺乏自我保護意識的孩子，她從未虐待過動物，不會凌虐同學，也從未讓同學身上帶著新傷回家，即使她只在一次衝突中造成姊姊手腕骨折，所有人仍同樣把罪責歸咎在葛蕾琴身上。

葛蕾琴再次將羅雯從她殘暴的死狀中抽離出來。她姑姑並未與他們同住太久，她是到一九九三年的夏天才回來與他們同住，距離她去世僅三個月。

當時的葛蕾琴還不懂得如何解讀人際關係，她記得每當羅雯與安德斯或芭杜身處同一個空間時，氣氛似乎都會變得緊繃又劍拔弩張，但這是羅雯造成的，還是因為她害怕她的兄嫂？或許她別無選擇——尤其如果伊迪絲切斷了她的經濟來源——她只能被迫忍受這種恐懼，以換取棲身之所。

葛蕾琴可以確定的是，羅雯吸引了所有人的注意力，這對一個小孩來說，就像是一種侵略。

這份怨恨像是緩慢燃燒的火焰，最初她只是不喜歡羅雯，因為她總會製造問題，同時吸引所有人的注意力，三個月的相處讓這種感覺演變成更尖銳的仇恨。

在我知道什麼是殺人之前，我就想殺了她。

葛蕾琴無法否認這種情緒有其根源。

但是……

如果她真的殺了她姑姑，羅雯在床上被人發現時沒有任何防衛性傷口，這個事實一直讓葛蕾琴覺得很可疑。葛蕾琴有時會突然發狂，她的衝動總是即刻反應，她不是冷血動物，不會偷襲陷入熟睡的獵物。她的怒火可能會熊熊燃燒，但同樣很快就會熄滅，葛蕾琴不會記仇，也不會在爭執過後的幾小時偷偷潛入姑姑的房間，只是為了持刀殺害她。

葛蕾琴的內心深處知道，這不像是她的作風。

我被陷害了。

這是一個震撼的念頭，儘管馬可尼來訪之後發生了那麼多事，這個念頭還是差點讓葛蕾琴窒息。想要向外界證明自己無辜與真心相信自己無辜，這兩者之間有本質上的不同。

這是葛蕾琴這輩子第一次放任自己相信「我是無辜的」，且這次沒有像以往自我安慰時一樣，留下苦澀的餘味。

這個想法讓她重新燃起了怒火。

如果這起謀殺是預謀，如果凶手想要轉移嫌疑，與其陷害一個沒有極端暴力行為紀錄的八歲小孩，不如採取其他更簡單的方式。

首先，大家都知道羅雯有精神病史——不僅有精神疾病，還曾企圖自殺。如果有人想要殺害她並且逃脫罪責，輕輕鬆鬆就可以把她的死包裝成自殺。

凶手看起來更像是在慌亂中殺人。

如果確實如此，那麼也洗清了安德斯的嫌疑，畢竟他當時正在出差。

如果那天晚上家裡真的沒有其他人，而房間中的人影只是葛蕾琴的幻覺，那麼剩下的嫌疑人就只有芭杜、芙蘭、保姆和葛蕾琴。

法醫已經排除芙蘭和芭杜的嫌疑。
但塔碧莎・克羅斯還沒有排除。

第二十五章　蕭內西

一九八四年

在掃黃緝毒組同事主辦的陣亡將士紀念日烤肉會上，蕭內西認識了唐娜．桑德斯。蕭內西決定去參加的唯一原因，是他聽說上級正在考慮將他轉調至到巡邏隊，雖然他更希望能進入重案組，但他迫切想擺脫交通勤務工作。

唐娜是和另一名警官的女友一起來參加烤肉會，她的外貌看起來在樸素中帶有一絲美感，臉蛋圓潤但滿是雀斑，金髮梳理得蓬鬆飄逸，髮色漂成金色，明顯是開架染髮劑的成果。她的鼻尖太尖銳，但蕭內西喜歡自己將手放在她的臀部，拇指能輕鬆摳住牛仔短褲腰帶環圈的感覺。

一週約會四次後，他們正式確認了戀愛關係。當他某天早上遲到，帶著脖子上位置過高的吻痕來上班，警局的同事開始取笑他。

自他被趕出李維．克羅斯的家中已經過去好幾個月，自安德斯．懷特用獵槍對準他已經過去超過六個月，多數時候他都能把羅雯和珍妮佛拋諸腦後；大多數夜晚，他都假裝睡前不會想起羅雯的臉。

唐娜為他的形象帶來了尊嚴，他過去從未意識到自己缺少了這一塊，如今，同事會在工作中拍拍他的肩膀，幫他買咖啡，而不是在他說話時投來懷疑的目光。

然而有時候，當唐娜坐在他膝上，咬著他的耳垂時，他心中迴盪的只有羅雯曾經說過的一句話，「快逃。」

「我明天要值夜班。」他說道，她嗯了一聲，繼續親吻他的肩膀和鎖骨。她身上聞起來總有薄荷味，目的是掩蓋吸菸的習慣，她抽得很兇。

「我以為你要帶我去你喜歡的那家餐廳。」她有點不高興，帶著孩子氣的撒嬌語氣說。這讓他想把她從膝蓋上推開，那麼喜歡裝幼稚，就讓她像小孩一樣摔倒在地吧。

「改天吧，親愛的。」他承諾道。

「你應該跟局長談談——他幫你排了太多夜班。」她說，同時已經分心於解開他的襯衫鈕扣。他希望她不會和她那個朋友吉娜談及此事，吉娜正在和掃黃緝毒組那個同事交往。

因為蕭內西並不需要值夜班，有時他對她的厭倦，連他自己也感到不可原諒。

但每當他推開她的手，她就會聽話離開，他每次態度改變，她就會識相走掉。他很欣賞她這一點。

二十分鐘後敲門聲響起，正當他準備倒杯酒時，他看了看壁爐上的時鐘。

已經很晚了，過了鄰居或朋友無預警拜訪的時間，他想到該去拿槍，但隨即打消了這個擔憂。罪犯不會敲門。

他開了門。

雖然他家最近的路燈已經壞了幾週，但就算不借著那微弱的光亮，他也能即刻認出雨中那個發抖的身影。

「懷特小姐。」他說，腦海中浮現的卻是羅雯這個名字，這名字在他口中的味道既甜又帶著金屬味。

「我不知道還能去哪。」羅雯說到一半顫抖了一下，然後像是逞強般穩了下來，她沒能說完——

他打斷她的道歉，他從不希望她因為尋求他的幫助而感到內疚。「進來吧，快進來。」

她猶豫了一下，然後快速點頭跨過門檻，水珠滴落在地板上。蕭內西指引她坐在前任屋主留下來的那張印有花卉圖案的破舊沙發上，他一想到她可能對他家有什麼看法，脖子上就泛起了一陣潮紅。

「毛巾。」他說著，走進走廊去寢具櫥櫃裡取了幾條毛巾。羅雯小心翼翼地接過一條，他又把另一條圍在她肩上，某種久違的本能驅使他想摩擦她的手臂，給她一點溫暖。

他後退一步。

房間將她纖小的身軀吞噬，一切都太大、太亮、太強烈了。雨水為她的頭髮增添了深蜜色的亮點，髮絲貼在她的臉上和脖子上；雨水柔化了她衣服的質料，讓布料緊貼身體，寒冷在蒼白的臉頰上激起了一抹粉紅色的紅暈。

蕭內西的目光在她平坦的小腹和柔軟的臀部停留了一秒鐘，然後移開了視線。

他不知道她是否能感覺到，他現在看著她就像那天晚上一樣——彷彿她是用極細的玻璃絲織成的，隨時都可能碎裂。只有他能阻止這一切。

這種感覺可能已經寫在他臉上，但出於本能，他知道自己必須隱藏對這個膽怯女孩的愛慕和溫柔，否則她會逃跑，而且逃得飛快。

羅雯坐在沙發邊沿，像是隨時準備逃跑，彷彿要證明他之前的擔憂是對的。「我沒有打擾到你吧？」

蕭內西想到如果她早半小時來敲門會發生什麼事，唐娜如果突然看見這個過去一年來他無法忘懷的女人，會有什麼反應？「沒有。」他放低姿勢，坐在他從未使用過的那把破舊椅子的扶手上。「不會，我剛好沒事。」

羅雯的目光落在他空著的左手無名指，他突然感激她不是在三個月後來，否則那時他的手指上會戴著金戒指。「我不知道還能去哪裡。」

他在胸前交叉雙臂，突然連手也不知道該擺在哪。「發生了什麼事？」她低垂著頭，濕漉漉的頭髮遮住她的臉。當她沒有回答，他盡可能溫柔地追問。「羅雯？」

她聽到自己名字時抬起頭，嘴唇動了動。「我已經十八歲了。」

蕭內西吞吞口水，避免看見她衣服緊貼身體的樣子。「我不懂你這麼說的用意。」

「你不懂嗎？」她輕聲問道，儘管他不確定自己是否真的聽見她說的話。接著她提高音量說，「現在他們很難強迫我進去療養院了。」

「好，」他回答道，努力不觸及任何敏感話題。「你需要幫助嗎？」

「我只是想找個地方暫住幾天。」羅雯低下頭，她的聲音在他的注視下顯得有些沮喪。

蕭內西很快就就決定跪在她面前，保持一定的距離但高度又比她低，以免讓她感到不安。「羅雯，有人傷害過你嗎？」他停頓一下，「是你哥哥嗎？」

突然間她瞪大了雙眼，「不，絕對不是。」

他想反駁，但沒有，現在不是討論他理論的好時機，這在他們平靜的對話中顯得更加不合時宜。「是你母親嗎？」

她搖搖頭，目光又回到了地面，這次的否認更加猶豫不決，他不確定這代表什麼。

「告訴我該怎麼做。」他有些無助地說。

羅雯舔舔嘴唇，隨後將毛巾從肩膀上拉下，她的眼睛紅紅的，但依然美麗，眼睫毛因為眼淚而變得更黑。她將纖細的手放在他肩膀上，他等待她將他推開。

「你能保護我嗎？」這個問題——這個請求——讓他心痛，也粉碎了他的心。

他搖搖頭，顯得有些無奈。「這是我一直想做的事。」

＊＊＊

羅雯．懷特呈胎兒式睡姿，緊縮著雙膝，蜷縮在床上。

隔天早上，蕭內西從客房的門口注視著她，思索著是否該叫醒她。

正當他思考這件事時，她的眼睛突然睜大，與他的目光相遇。她醒來的方式不是慢悠悠又昏昏欲睡，而是在警戒中迅速驚醒，就像士兵在戰區中的睡覺方式。

羅雯坐起身，吐了一口氣，毯子滑落到腰間，她穿著他的襯衫——她自己的衣服還在烘乾機裡——他討厭這景象帶給他的感覺，彷彿羅雯屬於他。她是來尋求幫助；他不應該這樣看她。

「再睡一會吧？」他盡量輕聲說，以免驚動她。她搖了搖頭，嘴角羞澀地微微上揚，臉頰泛起紅暈。

晨光悄然滑入房間，透進她鎖骨和肩膀之間的私密空間，他情不自禁地問道，「你為什麼要來這裡？」

她的表情中閃過一絲不確定，「因為你對我很好。」

「很少有人對你好嗎？」他問。

「你難以想像，」羅雯帶著幾分苦澀的笑說，「當你是家族裡那個發瘋的女孩，日子會很不好過。」

他的目光落在她的手臂上，那裡細白的線條提醒他們初次見面的夜晚。「你企圖傷害自己。」

他不知道自己為什麼要這麼說，也許他想逼她說出真相，或者逼她承認那根本不是她自殘。

羅雯將手覆蓋在疤痕上，彷彿這麼做就可以把疤痕隱藏起來。「這是他們的說法。」

「你的家人？」他問。

「所有人。」她低聲說，肩膀放鬆並略微向前彎曲。

「不是所有人，」蕭內西說，「不包括我。」

她緩慢地抬起頭微笑著，像是一朵尋找陽光的花朵，他的胸口也綻放出暖意，他想要在那一刻向她發誓，他要成為騎士，為她斬盡前路的每一頭惡龍。

「吃早餐吧。」他告訴自己不能流露出真情，接著便轉身離開，逗留在她有所保留的幸福當中，實在太令人難以自拔。

他在平底鍋上打蛋，想起她剛剛說話時的用詞：這是他們的說法。

如果大家都認為羅雯瘋了，就不會相信她的證詞。

正是由於這個原因，她的家人才要扭曲她的現實觀。

現在他確定他們確實這麼做了，她可以整晚否認，但他能聽出她的猶豫和短暫的停頓，看到她低下頭和用手遮住疤痕時的模樣。當她說「這是他們的說法」，那語調和她說「名字很重要，對嗎？」時一樣輕柔動聽。

但如果第一步無法確保安德斯被起訴，這些都無濟於事。目前缺乏足夠證據將珍妮佛的死因歸咎於他，且安德斯已經確定，不論羅雯提出什麼證詞，都會被陪審團忽視。

他們需要找到屍體。

需要另一名受害者。

他把盤子放在剛剛坐下的羅雯面前，目光沿著她脖子的柔弱曲線掃過，凝視著那裡明顯跳動的脈搏。

他的腦海中迴響著博伊無奈的聲音：抱歉，老弟，除非發現她死了。

第二十六章
葛蕾琴

現在

「我們陷入僵局了。」葛蕾琴承認道。她很少這樣流露出脆弱，對此馬可尼只是啜飲著她的咖啡，昏昏欲睡地點了點頭，Dunkin’ Donuts店裡擠得水泄不通的顧客圍繞著她們推了過來。

「我們得找到塔碧莎．克羅斯。」馬可尼說。

「我叫弗瑞德處理這件事了。」葛蕾琴說著用手肘推開一個中年男子的肋骨，他明顯靠她太近，然後她往門口擠去。

她們走上人行道，葛蕾琴的目光自動落在蕭內西的轎車上，他正悄悄在那裡等候。「打給吉布斯。」

「我想知道那三名警探的事，」葛蕾琴解釋道，「那兩個負責珍妮佛．克羅斯案件的警探，還有連恩．博伊。」

馬可尼已經從口袋裡掏出手機。「你是說一九八三年那晚和蕭內西一起值勤的那位警探。」

馬可尼已經把手機貼近耳朵，葛蕾琴不便再確認她的提問，兩人隨即坐進保時捷。

吉布斯接聽後，馬可尼把通話切成免持聽筒，開始打聽那些警察的情況。

「尚恩．瓊斯和葛瑞絲．李的紀錄無懈可擊，」吉布斯敲打鍵盤後說道，「李兩年前退休搬到加州，瓊斯仍然在重案組工作，是部門中破案率最高的警探之一。」
「除了珍妮佛．克羅斯的謀殺案。」葛蕾琴提高了音量，故意讓吉布斯聽見。
他沒有回應她，她也沒有期待他會回答。
「那博伊呢？」馬可尼問。
這次沉默持續得更久。「看起來他在一九九三年辭職了。」
這年份引起葛蕾琴的注意。「哪個月？」
「八月。」
正是羅雯死亡的月份。
馬可尼的目光猛然轉向葛蕾琴。「他人現在在哪？」
「嗯，」吉布斯遲疑了，「已經失聯了。」
「他不是還應該在系統裡嗎？」馬可尼問。「至少為了退休金。」
「那個年代沒有完整的數位紀錄。」吉布斯解釋道，但葛蕾琴從他的語氣中察覺到一種他身上從未散發出的情緒：不確定。
「你能查清楚他的下落嗎？」馬可尼說，似乎洞悉了葛蕾琴的思緒。
「我可以試試。」吉布斯說，葛蕾琴挑挑眉毛。馬可尼推了葛蕾琴的肩膀一下，隨即簡短道了聲謝，就掛斷了電話。
「這太奇怪了。」馬可尼說，一邊將手機放回口袋。
「時間點很怪。」葛蕾琴指出。
「我覺得更關鍵的是人，」馬可尼小聲說道。「羅雯．懷特突然衝到馬路上，出現在兩個警察面前，其中一人在十年後成為偵辦她謀殺案的主要警探，另一人則在她死亡的同月離職。」
「但博伊當時沒有參與羅雯的案件，」葛蕾琴說，「至少在一九九三年沒有。」
馬可尼的目光飄向後照鏡。
「你在想什麼。」葛蕾琴追問。
「博伊知道內情，」馬可尼在喝了一大口咖啡後說道，「當時沒人把這些線索串聯在一起，至少看起來是這樣。」
「蕭內西在偵辦羅雯的謀殺案之前就認識她了。」葛蕾琴接著馬可尼的思路說。「但博伊那晚也在蕭內西車上。」
「一個警察不可能就這樣從雷達上消失。」馬可尼喃喃自語。
葛蕾琴已經在撥打弗瑞德的電話，她不打算只靠吉布斯來調查線索。「你能查一下連恩．博伊警探的資料嗎？」
「這個案件的酬勞要比藥妝店的收據還長了。」弗瑞德抱怨道，但她沒有掛斷電話，幾分鐘後，她繼續說，「看來一直到一九九三年八月為止，紀錄都相當正常。」
「正常是指？」
「他來自波士頓郊區的中產階級家庭，從德州搬來這裡，在高中曾是美式足球明星，畢業後進入警校，」弗瑞德快速唸道，「之後就沒有其他重大資訊了。」
「然後他就消失了？」葛蕾琴猜測。
「完全正確，」弗瑞德說，「他提早從波士頓警察局辭職，此後三十年沒有任何音訊，在這個數位化的時代，想要完全沒有數位足跡，幾乎不可能。」

「他可能已經去世了嗎？」

「你說在沒有人通報他失蹤的情況下？」弗瑞德反問。「當然有可能，但這就屬於你的專業範疇了，博士。」

葛蕾琴沒有說任何客套語就掛斷電話，只是呆呆地盯著前方的擋風玻璃，似乎心不在焉。

「他身邊完全沒有親密的朋友或家人通報他失蹤，這機率有多大？」葛蕾琴問道，她真的很想知道答案。她想著如果自己失蹤了，馬可尼可能會發現，蕭內西當然也會注意到，多少人會認為她只是主動失聯？她猜想大部分人可能只會聳聳肩，然後繼續過生活。

「警察私生活有問題也不是沒有聽說過。」馬可尼陷入沉思。

葛蕾琴用手肘頂了馬可尼一下。「不包括你喔。」

馬可尼翻了個大大的白眼，眼睛看起來很痛。「你在想什麼？想想博伊，不要想我無趣的感情生活。」

「細想一下，」葛蕾琴在思索片刻後說，這部分有很多種可能性。「如果蕭內西不知何故捲入了羅雯的謀殺案，也許博伊發現他們兩人之間的關聯性時，他慌了。」

「所以他殺了博伊，然後偽造了一封辭職信？」馬可尼帶著懷疑的語氣問。「那封辭職信要很有說服力，才能讓局長接受博伊就這樣不在了。」

「可能家裡有急事，當週就得搬到別的州之類的。」葛蕾琴在空中轉轉手指。「九零年代要查證這類事情並不容易。」

「你真的認為蕭內西能殺害至少兩個人，然後就這樣？過去三十年就這樣活著？」馬可尼問。「那他不就是個精神病態者？」

「泰德・邦迪的鄰居都很喜歡他。」葛蕾琴說，儘管她在這點上同意馬可尼的看法，因為她們還有理由相信蕭內西不僅僅殺害了兩人，而是三人，包括珍妮佛・克羅斯。

葛蕾琴雖然難以理解共感人，但她的職業是研究有人格障礙的人，對她來說，蕭內西並沒有敲響她內心的警鐘，至少沒有那種他有能力殺害至少三個人的跡象。

他顯然隱瞞了某些事情，但葛蕾琴很難將他想像成凶手。

「他有涉入——我只是不確定具體上如何涉入。」葛蕾琴看向後照鏡。

「這讓我聯想到跟蹤狂，」馬可尼表示，「我在當巡邏員警值夜班時，經常遇到這種情況。」

「跟蹤狂，」葛蕾琴重複了一遍，對這個不精確的名詞略顯蔑視，但同時也感到有些好奇。「這或許能解釋案件中一些不太對勁的矛盾點。」

馬可尼點了點頭。「跟蹤狂很多時候會理想化受害者，甚至將自己視為救世主，他們愛受害者，想要保護他們，至少跟蹤狂自認為如此。」

「他們會建構自己的現實，」葛蕾琴說。雖然這不是她的專業領域，但她對異常行為的認識相當充分，可以理解馬可尼的思路。「這佔據他們生活中極為重要的部分。」

「接著如果受害者做出了某些行為，挑戰了他們自己建構的現實，或者背離了跟蹤狂為受害者塑造的完美形象，」馬可尼繼續說，「跟蹤狂就會失控，這個推論比他是個潛在的連環殺手更加合理。」

葛蕾琴咬著臉頰內側，回想與吉布斯的對話，思考蕭內西停車在她家門外監視她的情景；回憶起她十幾歲去上學的時候他會無端出現，二十多歲時她深夜從派對回家時他也在那裡。「蕭內西天生確實有行為詭異的傾象。」

「我不確定他是否有從遠處將女性理想化或虛構化的傾向。」馬可尼說。「他是個警察，認為保護人民是自己的職責，這種行為何時變成一種病態？」

「我猜是當某人胸口插著刀子的時候吧。」葛蕾琴說。

「要是能在事態發展到那種地步之前阻止就好了。」馬可尼說，語氣中透露出一種陰鬱的情緒，此時的她已經不想跟葛蕾琴拌嘴。「那為何要選在那個時候？他已經認識她十年了。」

「是什麼觸發了這一切？」葛蕾琴問，「是因為羅雯回到我家住，而蕭內西認為那個房子裡住著連環殺手。」

「如果真是這樣，凶殺案應該會更快發生，」馬可尼反駁，「她在那裡住了三個月。」

「是在等待一個機會嗎？」葛蕾琴提出，「這可能可以解釋凶手行兇時憤怒的動機。」

「羅雯躺在床上，姿勢非常平靜，與傷口的暴力程度不符，這點我也一直覺得很奇怪，」馬可尼表示認同。「如果他覺得被她虧欠，那種情感可能已經累積了一段時間，這可以解釋攻擊者一方強烈的情緒。」

「那克羅斯姊妹又是怎麼牽涉其中？」葛蕾琴詢問，她知道這是假設中的一個漏洞。

「也許那就是引爆點。」馬可尼思索著，在杯子邊輕敲著手指。「塔碧莎。」

這個推論讓葛蕾琴分心，她原本在思考的理論也被打斷，這個推論很有道理，塔碧莎住進懷特家，可能突然觸發了某些事情。

「珍妮佛遭到謀殺時，她還太小，無法進行任何調查，」葛蕾琴說，「但她可能在一九九三年調查出一些事情。」

「懸案被害人的家屬……」馬可尼接著說。「他們是很特別的群體，尤其當他們認為警方已經遺忘他們的受害親人時，會做很多出格的事情。」
「塔碧莎確實是這樣。」葛蕾琴不得不承認。
「所以她開始調查姊姊的謀殺案，蕭內西知道了——」
「應該說凶手知道了。」葛蕾琴糾正她。馬可尼看了她一眼，葛蕾琴只是聳聳肩。「我不是在為他辯解，但這個案件已經充斥太多先入為主的偏見，我們不需要再火上加油。」
「凶手，」馬可尼刻意重說一遍這兩個字，「為了封住塔碧莎的嘴，然後……接下來呢？是羅雯阻礙了他嗎？」
「在羅雯房間裡發現我的是塔碧莎。」葛蕾琴說。雖然她昨晚一直在思考，法醫從未完全排除塔碧莎就是凶手的可能性，但葛蕾琴對這推論仍感到困惑。
唯一能得到解答的方式就是直接問本人。「我們需要見見塔碧莎．克羅斯。」
馬可尼說出葛蕾琴已經想到的擔憂。「前提是她還活著。」

第二十七章 塔碧

一九九三年

在嘗試了三次、花了四十五分鐘之後，她終於打通蕭內西警探的電話，當他接聽時，卡爾早已放棄在麥當勞前徘徊，那個滿臉青春痘的男孩也回去看他的漫畫了。

「發生什麼事了？」她報上名字後，蕭內西問道。他的聲音是如此溫柔，彷彿在對一個受驚的孩子說話，她幾乎無法相信那個受驚的孩子其實就是她自己。

「我姊姊珍妮，被人謀殺了。」

沉默，然後是一聲沉重的嘆息。「我知道。」

塔碧靠在牆上，那股黏稠的恐懼感從她體內消失，只剩下疲憊的酸痛。

「你說過你會抓到凶手。」她的聲音聽起來那麼微弱，彷彿又回到了十歲。

「我不該做出那個承諾。」蕭內西嘆了一口氣承認。「當時我沒有全盤考慮——這也是我選擇從她案件中抽身的其中一個原因。」

這些話壓在她脆弱的心上，她發出一聲無趣的苦笑。「你可以選擇，我可沒有選擇的權利。」

「對不起。」

這種道歉對塔碧來說已經司空見慣；當人們聽聞珍妮的遭遇時，如果還能吐出幾句話來，通常也只會說這些。有些人無法忍受這樣的悲劇；有些人則因為慶幸這種事沒有發生在自己身上而感到羞愧；還有的人則除了重複幾句沒有內涵的客套話之外無計可施，因為該死的社會根本沒教他們如何應對悲傷。

「真是太蠢了。」塔碧喃喃自語，但沒有掛斷電話。

「今晚發生了什麼事，塔碧莎？」蕭內西用接電話時那種溫柔的口吻問道。

因此塔碧向他坦白了一切，反正還有什麼退路？她告訴他在警察酒吧裡的經歷，告訴她帶了一個菜鳥警察回家過夜的事，還有她要求他去拿珍妮的案件檔案，幾天後就遇見了卡爾。她描述卡爾對珍妮案件似是而非的關心，以及他如何警告她不要介入這起謀殺案的調查。

回顧這些事件，答案似乎顯而易見。

「你覺得他用的是假名？」蕭內西詢問。塔碧努力聆聽，卻找不到任何責怪的意味。

「我原本就這麼認為，」塔碧回答，「現在我更確定了。」

短暫的停頓後他問，「為什麼？」

「他企圖殺害我，」塔碧問。「為什麼要用真名？」

「人會做出各種蠢事，」蕭內西低聲說道，然後提高音量說，「這個『卡爾』會失控，是什麼原因？」

塔碧深吸一口氣。「因為我找到了年鑑。」

「你認出了他。」

「不是，」塔碧立即更正這明顯的誤會。「但我確實看到一個我認識的人，一個叫安德斯·懷特的男人，這讓我……心神不寧。」

「再說一遍？」他的聲音變得緊張，讓她覺得他明明聽得很清楚。

「安德斯・懷特，他是珍妮同學的哥哥，」塔碧說，「我之所以認出他，是因為他曾出席過珍妮的葬禮。」

蕭內西深深吐出一口氣，聲音低沉又克制，像是在努力保持鎮定。「什麼？」

「他有來教堂，」塔碧繼續說，「獨自一人，坐在最後一排。」

「我父親將他還有其他幾個人趕出去了，因為他覺得他們只是來看熱鬧的，」塔碧繼續說道。「安德斯沒有抗議什麼，就這樣離開了。」她稍作停頓，期待著回應。「這代表什麼嗎？」

「可能有，也可能沒有。」蕭內西回答，她無法判斷他是否在對她說謊。

塔碧撥弄著自己的頭髮。「我只是吃了一驚，只是回想起他，意識到他當時也在場。」

「是的，當然。」蕭內西表示同意，好像這是理所當然。「那個場合的保全人員有記錄下這些人的名字嗎？有記錄到他到場過嗎？」

「我不確定——對不起，我真的不清楚，」塔碧支支吾吾地說，感覺自己又變回那個令所有人失望的孩子，因為她無法提供對方迫切需要的答案。「我不知道。對不起。」

「不，別，」蕭內西急忙安撫她，「不要這樣，沒關係的，我想你父親不會——」

塔碧輕輕發出表示不同意的咕噥聲。

「啊，好吧，嗯。」蕭內西說話愈來愈小聲，似乎有些束手無策。

「我會去問。」她提議道。

「好，好，等你的消息。」蕭內西現在聽起來有點心不在焉，然後他猶豫地深吸一口氣，「你決定把這件事告訴……卡爾，」蕭內西慢慢地說，顯然在努力理解她的理由。「為什麼？」

「我不是想……」塔碧突然忍住沮喪的聲音。「我只是想暫時忘掉一切，他可以讓我忘記，還曾經幫助過我。」

她和那個男人明顯只是砲友，他沒有對此作出評論，提問時也沒有任何批判意味。「你打電話給他時說了些什麼？」

「只是說我找到了一些線索，我說得很含糊——本不該驚動他，」塔碧解釋道，「他肯定是緊張了。」

「如果他在等你想起什麼……」蕭內西說。

「那他本來就很緊張，我又讓他更焦慮了。」塔碧在撥弄頭髮時想到了這一點，天哪，蕭內西一定覺得她很愚蠢。自以為是神探南希，就只有死路一條，這就是死路一條的原因，她怎麼會以為自己有辦法調查一樁謀殺案？

「對不起，我不得不問這個問題。」蕭內西緩慢地說，打斷了她內心的掙扎。「卡爾不是安德斯．懷特對吧？」

「不是。」她斬釘截鐵地回答。她的反應中充滿驚訝，足以讓蕭內西消除任何疑慮。「你以為……」

「我以為是他，只是用了假名，是的。」蕭內西說。「這個卡爾長什麼樣子？」

「金髮，長相英俊。」塔碧說，她知道這樣的描述不夠充分，好奇自己是否永遠都無法通過這場考試，金髮、英俊，有太多男性符合這種描述。「我一直有種感覺，他應該很有錢。」

「什麼原因讓你覺得他很有錢？」蕭內西問。

「他結帳時從不手軟。」

像她這種人會猶豫，那些不確定自己錢夠不夠的人，每次買東西都要算個清楚，以免尷尬拿不出錢的人。卡爾從來不用擔心這個，或許這不代表他很有錢，但至少過得算滋潤。

「好，」蕭內西的語氣保持冷靜和克制，彷彿努力不讓自己的挫折情緒影響到她。「我擔心卡爾可能是殺害珍妮的凶手，但我們沒有足夠的證據來確認這一點。」

「你曾說……」塔碧清了清嗓子。「你曾說你知道是誰幹的，那時候。」

「我那時候還很年輕。」

「意思是你現在不知道是誰了嗎？」塔碧問。

長時間的沉默之後，他才小聲地回答，她差點聽不見，「我早就發現自己其實什麼都不知道。」

他聽上去迷失又無助，但她記得一提到安德斯．懷特，他的聲音變得多緊繃，一種無法避免的意識悄然浮現她心頭，不是突然頓悟，而是一種未曾察覺卻早已存在的領悟。

「你曾懷疑凶手是安德斯．懷特嗎？」

「可能吧，」他不確定地說，「但如果是他，那這個企圖殺害你的人又是誰？」

「還有，」塔碧提出他們兩個都想問的問題，「我查到什麼事，嚴重到讓他想殺我滅口？」

第二十八章　葛蕾琴

現在

葛蕾琴還沒來得及確認弗瑞德是否可以查到塔碧莎·克羅斯現在的住址，手機就響了。

陳醫師。

葛蕾琴接一起電話就說，「遺失的頁面？」

她之所以喜歡陳醫師，部分原因是他從不計較她那不拘小節的社交方式，「親愛的，今天是你的幸運日。」

「你找到了。」她的手指緊緊握住方向盤，無視馬可尼從副駕駛座投來的眼神，保時捷的引擎咆哮，也投射出葛蕾琴的激動。

「我當然很想攬下這個功勞，」陳醫師說，「但這是一個實習生完成的工作。」

葛蕾琴認為她應該請他代為向那位薪水不高的實習生表示感謝，但她太忙於壓抑自己的不悅，因為電話已經講了超過一分鐘，她還沒得到想要的答案，她盡可能用溫柔的語氣追問，「陳醫師。」

「好的，嗯，事實證明」——陳醫師停頓一下，似乎無法壓抑自己愛好誇飾的本性——「羅雯·懷特在生命中的某個階段，曾經生過小孩。」

葛蕾琴聽到這段話時，周圍的世界似乎一度扭曲停滯，隨後又恢復正常。「她遭到謀殺前生過小孩？」

「對，在很早以前，」陳醫師回答，「法醫指出，在骨盆內側有一系列凹痕，只可能是分娩時韌帶撕裂造成的。」

「什麼時候的事？」

「無法確定分娩的具體日期，」陳醫師說，「但從癒合的程度和磨損情況判斷，肯定不是她去世前不久的事。」

「這個發現為何沒有在報告中重點標註？」這是葛蕾琴唯一能想到的問題，「為什麼要掩蓋這個事實？」

「當然這都是假設，」陳醫師先聲明道，「但我猜是因為這些痕跡比較久了，與案件的關聯性較小。」

因為在這個案子當中，警方已經確定了一名嫌疑人。「因為每個人都以為是我殺了她。」

「沒錯，這就是我的意思。」陳醫師如此直言不諱，葛蕾琴竟然笑了出來，那股驚訝覆蓋了她方才的煩躁。

葛蕾琴知道表現出感激之意是讓他人繼續幫助她的最佳方式，因此她在顫抖中勉強吐出了一聲謝謝。

「下週五別忘了帶波特酒來，」陳醫師說，「而且不要帶便宜的那種。」

他在她答應之前就掛斷了電話，馬可尼在旁邊清了清喉嚨。

「羅雯曾經懷孕，」葛蕾琴說，回答了那個還來不及問出口的問題。「不是……不是她被殺的時候，而是之前的事。」

「她是只懷孕過，還是生下了孩子？」馬可尼迅速且聰明地追問，這是葛蕾琴欣賞她的原因。

「生下了孩子。」

馬可尼一驚，陷入了沉默，也打斷葛蕾琴耳邊持續的嗡嗡聲。「你覺得你爸媽知道那個孩子在哪裡嗎？」

「或者誰是孩子的父親，」葛蕾琴回答，想起那晚羅雯臥室中的那個人影，那個人可能是蕭內西，但也可能另有其人。

「他們如果知道，會告訴你嗎？」馬可尼提出問題。

「不會，」葛蕾琴說，在繁忙的車流中突然迴轉。「但我知道誰可能知道。」

「我們要去找誰？」當葛蕾琴開進一個安靜的住宅區，馬可尼終於問道。

葛蕾琴面帶厭惡地掃視路邊的信箱和路緣門牌號碼。「我姊姊。」

馬可尼顯然燃起了興趣，她突然坐直。「啊，神祕的芙蘭切絲卡。」

用不速之客的姿態現身是個賭注，但芙蘭的豪車就在她丈夫的Lexus旁，雙雙停在私家車道上。

葛蕾琴和馬可尼敏捷避開正在旋轉的草坪灑水器，走向前門的台階。

花了幾分鐘時間，芙蘭才開門，但此時葛蕾琴已經意識到她等這麼久才來開門，用意是給她下馬威，因為她幾乎能聽見前廳傳來的電視新聞聲。

她姊姊在多年前就過了四十大關，但精心打理過的外表看起來就是波士頓的有錢人，頭髮染得無懈可擊，牙齒經過美白，皮膚注射了大量的肉毒桿菌。儘管時間尚早，芙蘭已經打扮好迎接新的一天，脖子上戴著珍珠項鍊，手腕上戴著細長的金錶，她刻意看了一眼手錶。

葛蕾琴故意挑釁地聳聳肩，芙蘭嘆了口氣，上下打量馬可尼一眼，然後示意她們進來。「媽警告過我，你可能會來。」

顯然無預警拜訪並沒有真的讓葛蕾琴佔上風，因為芭杜絕不會不先提醒大女兒需要準備好適當裝備，就讓這個迷你版的她直接衝入戰場。在此情況下，表示她需要穿著一套完美的服裝並畫上濃妝，避免真實情緒從那些控制她面部表情的妝容底下，不小心流露出來。

「媽還說了什麼？」葛蕾琴問道，她們的高跟鞋在玄關的大理石地板上發出清脆的聲響，馬可尼靴子發出的沉悶聲與這種虛華形成奇怪的對比。葛蕾琴希望她走過的路上留下了一堆泥土。

「媽建議我，如果你開始失控，就縱容你的妄想，」芙蘭說，「而且還要準備好用手機撥打緊急電話。」

芙蘭引領她們穿過走廊進入廚房，她已經準備好一杯咖啡，她沒有邀請她們喝咖啡，儘管背後的咖啡壺裡還有很多。

「如果我真的想傷害你，你根本來不及拿出手機。」葛蕾琴的話語中流露出惡意，她擅長讓所有人按她期待的方式看她，大多數時候，她讓人看到的是一個冷靜自制又專業的顧問，但對於家人，她則喜歡展現出更危險的一面。

但芙蘭面不改色，只是悠然自得地品嘗她的咖啡，她們從小到大都在玩這些遊戲，對兩人來說都已經失去了新鮮感。

「你到底想知道什麼，葛蕾琴？」芙蘭問，無視馬可尼。

這樣最好，因為她無視於馬可尼，剛好讓她有機會觀察出芙蘭可能不希望她問的問題，然而這一次馬可尼站在原地不動，手機發出震動，她從口袋中掏出來查看，一看到訊息，她的身體瞬間變得戒備起來，臉上明顯露出得意的神情。

葛蕾琴原本想奪走她的手機查看內容，但最終還是將注意力轉回她姊姊身上。

「羅雯的小孩。」葛蕾琴開口，這問題終於讓芙蘭表現出真實的反應，一絲驚訝從她臉上迅速掠過。

「你到底在說什麼？」但芙蘭已經別過頭，望向那扇過大的窗戶，還有窗外那片與她全身一樣精心打理過的花園。

「它在哪？」葛蕾琴問，芙蘭轉移話題的方式太無力，她不想理會。

「它？」芙蘭轉過頭來歪了歪頭，彷彿對孩子的代稱感到不滿。

「她，他，他們。」葛蕾琴揮了揮手，「我沒想到你會對代名詞這麼執著。」

「那孩子不是一條狗。」芙蘭說。

葛蕾琴停頓了一下，芙蘭的意思是那孩子確實存在，似乎不像是口誤。「我以為你會騙我。」

「騙你那孩子存在？」芙蘭反問，「我有什麼理由說謊？那又不是我要守的祕密，我也不介意你知道真相。」

即便葛蕾琴本來就以為芙蘭是她取得情報的最佳人選，她仍對芙蘭的反應感到意外。「芭杜會生氣吧。」

「我認為媽早就不在乎羅雯的私生子了。」芙蘭說，她臉頰上的酒窩一閃即逝，每當芙蘭覺得自己很聰明時，酒窩就會浮現。她不會像其他女孩那樣笑，而是帶著一絲嘲諷，她獨特自戀帶來的優越感在她身上留下了烙印。「你真的認為挖出這些過去是明智的選擇嗎，葛蕾琴？」

葛蕾琴把問題丟回給她。「為什麼不行？」

芙蘭的視線轉向馬可尼。「謀殺案可沒有追訴期限。」

「感謝你提供的法律小常識。」她和芙蘭雖沒聯絡，但芙蘭對葛蕾琴擔任凶案顧問方面的職業生涯卻瞭若指掌。

「抱歉，當時你不是在睡覺嗎？」馬可尼終於插了一句。

「這並不表示我不知道發生了什麼事，」芙蘭反駁，「每個人都清楚當時的情況。」

「你竟然能在尖叫聲中一覺睡到天亮。」馬可尼不放過她，忽視她的辯解。

「當時我還是個青少年。」芙蘭回答，目光再次掃過對方，這次是在評估她的能耐。「我那時有安眠藥的處方。」

「那晚你服用了安眠藥嗎？」馬可尼問，葛蕾琴對她投以讚許的一瞥。這個回答的措辭恰到好處，可以避免明目張膽地說謊。

「那是三十年前的事了。」芙蘭的態度輕蔑，和芭杜如出一轍，有時她們似乎都記得非常清楚，但也可以隨時遺忘。

「看來選擇性失憶是你們家族常見的技能。」馬可尼的回應與葛蕾琴的想法不謀而合。

「不然還有什麼辦法，能讓我在親愛的姑姑被謀殺時安然入睡？」芙蘭反問。

「確實，怎麼可能？」馬可尼小聲地反問。

「你這是在指控我什麼？」芙蘭問，臉上毫無波瀾。芙蘭雖然不具有反社會人格特徵，但她心冷如冰，意志堅強如鋼，從不因挑戰而退縮，面對壓力絕不閃躲；連眼睛也不眨一下。

在他們這樣的家庭環境中成長，這或許是必然結果。

「我只是在努力理解，當晚你甚至沒有醒來，那要如何確定自己知道發生了什麼事。」馬可尼的聲音充滿了耐心與理性，就像她之前面對芭杜時一樣。

葛蕾琴在過去的某個時刻，曾經誤解馬可尼是一個容易被人踩在腳底下的人，她能夠承受言語的攻擊而不反擊，脾氣看似永遠不會沸騰，她處理衝突的方式總是選擇忽略，但在關鍵時刻，馬可尼會堅守自己的立場。

芙蘭的表情依舊帶著輕蔑嘲笑，但她微微點頭表示認同。「一般來說，發現嫌疑人手持凶器站在死者身旁，對大部分人來說就足以確定了。不過我錯了，我們不能百分百確定發生了什麼事。」

她的讓步充滿了諷刺意味，葛蕾琴的手指敲打著花崗岩中島檯面，她不在乎芙蘭是否認為她有罪，但馬可尼提出了一個確實可疑的問題點：芙蘭怎麼可能在整段過程完全沒有醒來？

「有意思的是，」馬可尼以一種看似隨意的語氣說道，但葛蕾琴能感覺到她平靜外表下的銳利。「我原以為在波士頓這樣富有的家庭，即便在九零年代，家裡也會裝設非常高級的保全系統。」

芙蘭的臉上雖無表情變化，但葛蕾琴注意到她的肩膀緊繃起來，她握著咖啡杯的手指也流露出緊張感。

馬可尼舉起手機。「我剛剛得到確認，原來你們家確實裝設了保全系統？而且還在。」

「不可能就這樣把紀錄交給你。」芙蘭反駁，聲音中帶著不確定的情緒，先前的傲慢已經消失，取而代之的是謹慎中立的語氣。

「法官通常覺得我很有說服力。」馬可尼若無其事地說，彷彿她已經取得搜查令一樣。馬可尼常常可以突然查到資訊——這個能力到了令人嘆為觀止的程度——但這讓葛蕾琴懷疑，馬可尼是否聯絡了弗瑞德，而沒有走正規途徑。「你想知道我查到關於那晚的哪些事情嗎？」

芙蘭沒有回應，這沉默本身就像是一種罪行的自白，馬可尼此刻已經讓她感覺到壓力。

「當時有人把保全系統關閉了，」馬可尼接著說，「而且是那個月唯一一次沒有啟動，這讓我懷疑這不只是巧合，我的意思是，我無法百分百確定，但確實令人好奇，不覺得嗎？」

此時芙蘭已經完全動彈不得。「沒有證據證實這一點，可能只是不小心關掉了。」

「確實如此。」馬可尼點頭，腳跟向後一倒。「但既然這裡的人都很愛講那晚的事，我也要參一腳。」

「我應該帶爆米花來。」葛蕾琴說，但另外兩個人都沒有看她。

馬可尼的目光緊盯芙蘭。「我覺得你當年就是一個普通的青少女，假裝去睡覺，其實是偷偷溜出去和男朋友約會。」

「我沒有男朋友。」芙蘭說，但在葛蕾琴聽來，這個理由聽起來很脆弱。

「你偷偷跑出去，故意沒有開啟保全系統，以免晚一點需要從窗戶爬回來，」馬可尼繼續說。「謀殺案發生時，你根本不在現場。」

芙蘭明顯吞了吞口水。

「這讓我好奇了，」馬可尼說道，語氣平靜而堅定。「你是共謀，還是只是愚蠢被人利用了？」

葛蕾琴深深吸了一口氣，但沒有插嘴。

「關掉保全系統的可能是家裡的任何人。」芙蘭說，這話說得明顯沒有之前那麼自信。

「同理，任何一個在屋裡的人，都可能將那把沾血的刀交給葛蕾琴。」馬可尼的語氣不帶侵略性，但卻非常堅定。「但我們都清楚真相是什麼，不是嗎？」

芙蘭的睫毛在蒼白的臉頰上略作停留，這是她感到不安的明顯跡象。「好吧，你說對了。」

「噢，」葛蕾琴大聲說道，轉向馬可尼並鼓掌表示讚賞，馬可尼對葛蕾琴的這番表演只是輕輕翻了個白眼。「做得好。」

「請你表現得像個成年人。」芙蘭斥責，但葛蕾琴很懂情緒智商，知道這個女人在哪裡能施加控制就會在哪裡發泄，因為她被剛剛那番話弄得措手不及，同時還認為自己掌控著對話。「我沒有涉入任何事。」

「這表示你是被人利用了，你是個冤大頭。」葛蕾琴銳利地指出，語氣中充滿了嘲諷，直接無視自己八歲時也可能是代罪羔羊的事實。

「那個男朋友是誰？」馬可尼追問，即使在勝利後也沒有絲毫放鬆。

「他說他的名字叫喬治。」芙蘭緩慢地說。

「姓什麼？」馬可尼繼續追問。

芙蘭別開視線，蒼白的臉頰上浮現淡淡的紅暈。「他從來沒有告訴我。」

馬可尼拿出手機輸入了些什麼，然後把螢幕翻給芙蘭看。「這是他嗎？」

葛蕾琴微微傾斜頭部，以便看到手機螢幕上的照片。

照片上是蕭內西。

但芙蘭搖搖頭，斬釘截鐵地否定了這一點。

「好吧，」馬可尼說著，重新把手機放回口袋。「你還記得是什麼時候認識他的嗎？」

「不記得了，可能是事發前幾天。」

馬可尼點點頭，「你還記得什麼時候跟他分手嗎？」

芙蘭的嘴唇抿成一條線。「那天之後我就再也沒有見過他，那段期間發生了很多事。」

「在調查過程你沒有跟他見面？」馬可尼追問。「或者那天晚上你回到家時？他不在屋內吧？」

「沒有，當然沒有。」芙蘭對這個問題顯得很困惑。「他還是個青少年。」

這讓葛蕾琴一時語塞，一段時間後她才意識到那個青少年可能被兇手收買了，如果是她就會這麼做，在商場閒逛，找一個有閒沒錢的滑板少年，交給他一張芙蘭的照片。這可能花不了多少錢，但卻是直接進入那棟聯排別墅的關鍵。

「這沒什麼意義，」芙蘭的聲音冷弱冰霜，「殺了羅雯的人還是你，不是……他。」

「你怎麼知道？」葛蕾琴問道。

芙蘭只是搖了搖頭，現在她的雙臂環抱在腰間。

葛蕾琴意識她們無法再從芙蘭這裡取得關於男朋友的更多資訊後，她將話題轉回她們最初的來意。「羅雯的孩子在哪裡？」

芙蘭聽到這個問題抬起頭來，直視葛蕾琴的雙眼，她的酒窩慢慢浮現，蒼白的臉頰上泛起紅暈，她的手臂從防守的姿態中鬆懈下來。無論芙蘭接下來要說什麼，都讓她重新感覺到自信。

「你還是想不透，」她說這些話時的語氣很輕柔，但葛蕾琴從未看過她表現出這麼興奮又得意的模樣。「你真的不知道。」

在葛蕾琴身旁的馬可尼緊繃起來，雙腳轉為拳擊手的站姿。

葛蕾琴感到一種深邃的虛空在拉扯著她，一片黑暗在向她招手。

芙蘭笑得讓酒窩完全展露出來。「葛蕾琴，親愛的，那孩子就是你。」

第二十九章

蕭內西

一九八七年

蕭內西從唐娜的頭下面抽出手臂，熟練地將她移至枕頭上。

如果她知道他準備去哪裡，肯定會引發一場爭執，如今他已對這些爭吵感到厭煩，厭倦妻子不加掩飾的失望。

她是故意要表現給他看。

這並未阻止他走下樓，巧妙避開吱嘎作響的樓梯，然後穿過他們狹窄排屋的廚房，走向地下室的門。直到坐在書桌前，他才開燈。

羅雯·懷特幾年前離開他家後，就再也沒有消息，她在他家待了一週左右，在第六天的早晨不告而別，連一聲再見都沒說。

那天早晨起床後他發現家裡空無一人，才意識到自己對她寄予了太多期待，她既不堅強也不軟弱，既非聖母也非娼妓，只是一個陷入困境的女孩，而他當年只是一個想像力太過豐富的菜鳥警員。

他曾將她想像成一位美麗卻悲慘的受害者，如同玻璃般易碎，需要被拯救，他不記得那幻想何時破碎，當然，不是在她央求他保護的時候。

可能是後來，當她不再回應他為她購買的呼叫器時。她離開他家之前，他幫她買了那個呼叫器，他表面上說是怕她家人再次將她送入療養院，實際上是為了想與她保持聯絡。

起初幾個禮拜她還能保持聯絡，後來卻漸漸疏遠；最終完全斷了音訊。

但實際上，即使呼叫器一聲不響，他仍然相信她，一開始他害怕到向警長提議發起救援任務，但菲茨搖搖頭，用手遮住嘴巴說：

「你還在跟那個家族牽扯不清？」這個問題透露出不可置信和近乎絕望的情緒。「噢，派崔克。」

他感覺受到嚴厲的指責，因為那句重重的嘆息，噢，派崔克。

這不就是他的人生嗎？他永遠不知該何時放手。

即使在一年的渺無音訊後，他仍然期待著羅雯的消息，密切注意警方報告，多次在懷特家豪宅外的適當距離睡在車上，以免引人注目。他還在私底下跟蹤安德斯，剩下的時間多半待在圖書館，搜尋新聞報導。

他什麼也沒找到。

完全一無所獲。

他與柴克．丹尼爾斯多年來逐漸成為好友，每當蕭內西提及安德斯時，他就會露出不悅的表情。

「你得放手了，老兄。」每次蕭內西看似又要提起這件事，丹尼爾斯都會一再這麼對蕭內西說。

自從羅雯離開之後，蕭內西試圖用不同的方式與丹尼爾斯討論，因為他無法忘掉那句：這是他們的說法。

有一晚，丹尼爾斯在某次書籍宣傳活動中來到波士頓，蕭內西問道，「你有沒有碰過哪個案件，是所有人故意讓受害者認為自己瘋了？」

「那叫煤氣燈效應。」丹尼爾斯回答，一邊舉起酒杯致意。

「什麼？」蕭內西問，他已經在腦中反覆思考這個不熟悉的詞彙。

「這個詞源於三零年代的一齣舞台劇。」丹尼爾斯解釋道，他轉入了演講模式。「雖然大家更常聯想到英格麗．褒曼主演的電影。」

「還是不懂。」蕭內西努力不讓自己顯得生氣，他知道自己不是最有水準的人，但這並不代表他是個笨蛋，只是有時會聽不懂一些文化引用。

「呃，這電影其實是在講一個丈夫讓他妻子相信自己瘋了，」丹尼爾斯說，「讓她以為自己在偷東西之類的。這個詞彙源自於他操控走廊裡的煤氣燈，調暗燈光還假裝亮度一如往常，讓她質疑自己的現實觀，讓她覺得自己瘋了。」

質疑自己的現實觀。「他為什麼要這麼做？」

「舞台劇和電影劇情有些許不同，但基本上是他想掩蓋自己的犯罪行為。」丹尼爾斯聳聳肩說，「我想……對了，我想他是企圖搜查他們樓上的公寓？樓上住了一位有錢的寡婦，屋裡肯定有無價的珠寶，他想讓妻子被送進精神病院，這樣她就不會發現他的罪行。」

送進精神病院。

「最後故事如何收場？」蕭內西問，他幾乎不敢去想答案，他無法接受羅雯被孤立於世界之外，還認定自己是個問題人物。

「這個嘛，」丹尼爾斯猶豫地說，「最後他不知為何被綁在椅子上，當丈夫試圖說服妻子救他時，她告訴他她已經瘋到聽不懂他在說什麼。」

「這對她來說是件好事。」

「對，」丹尼爾斯回答後嘆了一口氣，他身為連環殺手主題作家的壓力，在那一聲吐氣中顯而易見。「這種事在虐待關係中很常見，你為何要問這個？」

「什麼？」

「我猜這跟你那個連環殺手有關，」丹尼爾斯無視蕭內西的皺眉說道，「還有他妹妹。你為什麼那麼關心這個女孩？」

「你不會關心嗎？」蕭內西反問。

「你沒聽說過嗎？」丹尼爾斯帶著一絲危險的自嘲說道。「我只對連環殺手感興趣。」

「才不是這樣，」蕭內西的反駁是出於本能，而不是他真的相信事實如此，儘管……丹尼爾斯身處的這個文化，人們只會記住連環殺手的名字，不會在乎受害者，而他是借助這些臭名昭著的案件，才取得自己的名聲和地位。

蕭內西當時並未意識到丹尼爾斯因為這個事實，內心所承受的煎熬。

「就這樣吧，」丹尼爾斯幾乎在低語，彷彿能聽見蕭內西的心聲。「最終每個人都會走到這一步。」

他們默默坐著，蕭內西找不到話語來安慰丹尼爾斯聲音中的悲傷，他該說些什麼呢？這個人把他的職業生涯建立在理解連環殺手上，而非拯救受害者，但最終這不是殊途同歸嗎？瞭解連環殺手的思維，不是能更快將他們繩之以法嗎？這裡的道德界線雖然模糊，但並不像丹尼爾斯所認為的那般不堪。

蕭內西自問，他真的關心羅雯嗎？他對她幾乎一無所知。

蕭內西記得安德斯在森林中的小屋旁看著他的那一幕：陽光灑落在他的頭髮上，他笑容中帶著玩味，兩人談話時一來一往，步步為營。蕭內西是不是更受那個男人吸引，而不是那個如同幽靈般的少女？

他與丹尼爾斯又有何異？

「如果有人被操縱，以為自己瘋了，我們能採取什麼行動？」蕭內西提問。

「現實很奇妙，對吧？」丹尼爾斯模糊地回應。「沒有所謂的絕對真實，因為每個人都是透過自己的視角來看待事物，沒有所謂共享相同的現實觀，儘管如此，我們似乎都默認彼此的經歷是相同的。」

「但事實並非如此，對吧？」蕭內西半是評論，半是質疑地說。

「你知道嗎，當你頭部轉動太快，眼睛無法及時聚焦時，你的大腦會自動猜測視野中的物體，避免你因為看到模糊畫面而產生暈眩感？」丹尼爾斯問，他明顯沉溺在自己的醉意之中。「其實我們所見有大約百分之二十只是大腦自行填補了空白。」

「我們根本無法信任自己看到的現實，更別提還有外力干擾了。」蕭內西接著說，順著丹尼爾斯不甚清醒的思緒談下去。「但這種欺騙和操縱究竟能得到什麼好處？」

「在《煤氣燈下》這部電影裡，一切歸根究底都是為了錢。」丹尼爾斯說。「這就是為什麼那個壞丈夫要擾亂他妻子的現實觀。」

「只要找出原因……」蕭內西說。

丹尼爾斯替他說完這句話，「就會找到動機。」

問題是，蕭內西已經尋找原因多年，卻一無所獲。

他知道自己應該把注意力放在正式的案件上，在過去四年內，他在掃黃緝毒組努力工作，潔身自愛，即將獲得升遷機會，當然，他似乎無法與任何搭檔長期合作，不過總有合理的理由：一位退休，一位受傷後被調至內勤，另一位因配偶在亞利桑那州找到工作而申請調動。儘管這些理由都合情合理，他還是無法擺脫自己的名聲。

博伊仍會無情地嘲笑他，表面上看似無害，但那些笑話總是帶有一種殘酷又優越的偏見，使蕭內西難以忍受，儘管博伊是唯一當他提到安德斯．懷特時不會翻白眼的警官。

還有他提到珍妮佛．克羅斯時。

即使蕭內西每次提起調查時，局長都會阻止他。

「離那個克羅斯的案子遠一點，小子，我不想再說一次了。」菲茨說。

「但沒人在處理。」蕭內西指出。

「因為那是一起懸案。」

「但是——」

「聽著，有空時我會派人處理，」菲茨承諾。「但如果我又聽到你在調查這起案件，那你就別想升遷了。」

政治，總是問題的答案。每次蕭內西在幾杯黃湯下肚後問為什麼警察局長不去偵辦一起曾經引起全國關注的謀殺案時，答案總是這樣。

「輿論會被下一起案件分散注意力，」博伊曾說，「但如果一位重要金主因為被一個菜鳥警察調查而拒絕繼續捐款時，市長和市議會就不會高興了。」

「我不是菜鳥警察了。」蕭內西低聲嘟囔，知道自己無法反駁。懷特家族太有錢、太有影響力了，他在這場戰鬥中宛如大衛對抗歌利亞[7]，只不過他的情況更糟，因為他最後也不會贏。

此刻樓上的管道發出嘎吱聲，蕭內西抬頭看向天花板，不知道唐娜是否已經醒來，他沒聽到腳步聲，但有時她會悄無聲息地行動，也許明天一早他們會有默契地假裝他整夜都睡在床上。起初他們會因他的失眠問題而爭執，現在他們不再吵了，這可能並不是正面的跡象。

然而蕭內西更喜歡這種夫妻關係的現狀，喜歡那份平靜與安寧。唐娜從未是他的真愛，只是個隨手可得的選擇，他心裡偷偷知道，如果他可以隨便娶一個人，而不是將生活全部奉獻給工作，他的職業生涯會更進一步。

羅雯的臉浮現在他腦海中，他卻嘲笑並壓抑下這個念頭，把思緒深埋心底。她也不是他的真愛。

她不是。有時候他會想，也許安德斯在某種扭曲的方式上才是他的真愛。

他對安德斯的執著不是基於浪漫的戀情，但就算這是單向的迷戀，安德斯仍舊以一種唐娜從未有過的方式，與他的生活、思緒甚至夢境交織在一起。

蕭內西打開書桌最底層的抽屜，他覺得自己還不夠醉，無法處理那個痛苦的真相。

---

7 源自《舊約聖經》，大衛是一位年輕的以色列牧羊人，而歌利亞是一位巨大而強壯的非利士戰士。兩軍對峙時，大衛只用一根彈弓和一顆石頭，憑藉信仰和智慧擊敗了看似不可戰勝的歌利亞。

因此他拿出丹尼爾斯寄給他的信件，這些來往的書信比生活中許多其他事物都來得珍貴，他們現在很少提及安德斯，但丹尼爾斯總能提出一些關於連環殺手的全新觀點。

丹尼爾斯對自己的聰明才智感到自豪——這點從他的信中可以看得出來。但他是個好人，事實上他跟那些著迷於恐怖殺人犯的無數美國人一樣。他雖然擁有一般民眾缺乏的專業知識，但他與蕭內西或街上那位認為所有鄰居都在地下室藏屍的女士並沒有什麼不同。

「都是些變態。」那位女士總是帶著狂熱的眼神說，蕭內西對此再熟悉不過。

事實上，連環殺手並非全是變態，當聯邦調查局開始逮捕並訪談這些人後，才逐漸意識到這一點。

丹尼爾斯在其中一封信中寫道，連環殺手有四種類型：尋求刺激者，例如邦妮和克萊德[8]；使命者，像是殺害妓女或毒販的殺手，他們認為自己是在消除社會的害蟲；幻覺者，以為聽見神的聲音，以神的名義殺人；最後是權力與控制者，這些人是真正的變態，他們會從性侵演變為更嚴重的犯罪。

*你追蹤的那個是哪一類？*丹尼爾斯在結尾處問道。

安德斯算哪一類？如果他真的是。

儘管蕭內西對這個人著迷，但不確定自己是否真的瞭解他，他們只有過兩次對話：一次是多年前蕭內西和博伊去懷特家豪宅的時候，另一次是安德斯發現蕭內西潛入他的小屋。

每次遇到安德斯，他都表現得那麼有教養，彬彬有禮又態度優雅，蕭內西無法想像他會親自動手，更別提按住受害者並剖開她的身體，但外表有時候會騙人；這一點蕭內西深有體會。

蕭內西望向牆壁，他把在各家報紙上找到關於安德斯．懷特的報導通通釘在牆上，這個人如今事業有成，與妻子芭杜一起出現在報紙的社交專欄上。蕭內西曾找到過一篇關於他們訂婚的報導，然後是兩個女兒，芙蘭切絲卡和葛蕾琴出生的公告。幾家八卦雜誌曾報導過芭杜懷第二胎的過程艱辛——經歷一次流產的驚嚇，媒體才首度揭露她曾懷孕的事實。根據報導，懷特夫婦希望在度過第二孕期之前能對外封鎖懷孕的消息，但一次出外就醫和隨後整個孕期都臥床休息的事實，使家族無法繼續保密。當她生產後重新回到社交場合時，有些媒體用刻薄的標題詳細剖析她的身體如何承受了種種磨難。

除此之外，沒有任何報導超出他們體面上流家庭的形象，芭杜參與了慈善活動；有傳言安德斯將轉戰政界，兩個女兒完美複製了父母的基因，全都是金髮藍眼。

突然間他感到呼吸困難，他閉上眼睛，無法直視那個牆面，每一個角落都在訴說他的瘋狂。他嘗試退後一步，跳脫自己的思維、自己的理論、自己的期望。萬一羅雯只是一個精神有問題的年輕女孩，為自己創造了一個幻想世界？萬一她那晚衣衫不整又血跡斑斑地逃出來，只是因為她精神狀態不穩，而不是因為她的哥哥是一個虐待她的連環殺手？萬一她把蕭內西當成一個縱容她幻想的人呢？

蕭內西究竟有什麼證據能證明珍妮和羅雯之間真的有關聯？只有珍妮手臂上的幾道割傷。他再也沒有找到其他類似案件，如果安德斯真的是一名連環殺手，他藏起其他受害者屍體的方法一定比藏珍妮屍體的方式更佳巧妙。

8 Bonnie Elizabeth Parker 和 Clyde Chestnut Barrow，美國經濟大恐慌時期的「鴛鴦大盜」，在一九三一到一九三四年間至少殺害九名警察。

他究竟在做什麼，竟然花了四年時間追逐一次片刻的邂逅，只是因為一個問題少女跟他說快逃？蕭內西站了起來，椅子在混凝土地面上刮出不和諧的聲響，與他腹中、胸口、腦中的不安感相互呼應。

他迅速走到展示板前，猛然抓下珍妮的照片，然後把那晚關於羅雯的警方報告也撕了下來，他將紅色的線纏繞在手腕上，猛拉到圖釘彈出，散落在地面，就像羞愧的小哨兵一樣倒下。

怪人，他們是這麼形容的，金屬在光線中閃閃發光。

神經病。執念太深。噢，派崔克，噢，派崔克。

一切都模糊了，他的手指麻木，雙腿一軟，他深吸一口氣，但空氣太稀薄，幾乎無法到達他的肺部。

最後他坐在地上，生命中的碎片散落一地，他的肌肉痠痛，下巴酸楚，頭痛欲裂，他知道自己再也不會想起安德斯．懷特了。

第三十章——葛蕾琴

現在

葛蕾琴生平第一次讓別人開她的保時捷。

馬可尼雙手緊握方向盤，手擺在十點鐘和二點鐘位置，轉彎的方式彷彿是剛拿到學習駕照的新手，然而葛蕾琴只是隨意地記下這個片刻，留作日後與她開玩笑的素材。

現在的她甚至難以形成完整的思緒。

有些沒受過教育的人認為反社會者就像不沾鍋，刀槍不入，對情緒、驚訝和諸多情感免疫，但葛蕾琴雖然無法與周圍的人產生共鳴，卻不代表她是個無情之人。就像聽收音機一樣，共感人會被聲音淹沒，無法控制頻道，而葛蕾琴通常聽到的是雜訊而非音樂，但如果她夠專心，還是能辨識流行歌曲和歌劇之間的差異。

此刻她正在專心聆聽。

羅雯並非葛蕾琴的姑姑。

而是她的親生母親。

在無意間，薇奧拉·肯特的案件突然闖入她的腦海，成為她思緒中的核心。當葛蕾琴第一次聽說那個十三歲女孩兇狠刺殺自己的母親時，她曾經情緒消沉，酗酒了三天三夜。葛蕾琴能從那短暫的低潮中恢復過來，唯一原因是她的經歷與當時的薇奧拉有所不同——葛蕾琴被控殺害的是她姑姑，不是她的母親。這個差異可能微小且沒有道理，但葛蕾琴並不在乎，因為這代表這個案件可能與她的案件有些相似，但並不完全相同。

腎上腺素在她的血液中奔騰，使一切變得清晰而帶有刺激性，她耳中的嗡嗡聲很大，但還不足以蓋過引擎的低鳴聲。她沉浸在那聲音中，沉浸在美好的回憶中，幾乎可以感受到當她在公路上加速到每小時一百英里時，車輛在她手下的彈跳感，而遠處的太陽正在升起。她回想起兩天前馬可尼來敲門時床上躺的那個男人，想起他在她下巴和顳骨相連處吸吮的方式，他的手指纏繞她的頭髮，用力拉扯，略帶粗魯。

她沉浸在伏特加的燒灼感中，胸中敲打著某種外來的節奏，彷彿感受到跳舞時有人將手放在她臀部上，她隨著節拍搖擺旋轉——藥物和那種感覺本身——都讓一切變得甜蜜而美妙。

葛蕾琴追求遺忘，因為她最喜歡這樣，她一直努力避免讓自己沉迷於某種感受，但其實她真正需要做的只有放手。每一天她都像是緊抓著摩天大樓的邊緣，只用指尖抓住，沒有人，完全沒有任何人，能夠理解堅持下去有多麼困難。

沒有人瞭解她多容易就會墜入無底深淵。

她喜歡自己的生活，當然，屍體為她帶來了某種滿足，屍體似乎給了她某種心理上的慰藉，讓她在面對殘酷的現實時感到比較輕鬆。她喜歡隨心所欲花錢，喜歡度假和名車，還有她的公寓，以及決定出門享受夜生活時得到的貴賓級待遇。葛蕾琴對坐牢沒有興趣。

她展現了完美且嚴格的自我控制能力，這與因涉及犯罪而被捕的可能性之間，還存在很長一段距離。

超他媽遠的一段距離。

她過了一會兒才注意到馬可尼已經將車子停在路邊，直到馬可尼一巴掌熱辣辣的痛感在葛蕾琴的臉頰上久久不散，她才完全恢復意識，回到現實，回到刺眼的陽光下，回到馬可尼冷靜而警戒的目光中。

「給我滾。」葛蕾琴怒吼一聲，隨即猛地推開車門。她根本不知道自己要去哪裡，也不在乎，但她剛走了三步，馬可尼就追上來了，她憑藉著一百五十幾公分高的身軀，把葛蕾琴推回保時捷的方向。

「不行。」馬可尼堅定地說，姿態透露出她已做好戰鬥的準備，但說話的語氣仍舊維持平靜和冷靜，她再次用掌根壓在葛蕾琴肩上，但這次葛蕾琴堅不退讓。「我不會讓你這麼做。」

「你沒有權利干涉我。」葛蕾琴反駁道，手指緊緊抓住馬可尼的手腕，她只需一個念頭，半個心跳的時間就能折斷馬可尼的骨頭，下一個心跳，馬可尼就會因劇痛跪在地上，緊抱著自己的手臂。葛蕾琴加大力度，讓馬可尼感受到她的意圖，對方卻不為所動。

「噢，小鹿斑比現在可真勇敢啊。」葛蕾琴嘲諷著，她渴望傷害對方，很長一段時間以來，她沒有如此渴望一件事。

「是啊，不知為何我還真的在乎——」馬可尼話語突然中斷，別過臉去，過了一會兒，她有氣無力地補了一句，「這個案件。」

她原本想說在乎你。*不知為何，我還真的在乎你。*

這對於平息葛蕾琴胸口的怒火毫無幫助，反而像是火上澆油，這個葛蕾琴幾乎不太認識的女人，憑什麼對她的生活和反應指手畫腳？

「誰要你在乎了？」葛蕾琴厲聲說道，「天啊，你真可悲，你生命中沒有重要的人，也沒有重要的事，只好像隻吸血的寄生蟲一樣，抓住我的生活不放。」

葛蕾琴狠狠拉扯馬可尼的手腕一扭，兩個短步就把她壓在保時捷旁，葛蕾琴將前臂抵在她的喉嚨上。「你以為我喜歡你這個人嗎？你以為我尊重你嗎？」她施加壓力，感覺到馬可尼的氧氣供應正在減少。「如果我想割掉你的舌頭、割掉你的嘴唇、挖出你的心臟，你以為我會有絲毫猶豫嗎？你對我來說什麼也不是。」葛蕾琴靠得很近，牙齒輕輕擦過馬可尼的耳朵，代表了威脅。「什麼也不是。」

她把手臂放鬆，馬可尼的瞳孔放大但手還垂在身側，沒有反抗，或者，也許馬可尼還在傻傻地堅持，這是她表達忠誠的方式。

「但你知道嗎？」葛蕾琴最後從馬可尼的喉嚨移開手臂，馬可尼吸入空氣，無論她認為自己有多鎮定，這都是無法控制的本能。「你不配。」

說罷葛蕾琴繞過車頭，坐進駕駛座，馬可尼把鑰匙留在車上。她發動車子揚長而去，沒有看後照鏡一眼。

第三十一章 塔碧

一九九三年

這幾天，每當塔碧一走出家門，陰影就似乎在逼近她。

每一個在她眼角出現的男人，身影似乎都變成了卡爾，他那黑暗而又步步逼近的身影，粗壯的手似乎隨時準備勒住她的脖子。

她又開始疑神疑鬼了，這次卻有充分的理由。

李維似乎沒注意到，也漠不關心，甚至在她第五次或第六次檢查每扇門和窗戶是否上鎖時，他也連眼都沒眨，只是舉起酒杯，呆滯地看著益智競賽節目《危險邊緣》的重播，這個儀式已成為他的慰藉。

塔碧從早晨醒來到晚上逼自己入睡，皮膚都因恐懼而緊繃，她知道自己必須採取行動。

她從未告訴卡爾自己的地址，但她發誓有時會看到一輛轎車停在她家街道的盡頭，似乎在窺視和等待。

蕭內西警探承諾會調查這位卡爾．哈特，但到目前為止卻毫無進展。

正當接近崩潰的邊緣，她在星期天的報紙上看到一則求職廣告，塔碧不相信運氣、命運或巧合，但也想不出其他解釋。

自卡爾・哈特在那間旅館房間裡試圖攻擊她，已經過去六天；距離蕭內西警探告知她他不確定安德斯・懷特是殺害珍妮的凶手，也過了六天。儘管如此，她仍然無法忘記提到那個名字時，蕭內西突然精神一振的瞬間，蕭內西知道一些事，但沒有告訴她，他對懷特一家有所懷疑。

而現在這個名字又出現了，出現在報紙上，不是安德斯，而是他的妻子芭杜・懷特，她正在徵求一位全職保姆，工作地點位於波士頓市中心奢華的聯排別墅。

塔碧可能沒有負責偵辦她姊姊案件的警探那樣具備辦案的敏銳嗅覺；也許她只是一個掙扎著尋找答案的平凡人，但她覺得警方居然沒去找羅雯・懷特問話，這一點對她來說格外奇怪，因為羅雯的名字在珍妮行事曆上出現的次數超過警方訊問過的所有朋友。安德斯在珍妮葬禮上出現後，他們也沒有聯絡他，儘管安德斯因為他妹妹而與珍妮脫不了關係。即使她對偵查工作知之甚少，她也知道那天應該有警探在教堂記下被驅逐者的名單。

蕭內西警探似乎認為卡爾不是安德斯，而這就是安德斯清白的證明，但塔碧不這麼認為。安德斯是個有錢人——他完全可能雇用卡爾去完成他的骯髒勾當，如果需要，他甚至可以支付豐厚的報酬命令卡爾監視塔碧，甚至除掉她。畢竟這裡是波士頓，只要付得起錢，少不了願意殺人的職業殺手。

就塔碧所見，懷特家族有的是錢。

或許如果芭杜雇用塔碧擔任保姆，安德斯或羅雯就會在驚慌失措下露出馬腳，進而讓塔碧發現一些本來永遠也無法得知的事情。

也許最終什麼事都不會發生。

但試一試又何妨？

對塔碧而言，讓她下定決心的是卡爾，她憑藉一種似乎自相矛盾的邏輯，推斷自己擔任這個職務有助於遠離卡爾的威脅，如果卡爾是獨自行動，那她在懷特家族的堅固大宅中，無疑比待在自己家中更安全，如果卡爾是個職業殺手，一旦她與懷特家族產生如此明顯的牽連，安德斯很可能會命令他罷手，畢竟家中保姆神祕消失，對家族名譽的影響會比一個與羅雯同校的女孩遭到謀殺來得更加嚴重。

塔碧在看到廣告兩天後得到面試機會，經過久久一番內心掙扎，她穿上最稱頭的卡其褲和開襟衫，外表看起來溫文乖巧，她想要傳達的訊息是：*我來這裡上班不是為了跟你搶老公*。她在頸後綁上低髻，完美掩飾了她身上最美的特徵，這是錦上添花的一筆。

當塔碧抵達那棟聯排別墅，她發現自己完全無需如此費心。

沒有人能從芭杜・懷特身邊搶走她的丈夫，因為她的美麗無法用言語形容，那種美並不低調，不是那種有能力負擔高級美容沙龍和高級服裝的富裕女性身上常見的那種美，她的美貌足以吸引街上每一個人的目光。芭杜身穿白色襯衫搭配寬管褲，深棕色的頭髮和精緻的妝容完美無瑕，即使是素顏，塔碧也能看出她比大多數女性都要漂亮。

她穿著紅底鞋一路踏過硬木地板，走過房間坐在塔碧對面的沙發上。

芭杜一坐下來沒有浪費時間說開場白，而是直接抓起塔碧的履歷。這份履歷虛構成分似乎多過現實。芭杜撇了撇她那描畫完美的紅色嘴唇，手中的筆在大腿上輕敲。

「你的名字我似乎有點印象。」芭杜說道，連頭也沒抬。

塔碧環顧四周，似乎在尋找答案，當然沒有人能幫她回答，這個如博物館的房間裡只有她和芭杜。人們總是說，謊言越接近真相越好。「我還小的時候姊姊遭到謀殺，這件事當時上了全國頭條。」

筆停在半空中，但芭杜的目光仍然沒有離開那張紙。「請節哀。」

「那已是很久以前的事了。」塔碧說，不自在地在光滑的絲質沙發上挪動姿勢。

芭杜輕輕嗯了一聲，繼續閱讀履歷，角落裡的大落地鐘滴答聲響亮又持續，煩人地在塔碧的腦海裡迴響。

最終芭杜將履歷扔到咖啡桌上，靠回沙發，此刻她終於直視塔碧。

「我有義務告訴你，我其中一個女兒有特殊需求。」芭杜說，塔碧心中燃起一絲希望，這話似乎暗示著芭杜打算聘用她。

「我很擅長——」

芭杜舉手示意塔碧先不要說話。「不管你擅長什麼，都不是你想像中那樣。」

塔碧不知道該怎麼回應，只好保持沉默。

「我的女兒葛蕾琴……」芭杜閉上眼睛，深吸一口氣。「她是個惡魔。」

塔碧突然嗆了一口。「對不起，您剛才說什麼？」

「我知道這麼說聽起來很無情，」芭杜說，「但等你見到她後，你就會懂了。」

「抱歉，我……」塔碧支支吾吾，她完全沒有想到面試會這樣進行。

「這孩子還小，無法進行正式診斷，」芭杜繼續說，「但她會試探你的底線，她不怕後果。你要怎麼處理這種情況？」

要說塔碧在履歷中對於與小孩相處的經驗略嫌誇大，那還真是太過委婉了，事實上，她在童年時與其他孩子的互動相當有限，但她卻很擅長誇大其詞。

「小孩子最怕無聊了，」塔碧小心翼翼地說，一邊觀察芭杜的臉色。「我會盡力想一些活動，讓她隨時都有事情可做。」

芭杜的嘴角微微上揚，她的目光從塔碧的破鞋移到她身上，然後又回到臉上。「這事實上是我聽過最好、最一針見血的答案。」

「你先做幾天試試看吧，做到她讓你受不了為止。」

塔碧只是點點頭，不敢多說什麼，因為她不敢相信自己似乎真的得到了一份在懷特家的工作。

「週一開始上班。」芭杜說完便起身離開，沒有再給予其他指示。

但這並不重要。塔碧已經成功混入懷特家，她不確定自己會發現什麼線索，但她知道一定會有，一定會的，她調查這件事太久了，現在不可能一無所獲。

她整理一下自己的儀容，然後收拾好東西，臉上不自覺露出微笑。

她抬起頭來，注意到在房間另一頭，也就是芭杜離開的方向，門邊似乎站著一個人影。

塔碧憑直覺慢慢靠近，直到站在一個小女孩的影子中，她目測大約八歲。

「你好？」

「噢，」一個微弱的聲音回應，門又稍微敞開了一些。小女孩的膚色蒼白，神色冰冷，瀏海短到幾乎貼近髮際，整齊的鮑伯頭長度約至下巴，精緻小巧的鼻尖微翹，嘴唇對她纖細的臉龐和年齡來說太過豐滿。「妳是我的新保姆。」

「如果你是葛蕾琴的話，那我確實是你的新保母，」塔碧強作微笑地回答，「你好。」

女孩眨了眨眼，嘴角勾起一抹伺機而動的微笑，塔碧從未見過這麼侵略性的表情。「我們會一起玩得很開心的，就你跟我，等著瞧吧。」

第三十二章　葛蕾琴

現在

葛蕾琴沒有任何停頓，也未加思索，直接把車開到蕭內西的公寓外停下。

她內心的聲音通常難以捉摸且變化無常，常常沉浸於奇特的幻想中，但現在心裡卻一片沉寂，厚重的憤怒覆蓋了意識，讓混亂也變得寂靜。

當她的手因猛敲蕭內西家門而開始疼痛起來，她才回過神來。

門突然打開，葛蕾琴也沒有等待主人邀請，便強行推開蕭內西進入屋內，她的肩膀撞到他的肩膀，他悶哼了一聲。

「把你知道的事情全部告訴我。」葛蕾琴聽見自己提出了要求，聲音卻似乎是從遙遠的隧道深處傳來，雖然她知道這些話充滿了力量，但聽起來卻是那麼微弱。

「如果我不告訴你呢？」蕭內西問。

她已經厭倦了這場遊戲，也許蕭內西沒有真的做錯什麼，只是把祕密藏得很深，但他確實表現得像是個待罪之人。

葛蕾琴搖搖頭。「這不是威脅，也不是最後通牒，你得把知道的事情全部告訴我。」

蕭內西身上的戰鬥姿態逐漸消逝，他的肩膀放鬆，步履蹣跚地朝窗邊的扶手椅退去。

葛蕾琴穿過房間坐下，蕭內西從酒推車上拿了兩只玻璃杯和一個裝著琥珀色液體的酒瓶，他倒酒時，威士忌在窗口的光線下閃閃發光，他遞給她一杯。

葛蕾琴一飲而盡，但並未等他續杯，而是自己動手又倒了一杯，這一次她慢慢啜飲，品味著酒在舌頭上的滋味，感受烈酒帶來的燒灼感和流到胃部的重量，不讓自己沉迷於嗜血的思緒。她想割開蕭內西的動脈，觀察他的鮮血如何泉湧而出。

「你沒說實話。」葛蕾琴終於開口，她的聲音在腦中不再顯得那麼遙遠，感謝酒精的作用。

蕭內西的目光停留在自己酒杯上。「你要說得更具體一點，畢竟我說謊的次數太多了。」

這樣坦率的承認讓葛蕾琴很想拿玻璃杯扔向他的臉，目睹酒杯擊碎他的鼻梁，如果碎片能切入他眼部脆弱的組織，那就更好了，但她更想喝掉剩下的威士忌，比起那個畫面來說酒更重要。如果她真的攻擊他，他可能就無法回答她的問題了。

她的利弊分析邏輯又一次浮現，真是該死。

「你不希望馬可尼重新調查我的案件，」葛蕾琴說，覺得這是個切入點。「為什麼？」

「我是為了保護你，葛蕾琴，信不信由你。」蕭內西說著抬頭，好像隨時準備迎接痛擊。「那宗調查應該永遠不見天日。」

「所以你就這樣讓大家都認為是我殺了我的——」葛蕾琴在「姑姑」這個詞上結巴了一下，羅雯並不是她姑姑，但所有人都這麼認為。蕭內西是否早已知道真相？

蕭內西此刻凝視她的方式，讓葛蕾琴感覺到他或許知道一些內情。

他搖搖頭說道，「你有成功的職業生涯，你過的生活比我當初想像得還要好，為什麼還想挖掘這些過去？」

這個問題消除了她的所有疑慮，讓她確定蕭內西與羅雯的死有所牽連，且程度比表面看起來還深，因為她很瞭解蕭內西，他是個徹頭徹尾的警察，她見證過他的反應，過去只要有案件浮現新的線索，無論案件有多舊或乏人問津，他都一樣渴望找到真相。就算那是他過去負責偵辦的案件，重啟調查的過程中可能會讓他受到牽連，他也不會逃避檢視自己的過失。

她瞭解的蕭內西不會試圖勸阻她去挖掘自己案件的真相——除非他有什麼不可告人的祕密要隱藏，不只是簡單的調查錯誤或程序疏忽，而是一個更嚴重的祕密。

除非……也許是葛蕾琴傻傻地把蕭內西的完美形象信以為真，對她而言，他一直是道德的堡壘，她之所以相信這一點，是因為蕭內西也如此自認，他是個好人，且人人都知道他是好人。

但葛蕾琴從未相信過世上有絕對的好人或壞人，這種簡單的二分法從來就無法涵蓋她在這世界上觀察到的所有細微差異，她也知道那些最沒道德的人經常認為自己是值得他人追隨的一盞明燈，無論犯下任何罪行，他們都能為自己辯護，永遠認為自己是善良的好人。不僅是好人，而且還高人一等。

她有多少次發現蕭內西在觀察她，彷彿在等待她犯下大錯，好讓他能證明自己的判斷是對的？

然而他們現在卻身處在他的祕密、謊言和懦弱之中。

她的祕密、謊言和懦弱又在哪裡？

人們視她為惡魔，但如果以行動而非思想來評價一個人的一生，葛蕾琴明顯優於那些認為她品行不端的人，而這些人居然還看不起她，認為她罪大惡極。

「你在羅雯被謀殺前很久就認識她了吧？」葛蕾琴邊說，邊給自己倒了一大杯酒，還故意多添了一些。

「對，只是短暫認識過她。」蕭內西漫不經心地點了點頭，彷彿他並沒有隱瞞這件事三十年。

「你不覺得這點值得在警方報告中提一下嗎？」葛蕾琴問。在他開口說出沒意義的藉口之前，她緊接著問道，「那晚家裡還有保姆的事情呢？」

他凝視著她，臉上的皺紋中爬滿了陰影。「你做足了功課。」

「你在逃避我的問題。」

「我無法阻止塔碧莎應徵那份工作。」蕭內西望向窗外。他一提到塔碧莎的名字，葛蕾琴就知道他隱藏的不是什麼簡單的謊言或者模糊的關聯性，他無處可逃，無話可說——因為他掩蓋了一起懸案受害者的妹妹在另一起謀殺案現場擔任保姆的事實。「塔碧……她是個好女孩。」

「不像我。」葛蕾琴輕聲說。

她只是個孩子。她記得他曾經這麼形容過十三歲的薇奧拉．肯特，那個被證實為精神病態人格的女孩。

我當年也是。

我。當年。也是。

「我開始質疑你對『好』的理解是否真的可靠。」葛蕾琴喃喃自語，將手中的酒一飲而盡，她本想再倒一杯，但她知道在這場對話、這場對峙中，她需要保持一定程度的清醒，她把酒杯抱在手中。「蕭內西警探，好女孩的定義是什麼？」

「別這樣，」蕭內西說。「別假裝大家都不知道你是什麼樣的人。」

「一個反社會者，」葛蕾琴咬牙切齒地說。「自我八歲以來，你每天都在提醒我這一點。」

蕭內西凝視著她的眼睛。「如果這是我這一生中唯一做成的好事，我會死得心安理得。」

葛蕾琴將空杯扔向他的臉，畢竟杯子是空的。

他用前臂擋下，酒杯落在地毯上發出一聲悶響。

他們就這樣對視，就像過去三十年中無數次那樣，他在等她脫下面具，露出底下惡魔的本性；她則拚命抓住那張面具，希望能再騙他一秒。

儘管葛蕾琴在調查過程中一直質疑他的道德操守，她發現自己現在又回到安全地帶，又回到他們過去的扮演的角色：他居高臨下；她則努力證明自己。

「你那麼鄙視我，」葛蕾琴突然意識到也許馬可尼說的是真話，蕭內西曾阻止其他警察在她背後議論她，但他現在坐在這裡，用那種既警惕又厭惡的表情注視著她，那些好言好語又有什麼意義？「如果你真的相信我精神不穩定到足以冷血殺人，為什麼還讓我參與案件調查？」

馬可尼說得對，這確實像是一個關鍵證據，幾乎是一個暗示，一個她從未意識到他曾經透露過的真相，這表示他知道她根本沒有殺害羅雯，卻刻意讓她一輩子都以為自己是凶手。

如果以邏輯推論，他的用意有可能是要轉移注意力，目的是掩蓋自己的罪行，萬一她或其他人想要深究案情。

「因為我權衡過利弊，」他這麼說，彷彿這是他信奉的處世之道，但那是她的思考方式，不是他的，在他們相識的這三十年當中，他從來不是會權衡利弊的人。「你比誰都更清楚這個邏輯。」

「你殺了羅雯嗎？」葛蕾琴問。她覺得自己表現得很鎮定，認為自己這一生建立的銅牆鐵壁已經妥善封鎖了內心的洪流。

「我不懂……」蕭內西說著，又一次望向窗外。

「什麼？」葛蕾琴追問，雖然她討厭這個詞，但還是說了出來。

蕭內西搖了搖頭。「我不懂你為什麼就是不肯接受。」

「不肯接受什麼？」那深不見底的萬丈深淵——又再度浮現。

「葛蕾琴，」蕭內西幾乎是溫柔地說出，「從來沒有任何疑問，殺害羅雯的凶手一直都是你。」

第三十三章

蕭內西

一九八八年

蕭內西決定不再去想安德斯·懷特，這份決心維持了六個月。

接著，門口傳來敲門聲。

門檻上站著另一位懷特家的人，這次是安德斯，背後是耀眼的陽光。

他的穿著像他第一次在懷特家豪宅裡出現時一樣無懈可擊，那時的蕭內西還是個缺乏經驗，因為過於冒進而不小心惹禍上身的菜鳥警察。

蕭內西差點沒打招呼就要關門，但五年前萌生的執念沒有那麼容易就能忘卻。

他退後一步，示意安德斯進來。

「來杯咖啡怎麼樣？」安德斯問道，彷彿這是一次普通的社交拜訪，而他是家裡的主人。彷彿他沒意識到蕭內西把他視為折磨親妹，並殺害無數其他女孩的殺人魔。

蕭內西哼了一聲，帶他走到廚房，動作看似與平常無異。

自那以後蕭內西再也沒有與這個家族有過真正的接觸，只是遠遠監視他們的活動，如果安德斯想對他提出禁制令，早在很久以前就會這麼做了。

「可以講個故事給你聽嗎？」安德斯用優雅的口音問道，這種口音必定能安撫他精神最不穩定的病患。他隨意靠在黏黏的檯面上，彷彿對自己身上那套價值三千美金的西裝毫不在意。

「我能不聽嗎？」蕭內西小聲咕噥，但他並非真的不想聽，他已經等待多年，希望能從安德斯那裡聽到一些自白。

「這故事是關於一起個案研究，我想你可能會覺得有趣。」安德斯說，蕭內西拿起牛奶時他點了點頭，接著他接過調配好的咖啡，但立刻就把咖啡放下，他想把雙手空出來，同時也希望讓蕭內西感到放鬆，蕭內西內心深處留意到了這一點——那是他的警察本能，總會不停分析環境中是否存在威脅。

「有名患者有偏執妄想症。」安德斯溫柔地說，彷彿在向蕭內西報告壞消息。

蕭內西的手指顫抖，他放下自己的杯子，雙臂交叉在胸前，試圖掩飾自己的反應。「我懂你怎麼會認為我會對這個話題感興趣。」

「我懂，」安德斯嘴角帶著一抹悲傷的淡淡微笑。「這個病人活在自己的世界，幻想著連環殺手橫行，這種幻想如今很常見——每次翻開報紙，都會看到關於這些連環殺手的報導。」

蕭內西臉龐一熱，可能是出於羞愧或憤怒，或許兩者皆有。

「但這全是投射，你懂的。」安德斯繼續說。

蕭內西的耳後開始冒汗，汗水滴到他的頸背，他努力不眨眼，不讓視線離開安德斯。

「事實上，這個病患做出令人髮指的行為，而那正是他最痛恨的罪行。」安德斯依然保持惱人的溫柔語氣。「他無法接受這個真相，所以為了保護自己，他心理分裂了，他說服自己是別人在犯下那些恐怖的罪行，他真的堅信這是別人所為。」安德斯明顯深吸一口氣，而蕭內西的肺部也因為缺氧而收縮。「在這起個案中，他把這些罪行投射到了我身上。」

蕭內西的視野邊緣彷彿火花四濺，身體不由自主地劇烈吸氣，安德斯那平靜篤定的聲音引發了蕭內西的戰鬥或逃跑反應，他鎖緊雙膝，以防安德斯話中的暗示讓自己真的轉身就走。

蕭內西緊握自己的手臂，握到指尖發痛，他專注觀察自己肩膀的起伏，努力重新控制好自己的反應。

你沒有瘋。他在心裡默默告訴自己。

但在他心靈的黑暗角落，那串喋喋不休的聲音開始了。

太認真。

神經病。

怪人。固戀。無法自拔。執迷不悟。

執念太深。

「他真的堅信這是別人所為……」

「派崔克，我知道這很難接受，」安德斯說，「你必須理解，我之前不太確定，我不確定是否真的有受害者，但現在……你沒有留給我選擇的餘地。」

「我不知道你到底在說什麼。」蕭內西說，他覺得自己在吼叫，聲音在廚房的狹窄空間內迴盪，他並不是故意要大吼大叫。

安德斯發出嘖聲，仍然鎮定自若。「派崔克，如果你不能承認自己的犯行，接下來我只能去報警了。」

「該死的，我自己就是警察。」蕭內西咬牙切齒地說。他在無意識間察覺到舌尖上的金屬味，表示他咬破了自己的臉頰內側。「懷特，你別想用你那套把戲玩弄我，我沒殺人，一直都是你。」

「告訴我，我們會把來龍去脈都弄清楚的。」安德斯垂下頭，試圖對上蕭內西的眼神。「她在哪裡，派崔克？」

溫柔，非常溫柔，卻像是熱鐵棒刺入新鮮的傷口一般痛徹心扉，蕭內西搖了搖頭。

安德斯向前一步，伸出手，彷彿在安撫一隻受驚的野獸。

「羅雯在哪裡，派崔克？」安德斯問。「你把她的屍體藏到哪裡去了？」

第三十四章　葛蕾琴

現在

葛蕾琴坐在保時捷裡，停在馬可尼的公寓外，靜靜地看著夕陽落下地平線。她並沒有特別思考什麼，只是靜靜地坐著，進行著呼吸的動作。

只知道自己還活著。

從蕭內西的住處開車到馬可尼家的決定並非出自她的意識，全憑本能行事。

她知道馬可尼不會讓她進門，葛蕾琴可能不太能理解一般人在特定情境下的情感反應，但她已經犯過無數次錯，得罪了不少人，因此她能像科學家那樣預知最可能的後果。

如果角色互換，葛蕾琴好奇自己是否會在意那些她曾對馬可尼說過的話，那些深深傷害對方的話。葛蕾琴擅於用刀傷人，哪怕是在比喻的層面上。

事情發生得太快，她沒有時間記住馬可尼的表情，或是沉醉於自己造成的傷害之中，但傷害肯定存在。

馬可尼對她的容忍有一定限度，葛蕾琴已經遠遠超出那條底線，她得寸進尺的程度大到從後照鏡中也看不到這條底線了。

問題是馬可尼太過感情用事，如果葛蕾琴在三個月前做出那種舉動，馬可尼可能只會冷眼旁觀，面無表情，眉毛微挑，對她的暴怒不屑一顧。

但正常人會建立情感連結，儘管葛蕾琴多次警告，馬可尼還是讓自己脆弱的情感牽扯其中。這表示，如果葛蕾琴想要馬可尼繼續留在她的生活中，她得低聲下氣地求她。

這是她將車停在路邊時的又一頓悟，她真的希望馬可尼在她的生活中佔有一席之地，當蕭內西用那種憐憫的眼神看著她，並告訴她凶手一直都是你時，這是她內心唯一的想法。

那句話不像葛蕾琴對馬可尼說過的那些話那樣傷人；並不像刺進葛蕾琴肌膚的一把鋸齒鋼刀，只是虛有其表，在那層外表下，那句話就像廉價的金屬，容易彎曲、凹陷和剝落，太過軟弱無力，無法傷害到她。

因為她現在知道那些都是謊言。

在發生蕭內西公寓裡那場小插曲之前，她並沒有真正認定是蕭內西殺了羅雯，他的行為確實可疑，他確實對內情有所隱瞞，但他一直堅信她是凶手，這讓她覺得他隱瞞的內情可能相當嚴重。

這起案件有太多不合理之處，他不可能確定她就是凶手——除非他親眼目睹了整個過程，但如果是這樣，他為什麼不阻止她謀殺行凶呢？

不，他要不是殺害羅雯的真凶，就是在掩護真正的凶手。

塔碧莎．克羅斯？

弗瑞德還沒有給葛蕾琴她的現居地址，葛蕾琴懷疑是不是因為根本沒有新地址，塔碧莎是否跟連恩．博伊警探一樣，成了另一名受害者——所有把羅雯和蕭內西連結在一起的人，似乎都付出了致命的代價？

葛蕾琴不知道，她只知道馬可尼已經證明了自己很有作用，葛蕾琴再也不相信蕭內西說的任何話了。

這表示葛蕾琴不管有多麼不情願，都得低頭認錯。

葛蕾琴兩手空空來找馬可尼，儘管她知道照規矩可能得帶上一瓶好酒或者某種代表歉意的食物。

葛蕾琴一無所有，只有她自己。

我們的生命中需要一種人，他們不會期望我們成為別人，我們只要做自己就好。

馬可尼很清楚葛蕾琴的本性，現在只需釐清對馬可尼來說，她是否在今天早上已經不配留在她生命當中了。

在那一刻，葛蕾琴任憑自己想起莉娜・布克，這位被馬可尼取代的好友，如果莉娜還活著，葛蕾琴可能就不會認識馬可尼，或許還是會認識，但情況肯定會完全不同，她們的關係也會截然不同。

葛蕾琴無法比較這兩個朋友，不是因為在情緒或感情上無法比較，而是因為她們為她的生命帶來了不同的意義。最終葛蕾琴是否偏好其中一位並不重要，她不確定自己是否會願意冒險回到當初，只為了救活莉娜，卻要付出失去馬可尼的代價，但想這個問題已經無濟於事，逝者已矣，來者可追。

葛蕾琴從車裡走出來時想著，如果馬可尼突然把門砰地一聲關上，或者拿槍指著她，她該如何應對，即使她很難想像馬可尼會做出如此極端的行動。

她站在馬可尼公寓門前。轉身離開就要趁現在，做這一行，情感牽絆等同於弱點，葛蕾琴竭盡所能，從不表現出脆弱。

她現在也做得到，她可以轉頭就走，馬可尼很有用，但也並非無可取代。

儘管如此……

葛蕾琴還是敲了敲門。

也許馬可尼會假裝不在家，儘管馬可尼不是膽小鬼，葛蕾琴還是給了這推測大約百分之二十的可能性。

她證實了葛蕾琴的推測，開門了。

但馬可尼沒有說什麼，只是靠在門框上，雙臂交叉，眼神緊盯葛蕾琴，喉嚨上的淡紫綠色瘀傷隱約可見。葛蕾琴心底深處有個聲音要她去壓壓看那道瘀傷，看看顏色會有多深。

不行。

她可以戰勝本能的衝動。

葛蕾琴深呼吸，將目光從馬可尼身上的瘀傷移開。

「你不一定要原諒我——」

「別說對不起，」馬可尼舉手制止，「真心的道歉才有價值。」

「但如果你希望的話，我願意說那些話。」

「改天再說吧。」馬可尼說。在其他情境下，這句話可能帶有一絲戲謔，但現在不是適合開玩笑的時候。「你想怎樣？」

「我需要你的幫助。」葛蕾琴硬生生地吐出真心話，舌尖上留下了苦澀和黏膩的餘味。

「你顯然需要，」馬可尼輕鬆回答，「但你得給我一個理由，我為什麼要在乎你的事。」

「因為我覺得比起懲罰我，你更想知道是誰殺了羅雯。」葛蕾琴冒險說道，這畢竟是馬可尼，她對破案的好奇心和葛蕾琴不相上下。

馬可尼站在原地沒動，但至少她沒有把門摔在葛蕾琴臉上。

「跟我一起把這個案子辦完吧，」葛蕾琴提議道。「之後你要是想，可以帶我去射擊場，把我當成靶子來練習開槍。」

「開槍涉及很多文書作業，而且坦白說——」她停頓一下，上下打量著葛蕾琴。「你不配。」

「說得好。」馬可尼越是辛辣反擊，她們之間的關係就越能回到平等的狀態，葛蕾琴可以承受那些傷人的話。「我相信你會找個有創意的方法來折磨我。」

馬可尼的嘴角勾起一抹微笑，到了現在才看到她流露出情緒。「我會記住你這句話。」

「所以意思是，你會幫我？」葛蕾琴追問。

馬可尼讓沉默延伸，葛蕾琴幾乎可以看見她內心的銅牆鐵壁又重新搭建起來，那些在偵辦肯特家案件過程中倒塌的心牆，現在又更堅固了。

「我不是要幫你，」馬可尼最後說道，她從門口後退，示意葛蕾琴進來，不讓她有機會回應。「我是為了要偵破羅雯的謀殺案。」

不論馬可尼需要經歷多少心理掙扎，葛蕾琴都不在乎，她又回到案件上，這才是重點。關於馬可尼的情感創傷，葛蕾琴會在自己有能力關心案件以外的事情時再處理。

她現在沒有餘力安撫共感人的情緒。

儘管如此，由於個性使然，當葛蕾琴踏入馬可尼的公寓時，還是忍不住說道，「你明明就說過我有免責權。」

「免責權不包括攻擊行為。」馬可尼以嚴厲的口吻回答，顯然不想重回過去輕鬆開玩笑的相處模式。

「你之前沒有具體說明。」葛蕾琴反駁，因為她處理這類情況的方式通常不太明智。

馬可尼凝視即將關上的門，似乎在考慮是否要將葛蕾琴逐出門外，但她最終嘆了口氣，身體的緊繃感似乎有所消退。「如果你又對我動手，我會提告，屆時你想保住顧問職位就難了。」

這威脅之所以顯得更加有力，是因為馬可尼的態度非常平靜，她並不是在虛張聲勢。

葛蕾琴感覺自己的皮膚在骨頭上疼痛難忍，為了對抗那近乎於恐懼的感受，她挑釁地靠近馬可尼，低聲說道，「但如果你希望我碰你怎麼辦？」

馬可尼沒有畏縮，沒有臉紅，也沒有結巴，只是無動於衷地盯著葛蕾琴。

葛蕾琴找懷特家問話時很欣賞馬可尼身上那種堅定的態度，但當這種堅定指向葛蕾琴時，就沒那麼有趣了。

葛蕾琴感到舌頭在嘴裡笨拙地打轉，她吞了吞口水，不自覺後退了一步，這對她來說是很少見的動作。她知道自己需要道歉，於是硬生生地吐出了一句「對不起」。

「我不需要你的道歉，」馬可尼說。「你的道歉並不真心，我要的是你承認當我說如果你再碰我我會提告時，你有聽進去。」

葛蕾琴咬著自己的臉頰內側，那裡有著新舊交錯的疤痕，她避開馬可尼的眼神時勉強讓自己的頭點了一下，同時開始打量周圍的環境。

「好，」馬可尼說，「那我們就開始調查這個案子吧。」她稍作停頓，「只調查這起案件，之後我們就各走各的路。」

這一次葛蕾琴選擇了沉默，她想告訴馬可尼，她還帶著脖子上的瘀傷，正處於憤怒和受傷的狀態，不應該做出這樣的決定，但如果葛蕾琴提起這點，她幾乎可以確定馬可尼會命令她離開現場。

如果葛蕾琴第一次來到馬可尼的小公寓且情況不是這樣，她早就毫不客氣地四處探索，觸摸牆上鮮豔畫作的外框，重新擺放小擺飾，翻閱然後重新整理書架。她要在這個地方留下自己的痕跡，就像她在馬可尼身上留下痕跡一樣。

但馬可尼顯然並不處於寬恕的心情，而葛蕾琴自己也像是在走鋼索，拚命倚靠那條脆弱又過度緊繃的線來保持平衡。

此刻不需要任何事情來破壞她們剛剛建立起來的微妙平衡。

馬可尼現在盯著她，雙臂仍然交叉，但表情已經轉為思考模式。「你發現了一些線索。」

葛蕾琴手足無措，不知如何安置自己的手和身體，但她決定坐在馬可尼混搭風格客廳裡的一張大扶手椅上。

凶手一直都是你。

「蕭內西殺了羅雯。」葛蕾琴說，因為她知道這樣直白的開場白，比任何模棱兩可的話更能抓住馬可尼的興趣，她感覺這麼說是明智之舉。

馬可尼腳跟向後一倒，葛蕾琴馬上腦補：這動作表示她很驚訝。彷彿一切都沒有變，彷彿她還是能像過去一樣讀懂馬可尼的反應。

「你確定？」馬可尼問，語氣不偏不倚，但表象之下卻巧妙隱藏著好奇。

「對，」葛蕾琴回答，這話半真半假，但馬可尼反應中流露出的興趣讓她感到一股勝利感。

「而且你要幫我證實這件事。」

第三十五章 ——塔碧——

一九九三年

塔碧在短短一小時內便認定葛蕾琴·懷特是個古怪的孩子，她喜歡用殘酷的說話方式來刺傷別人，而且非常害怕無聊。

但這並不表示她就是芭杜·懷特口中描述的那種惡魔。如果塔碧運氣好且處理得當，或許能讓葛蕾琴跟她站在同一邊。

另一方面，羅雯·懷特卻讓塔碧感到異常恐懼。最初幾天的接觸非常微妙，塔碧甚至以為羅雯可能只是葛蕾琴的成年版，雖然惡毒，但卻無害。

尤其芭杜和羅雯之間經常會發生小小的口角，但塔碧以為那只是兩個相互厭惡的成年女性共處一室無可避免發生的衝突。

某次芭杜因羅雯沒有工作而對她酸言酸語時，羅雯這樣反唇相譏，「再幫自己倒杯酒吧，親愛的，我知道喝酒可能無法完全麻痺那種因為沒有達到家族期望而產生的強烈自我懷疑，但你總可以試試看。」

塔碧試圖將葛蕾琴從現場拉開，但這個女孩卻帶著一種渴望的眼神觀察這一切，似乎在情感暴力中找到了樂趣。

這家人真是該死。

塔碧本不想理會芭杜和羅雯之間的糾紛，但她很快發現事情遠不止於這些小口角。

芭杜在她書房裡擺了一把槍是有原因的。

事情發生在塔碧搬到這棟聯排別墅的第二週，那天她正在幫葛蕾琴檢查數學作業——這個孩子確實很聰明，儘管缺乏社交技巧。當塔碧抬起頭來，看到羅雯就站在她們身旁。

只是默默觀察。

她們發現她後，羅雯什麼也沒說，只是又站了一會兒，然後就轉身離開了房間。

「她喜歡你。」葛蕾琴觀察到，用那雙冰藍色的大眼睛看著塔碧。

不知何故，這聽起來更像是一種詛咒，而不是恭維。

「你為什麼這麼說？」塔碧故作輕鬆地問，表現出對某事的興趣很容易讓葛蕾琴逮到機會伸出她那雙小小的利爪，對她緊抓不放。她還不夠成熟，經驗也不夠豐富，還不能造成嚴重傷害，但仍會傷到別人。

「等著瞧吧。」葛蕾琴說。塔碧就此打住，她不想無事生非，一個八歲大的孩子懂什麼？

第二天晚上，塔碧醒來時發現自己的房門打開了。她經過整整一週時間才能真正放鬆下來睡覺，因為卡爾的威脅仍然讓她無法安眠，即便她住在懷特家那棟裝設嚴密保全系統的聯排別墅中。

塔碧感到血液中充斥著腎上腺素，因為有個人影正慢慢接近她床邊。

蒼白的手指不斷逼近。

塔碧急忙往後退，背靠著牆壁，雙手環抱著膝蓋，盡量讓身體縮成一團。

那隻手落下，人的形體也變得清晰，是個女人，不是卡爾。

這個認知並沒有平息塔碧劇烈的心跳。

羅雯站在塔碧床邊動也不動。「不知道你會不會像她那樣求饒。」

然後她就走了。

塔碧用拳頭堵住嘴巴，抑止住一聲抽噎，身體顫抖得太厲害，她擔心自己就要當場崩潰。

她考慮過跟芭杜提這件事，但從芭杜看羅雯那帶著恐懼和厭惡的眼神，塔碧猜想芭杜對小姑的所作所為並非一無所知。

有時塔碧會想，那晚是否是羅雯設下的一次試探，目的是觀察她是否會反抗。從那之後，羅雯便一直在觀察她，一逮到機會，她就會碰觸塔碧，像是輕輕拂過她的鎖骨，或是在她頸背留下氣息，輕得讓人誤認為是一陣微風。

或許塔碧應該推開她；或許她應該直接收拾行李離開。

但她忘不了那句：*不知道你會不會像她那樣求饒。*

她的推論有點薄弱，也許羅雯只是一個看過珍妮謀殺案新聞的瘋子，就跟其他波士頓民眾一樣，也許這只是另一種在心理上刺激塔碧的方式。

但也許另有原因。

「她喜歡你，」葛蕾琴某個下午又說了一次，這次她解釋道，「因為她會跟你說話。」

這女孩幾乎是心不在焉地說出這句話。她們從早上開始做美勞，她目光停留在作品旁邊的剪刀上，光線在剪刀的金屬上反射，塔碧幾乎可以肯定，葛蕾琴的眼裡也閃現一樣的光芒。

「她不跟你說話嗎？」塔碧問道。但現在塔碧回想起來，葛蕾琴說得對，羅雯只有在需要展現自己那雙成熟且尖銳的利爪時，才會刻意與人交談。

「噢，她討厭我。」葛蕾琴無動於衷地回答，她拿起剪刀——這把剪刀對小孩來說太專業了，但這是塔碧唯一能找到的剪刀——然後將舌尖按在其中一邊的刀尖上。

塔碧從桌子那端猛撲過來，「葛蕾琴！」

葛蕾琴用一種微妙又奇異的笑容看著她。「我嚇到你了嗎？」

正是這些小事。葛蕾琴需要透過吸收他人的反應，來滿足自己的某種內在需求，彷彿沒有這個過程，她就無法維持生命，這些行為也揭露了她內心的混亂和不正常。葛蕾琴舔剪刀不是因為想嚐到自己的血，而是想看塔碧會如何反應。

「對。」為求保險，塔碧決定承認。

「羅雯確實和我提過你。」葛蕾琴說著，小嘴微張喘著氣，沉醉在獲得反應後帶來的快感當中，就像個癮君子。每當葛蕾琴吸收到她預期的反應時，她就會食髓知味，這也是為什麼塔碧學會在被挑釁時盡量保持冷靜，否則日子就難熬了。

此時的塔碧無法控制自己肌膚下的戰慄，儘管她努力保持聲音平靜。「真的？」

葛蕾琴點點頭，目光注視著塔碧的臉。「想知道她說了什麼嗎？」

說不想知道並非解決問題的方法，因為無論如何葛蕾琴都會告訴她，塔碧內心某部分也抵抗不了這種誘惑——她與一般人無異。「如果你想說，就說吧。」

「她說你很像她。」葛蕾琴說。她的聲音還太稚嫩，帶著一種得意忘形，如果換作是羅雯，她會貼近塔碧，在她耳邊低聲說出這些話，但葛蕾琴還在學習成為魔鬼，還無法完全掌握自己的語氣和表達方式。

「嗯，不是像她。」塔碧冷冷地回答。

「她指的是誰？」葛蕾琴迫切想知道。

塔碧淡然一笑。「我姊姊。」

第三十六章
葛蕾琴

現在

「蕭內西的動機是什麼？」馬可尼不甚優雅地把麵條塞進嘴裡，一邊問道。她們在徹底討論羅雯謀殺案的細節三小時後，點了中式餐點。

葛蕾琴熟練地使用筷子，將乾拌麵送入口中，「我之前說過，我從來沒有覺得蕭內西是個精神病態者。」

「那剩下的動機只有憤怒了，」馬可尼補充道，「他與羅雯相識已久，可能對她累積了大量的憤怒。」

「尤其如果他將她奉若女神，」葛蕾琴緩緩說道，「就像你提過的那種跟蹤狂行為。」

「他很可能會雇一個青少年，誘使芙蘭關掉保全系統。」馬可尼繼續說，「這需要花多少錢？二十美元？」

「實在太簡單了，」葛蕾琴表示同意。「潛入住所，殺害羅雯，把我和凶刀留在現場，然後開車去幾個街區外等待警方的電話響起，這樣他就能控制現場，以防留下任何證據，而且如此他就能解釋自己的指紋或頭髮可能留在現場的原因，最慘也不過是因為未正確佩戴手套而受到輕微的責罰。」

「你當時怎麼會在那個房間裡？」馬可尼提出葛蕾琴一直在思考的問題，「會是自願跟著他去嗎？」

「不，絕對不可能。」葛蕾琴毫不猶豫地說，她從小就是個倔強的孩子。

「那你會跟塔碧莎一起去嗎？」

葛蕾琴想了想。「有可能，但還是不太可能，這對你來說可能是個大新聞，但我不喜歡被人指揮。」

馬可尼的嘴角微微抽動，雖然不足以稱之為微笑，但也算是一種表情。「他可以強行把你抱走。」

「確實如此，」葛蕾琴低頭承認，「但那為何要對塔碧莎的存在說謊？她是現場的重要證人。」

馬可尼沒有提出可能的推論，而是問道，「你對她有印象嗎？」

「不記得了，可能是個普通女孩吧？」葛蕾琴沉思道，「保姆換得很頻繁。」

「因為你是個反社會者。」馬可尼說話沒這麼直接過，她以為葛蕾琴會反駁……

「對，」葛蕾琴接著說，「可以想像我逼走了多少保姆。」

馬可尼沒有深入挖掘這個話題，畢竟她不是反社會者。「這得追溯到一九八三年對吧？」

「羅雯·懷特血淋淋地跑到馬路中央，」葛蕾琴說，「然後兩週後珍妮佛·克羅斯遭到謀殺。」

「十年後，珍妮的妹妹出現在羅雯的謀殺案現場。」馬可尼提出，「我們認為這是一起因憤怒引發的謀殺案，我的意思是……如果只單看這兩個獨立的事實，你猜我會怎麼推論？」

「因為塔碧莎認為羅雯是殺害珍妮的凶手，所以她出於復仇的動機殺害羅雯，」葛蕾琴說著皺了皺鼻子，「這說起來真複雜。」

「羅雯在一九八三年看似是受害者，」馬可尼接著說，「那是她自導自演嗎？」

葛蕾琴擺脫自己平常抱持的常人同理心視角，試圖以一種情感扭曲的邏輯來觀察，開始以自己的思維方式進行思考。

如果她想殺人，有幾種可行方式可以讓自己逍遙法外。葛蕾琴在體驗過並依賴刑事司法系統生活過後，得出了這樣的結論：那些想要殺人的人太過擔心處理屍體的問題，他們以為屍體是逃脫謀殺罪指控最大的障礙。

不過，還是必須假設屍體或屍體的某部分會被人發現，就算是對殺人衝動最強烈的變態殺手來說，完全銷毀屍體也也遠比想像中還要困難，更方便直接的辦法是找個人來頂罪。

當然這要取決於具體情境。薇奧拉．肯特因為有殺害動物和虐待弟弟的紀錄，成為完美的代罪羔羊，即使她宣稱自己是無辜的，也沒有人會相信她。在某程度上，葛蕾琴也是一個不錯的選擇，她過去雖沒有顯著的暴力行為，這點傷害了理論的可信度，但顯然不足以讓人懷疑她有犯下謀殺案的能力。

但如果她沒辦法找到一個有精神問題的孩子來背黑鍋——她必須承認，大多數凶手都找不到——想要轉移注意力還有一個好方法，就是讓自己看起來是同一名凶手的受害者。

「兩個人的手臂。」葛蕾琴喃喃道。

「我一直在思考，這件事真的是太奇怪了。」馬可尼表示同意，「但這確實在兩個女孩之間建立了一種連結，否則她們兩人之間不會有任何關聯性，而且從傷口的疼痛程度來看，也算是輕微。」

「羅雯故意讓警方發現身上的傷痕，然後在珍妮佛身上製造同樣的傷痕。」葛蕾琴緩緩說道，「因為她知道此舉能在珍妮佛屍體被發現時，為她提供一些掩護。」

「吉布斯說蕭內西中了那一招，」馬可尼提到，「他從未真正將矛頭指向羅雯，並沒有發現羅雯與珍妮佛的死有關，反而去尋找自己想像中的凶手。」

「還有一件重要的事實，珍妮佛失蹤當天，羅雯其實在精神病院。」葛蕾琴指出。

馬可尼歪了歪頭，「好吧，但也許塔碧不知道這一點，也許她在扮演私家偵探，認為羅雯是完美的嫌疑人。」

葛蕾琴點點頭，思考這個觀點，「於是她找到混入這個家庭的方式——」

馬可尼突然打斷她，「但我不懂的是——」

「如果你已經混進屋子裡，為什麼還要設局讓芙蘭把保全系統關掉？」葛蕾琴隨即接上，「也許保全系統關閉真的只是一個巧合，而那天晚上芙蘭剛好不在家。」

「所以，如果塔碧莎是凶手，蕭內西為何將她排除在報告之外？」

她是個好女孩。

「他仍在努力說服我，是我殺了羅雯。」葛蕾琴漫不經心地說道，一邊把麵給吃完。

「你到現在才告訴我這件事？」馬可尼問，看了一眼牆上的時鐘。

「妳怎麼變得這麼容易生氣？」葛蕾琴過去最欣賞馬可尼的一點，就是她不容易被激怒。

「有人企圖掐死我，」馬可尼故作正經地回答，「這會讓人變得易怒。」

葛蕾琴嘆了口氣，目光投向門口，但馬可尼卻不以為意地揮了揮手。

「好吧，他還說了什麼？」她問。

「除了他『*仍在努力說服我，是我殺了羅雯*』之外，沒其他特別的事。」因為馬可尼如今的情緒變得特別敏感，所以葛蕾琴刻意強調那句話，她們本來可以討論更重要的話題。

「嗯……如果凶手不是他，而是塔碧莎，這個指控其實說得通。」馬可尼說，「如果蕭內西抵達現場時看見你手持凶刀，而塔碧莎已經逃之夭夭了呢？」

葛蕾琴搖頭，「他知道塔碧莎那天在我家工作，如果他碰巧踏進現場，一定會問那晚她在哪裡。」

「天哪。」馬可尼順過自己的頭髮，「看來無論情況如何，他都至少要負一點責任，尤其是他沒在官方報告中提及一位主要證人。」

「也許還有其他我們沒有考慮到的人。」葛蕾琴提出另一個可能性。

「尤其如果你認為下手的人不是塔碧莎的話，」馬可尼指出，「你真的確定不是她？」

「我記得她發現我時大聲尖叫，而且我沒看見她身上有血跡。」葛蕾琴回憶道，「她可能迅速換好衣服，清理了犯罪現場，然後引誘我進去，尖叫可能是為了誤導他人。」葛蕾琴試圖讓時間線對上，「我猜也許是這樣，雖然這似乎不是最合理的解釋。」

馬可尼撇撇嘴，「也不應該忘記還有兩個疑點存在。」

「塔碧莎．克羅斯在現場，」葛蕾琴緩緩開口，「還有——」

「還有一頁記錄羅雯之前生過孩子的文件遺失了。」馬可尼突然插嘴，像是要保護葛蕾琴，讓她不必親口說出這個事實。

雖然葛蕾琴的攻擊引發馬可尼明確的憤怒，但或許並未完全壓抑她在本能上支持葛蕾琴的意願。

「為什麼安德斯和芭杜要假裝羅雯的孩子是他們的？」葛蕾琴提問。馬可尼對她的措詞感到困惑，注意到葛蕾琴在言語上撇清自己與這個孩子的關係，但馬可尼並沒有強迫葛蕾琴承認那個孩子是誰。「畢竟羅雯已經不是青少女，現在也不是十八世紀了。」

「也許她有自殘傾向，」馬可尼提出，「對孩子也是一種威脅。」

「也許是因為羅雯遺棄了……它。」葛蕾琴說。

「是『她』。」馬可尼溫柔地糾正。這份溫柔觸動了葛蕾琴的敏感神經，因為過去兩天的事情，她的情緒已經太過敏感，不過葛蕾琴沒有像過去那樣尖銳回應，也沒有像對蕭內西那樣，將厚重的玻璃杯扔向馬可尼的臉，那是在浪費時間。葛蕾琴覺得要修復與馬可尼的關係所需付出的努力太過艱鉅，讓她感到難以面對。

這或許是葛蕾琴成長的表現。「她。」

馬可尼微笑，雖然只是嘴角微微上揚，但這一絲溫暖的徵兆讓葛蕾琴有動力控制自己的自毀傾向。

「安德斯和芭杜以為把……她……當成自己的孩子養大會比較簡單，」葛蕾琴繼續說，「他們以為羅雯不會回來了。」

「後來她又回來了。」馬可尼說這句話的方式彷彿是向自己提醒這個事實。「你之前提到，是在她遭到殺害前大約三個月對吧？她保證自己神智清醒且有服用藥物。」

「對，」葛蕾琴回答，「但那是我父母的說法。」

「她待在療養機構是有紀錄的，」馬可尼指出，「所以這說法應該部分屬實。」

葛蕾琴摸弄一下手機，找出一名聯絡人並撥出電話。

「這時機點真是太邪門了，」弗瑞德接聽時說，「我正準備打電話給你。」

「有什麼消息？」葛蕾琴立刻警覺地問。

「我會把所有資料寄給你。」弗瑞德回答時停頓了一下，話語間似乎在猶豫什麼。

「快說。」葛蕾琴迫不及待地說。

「有些資料看起來有點詭異，」弗瑞德回答，「我還沒辦法完全確定，但我會把檔案寄給你。」

「檔案？」

「對，大概十個檔案，」弗瑞德說，「全是沒有偵破的謀殺案。」

葛蕾琴搖搖頭，她的怒火上升但努力壓抑住自己的情緒，所以聲音中沒有流露出憤怒。弗瑞德可不會像馬可尼一樣，那麼容易原諒葛蕾琴的脾氣。「我想知道羅雯不在波士頓那幾年都在做什麼。」

「對，」弗瑞德再次說，聲音拉長，「那就是你等等會收到的內容。」

第三十七章

蕭內西

一九八八年

「羅雯在哪裡，派崔克？」安德斯問。「你把她的屍體藏到哪裡去了？」

蕭內西盯著他，試圖理解這些話，他一聽懂，馬上用顫抖的手將安德斯推開。「去你的，你別想操縱我的腦袋。」

這是煤氣燈效應，這就是丹尼爾斯說過的，顯然安德斯在這方面頗具天賦。

「我是認真的，派崔克。」安德斯說，一邊撫平蕭內西汗濕手掌在他衣服上留下的皺褶。

蕭內西又深吸一口氣，試圖穩定自己的思緒，安德斯可能在玩弄他，但更重要的是安德斯目前似乎與羅雯斷了聯繫。「你不知道她人在哪。」

「沒錯，因為你還沒有告訴我。」安德斯回答。

太認真。

怪人。

他們需要找到屍體。需要另一名受害者。

但沒有，事情沒有繼續發展，蕭內西產生那個念頭幾天後，他讓羅雯離開了他的家，儘管他認為她此舉是要回到壞人的巢穴，還是放她消失，回歸原本的生活。

安德斯方才那篤定又平靜的聲音仍在他腦海中迴響。

這個病患做出令人髮指的行為，而那正是他最痛恨的罪行……他真的堅信這是別人所為。

萬一蕭內西那天沒有真的讓她離開？萬一他心理崩潰了呢？萬一自己真的無法再分辨現實與幻想呢？

蕭內西搖搖頭。不，不對。

他是警察，不是殺人犯。

這個念頭讓他抬起頭，首度認真觀察安德斯。

這個行為有一個邏輯上的解釋——安德斯在設局讓蕭內西為他自己的罪行背黑鍋，他想像得到安德斯要如何進行：他會去見警察局長，重複一遍他對蕭內西的說詞。

調查人員會審查蕭內西的紀錄，找到多年前的那起投訴事件。蕭內西停止公開提到羅雯和珍妮佛．克羅斯後，大多數人都已經忘記了那件事。

他們會找柴克．丹尼爾斯瞭解情況，進而發現蕭內西長期執著於懷特家族，儘管他會掩飾自己，所以所有人都不知道。

他們會找唐娜問話，她雖然猶豫不決，但還是會帶著他們到地下室，他還在那裡保存著關於安德斯．懷特的舊資料。

如果安德斯是殺害羅雯的凶手，蕭內西自動成為理想的代罪羔羊，完美地自投羅網。

但是。

還有另一個可能性存在。也許安德斯是個天生的演員，但他似乎真的相信自己說的那一套。

這表示如果羅雯失蹤了，安德斯相信蕭內西與此事脫不了干係。

那天在森林中的場景仍舊在蕭內西腦海中迴響，那天安德斯不僅嘲諷他，還拿槍指著他，拿他的警察職涯威脅他。

他記得當他告訴安德斯你會為你所做的一切付出代價時，安德斯臉上的表情與他預期截然不同。

「為什麼？」蕭內西問道，這是安德斯第一次正視蕭內西。

「為什麼……什麼？」安德斯小心翼翼地問道。

為什麼你認為我殺了羅雯？

但他沒有直接說出來，因為他還不相信自己的清白，也不相信自己剛剛形成的那些初步理論。

「我沒殺她，安德斯。」蕭內西說這句話時，意識到自己方才的否認聽起來有多麼不堪和絕望，但這次的否認是建立在絕對的事實之上。

「派崔克……」安德斯想再說些什麼，但蕭內西已經被逼到極限。

他兩個大步迅速靠近，將安德斯的背壓在牆上，憤怒使他變得力大無窮。

「去找局長告狀吧，」他斷然命令，聲音如同他猛然咬合的牙齒。「我不在乎。」

安德斯對著他眨眨眼，看起來有點措手不及，這是蕭內西過去從未見過的一面，他的目光在蕭內西臉上徘徊。「你一直對她執迷不悟，一定是你幹的。」

蕭內西的抵抗力消失了，他無法否認這一點。「如果你真的認為她死了，應該先去找局長。」

「我以為直接來找你，更有機會得到答案。」安德斯紅著臉說，看起來並不像個冷靜算計的精神病態者，也許蕭內西一直都是在投射自己的情緒，就像他之前對羅雯做的那樣。安德斯不過是個凡人，雖然聰明且沉著，但仍然是個會慌張、可以被操弄的普通人。

「我沒殺她。」蕭內西再次說道，這次帶著一聲沉重的嘆息。「我建議你回去好好想想自己是怎麼得出這個結論的，我自己也會想一想。」他稍作停頓，「現在，請離開我的家。」

安德斯遲疑地踏出半步，停下來，轉過身，彷彿身體不自覺想遵循蕭內西的指令，但顯然不太情願。「我要去找局長。」

「你最好快去，」蕭內西咬牙切齒地說，「順便報個失蹤人口，順帶一提，其實你在發現羅雯失蹤後的二十四小時內就應該報案了。」

「她的精神和行為反覆無常，我不確定她是不是真的失蹤。」安德斯說道，雖然他進入蕭內西廚房時的傲慢態度早已消失。

「是的，你已經很清楚表達過你對她的看法，」蕭內西說，「現在，請你離開。」

蕭內西本以為可能需要親自將安德斯送出去，但他最終點點頭便離開了，前門輕輕地關上。

他直到走到通往地下室的樓梯才開始思考。他在很久以前就把他的連環殺手主題牆拆了下來，也拆除了許多他收集的「證據」，但還保留下一些。

蕭內西幾年前把東西放置在低層儲物架上，現在他取下那個箱子，打開蓋子，翻找關於懷特家族的那本日誌本，他曾在裡頭記錄下一些想法。

他感覺膝蓋開始疼痛，於是坐在混凝土地面上，翻開到最初的一頁。

他和羅雯的第一次對話。

他們會說謊。

她在那張紙條上留下的訊息。

還有其他女孩。

找到她們。

然後他快速翻過幾年，找到她出現在他家門口的夜晚。

保護我。

這是他們的說法。

他笑了。在胸中累積的壓力下，他別無選擇。

「現實很奇妙，對吧？」多年前丹尼爾斯曾這麼問過。

蕭內西把日誌本扔向牆壁。

他被徹底玩弄了。

從廚房那場對峙看來，他猜安德斯也是。

第三十八章

——葛蕾琴——

現在

安娜貝爾、潔西、克莉絲汀、克蘿伊、貝絲、瑪戈、坎迪絲、麗茲、凱薩琳和蘿拉。

一九八七到一九九九年間，這十位女孩相繼失蹤。

找到的屍體都有共同的特徵：喉嚨遭人割開，手臂上下佈滿刀傷。

葛蕾琴凝視她們的照片，馬可尼在衣櫃裡翻找，找到一台多年未使用的印表機，幸運的是印表機裡還剩足夠的墨水量，可以列印出弗瑞德寄來的檔案。

追蹤羅雯離開波士頓後的路線後，發現了這些女孩。

弗瑞德的註記中提及羅雯在每個地點逗留的大概時間，從紐約的賓漢頓到賓州的哈里斯堡，再到乞沙比克海岸的一個小鎮，最終在一九九二至一九九三年冬季抵達喬治亞州的薩凡納，之後她回到波士頓，於一九九九年五月下旬重新回到懷特家，逾三個月後便遇害身亡。

弗瑞德郵件的結尾留下了一句話：**可能是巧合？**

「這是一名相當活躍的連環殺手。」馬可尼小聲說道。繼她稍早提到可能有台印表機可以使用之後，這是她說的第一句話。

葛蕾琴只是搖搖頭。紙上的黑色墨水、那些女孩的面孔，看起來都太鮮明、太脆弱，馬可尼公寓的其他部分在她的周邊視線中卻顯得模糊不清。「這到底是怎麼回事？」

下一秒她已將手機拿在手上，弗瑞德的聲音從另一頭傳來，葛蕾琴甚至沒有真正意識到自己正在撥打電話。

「我不知道。」弗瑞德接聽時回答，彷彿聽見葛蕾琴內心的疑問。

弗瑞德沒等葛蕾琴追問便繼續說道，「賓漢頓是個小地方——除了醉酒大學生的鬥毆事件之外，沒有發生過太多謀殺案。羅雯在當地一家餐廳工作的那幾個月，有一名高中生失蹤了。」

葛蕾琴觸摸著檔案。「安娜貝爾・維埃拉。」

「案件上了頭條新聞，」弗瑞德說，「這還不足以讓我產生任何懷疑，但是……」

「警方找到屍體時，發現手臂上有割傷。」葛蕾琴順著弗瑞德的說法把話說完。

「對，」弗瑞德說，「不過你沒有從我這裡聽到這個消息，這些資訊並不是透過合法途徑取得。」

「你覺得我會在乎嗎？」

弗瑞德笑了。「你可能還得為此額外付我錢。」

「你說得沒錯，」葛蕾琴承認，「然後是潔西。」

「潔西・特布爾，」弗瑞德態度比平時更加順從地說，「哈里斯堡和賓漢頓很類似，小的犯罪事件和竊盜之類的都很常見，至於謀殺案？一樣很少見。」

「警方有找到她的屍體嗎？」

「有，但是在羅雯離開當地之後，」弗瑞德回答，「她的喉嚨也被割開，手臂上有和安娜貝爾相同的割傷。」

「不可能是純屬巧合。」

弗瑞德吐出一口氣。「絕對不是，其他女性也是如此，雖然有些受害者未滿十八歲，所以應該稱之為『女孩』。」

「這些受害者的屍體警方全都找到了？」葛蕾琴問。

「沒有，找到六具屍體，四個沒有，」弗瑞德說。「但那四個未尋獲屍體的人，失蹤時間與羅雯到當地的時間點相符，我已經聯絡那些地方的相關人士，把其他案件的資料寄給他們，也許可以協助他們找到屍體，至少能對家屬有個交代。」

客觀來說，葛蕾琴承認這是一個善意的舉措，但這是她自己永遠顧慮不到的環節，連弗瑞德有時也懂得替別人著想。

「她殺了這些人。」這麼說有點愚蠢，她的話懸在空氣中，顯得突兀而耀眼。葛蕾琴認為把真相說出口別有意義，羅雯殺了她們，她的……母親……殺了她們，所謂上樑不正下樑歪，也許就是這個道理。

「我的意思是，這些案件都沒有找到線索，」弗瑞德提醒道，「而且那時候各地轄區並沒有互通有無，但……時間點對得上。」

「有沒有共犯的可能性？」馬可尼問，這時葛蕾琴才意識到馬可尼靠得很近，近到能透過手機聽見弗瑞德的聲音。

「也許吧，」弗瑞德說，「據我打聽到的，每個人都記得是一個單身女子，從我所收集的資訊看來，她通常會在餐館或酒吧找工作，和當地的男生調情，引起一些騷動，然後突然不告而別。」

「當時的ＤＮＡ鑑識技術並不發達。」馬可尼指出。

「據我所知，那些屍體也相對乾淨，」弗瑞德補充道，「不像職業殺手的作品那樣完美無瑕，至少最初幾具不是，但也沒有留下明顯的罪證。」

「當時沒有人料想得到女性會是連環殺手，」葛蕾琴意識到這個事實，羅雯甚至不會被列為嫌疑人，尤其她是在光天化日且人潮密集的地方尋找受害者，「天啊。」

「這是先入為主和確認偏誤，」弗瑞德說，「你比任何人都更懂這些理論。」

葛蕾琴咬咬自己的臉頰內側，想不出能接什麼話，於是掛斷了電話。

「真沒禮貌。」馬可尼的話語中沒有任何刻薄的意味，她已經在手邊翻閱幾份警方報告。「這些女孩除了刀傷之外，似乎沒有太多共同點，沒有明確的受害者類型。」

「確實沒有，」葛蕾琴在快速瀏覽其餘檔案後說道，「她們長相特徵不一，來自不同階層，職業也沒有相似之處，只有一名性工作者，一名逃家少女，遠不足以形成犯罪模式。」

「即使當時有警察聯想到連環殺手的可能性，也不會將這些女孩聯繫起來，不會僅憑她們手臂上的一些割傷。」馬可尼說，溫柔地輕指其中幾名女性的臉，這是馬可尼的典型作風。「根據警方當時對這類謀殺案的瞭解，不可能做出這種聯想。」

在八零年代晚期，那些留下複雜犯罪記號的男性連環殺手，經常能引起媒體的關注，相對而言，羅雯的作案風格則沒有引起太多注意。

但連環殺手的特徵或行為模式幾乎總是一致，他們有自己重視的殺戮儀式，也有選擇受害者的特定理由，這表示……「我們沒看出來。」

「看不出來什麼？」

「這些女孩之間的共通點，」葛蕾琴說，「但羅雯看出來了。」

馬可尼呼出一口氣，聲音有些顫抖。「這很詭異，女性連環殺手。」

「她們確實是稀有的殺人魔品種，」葛蕾琴認同道，「通常她們會對自己生活中的人下手，如伴侶、親人、子女，殺害陌生人算是異常行為。」

「像艾琳・伍爾諾斯[9]那樣的人又怎麼說？」馬可尼提問，葛蕾琴幾乎要翻白眼。外行人也全都知道艾琳，只是因為一部電影，因為有位美麗的女演員為了飾演這個角色「勇敢」扮醜。

「艾琳的受害者是她的嫖客，因此她是找生活中的人下手，」葛蕾琴解釋，「但更重要的是，她是一個高度精神病態者，在相關量表上，總分四十分，她得了三十二分。」

「分數頗高。」馬可尼評論道。

「泰德・邦迪的得分是三十九，」葛蕾琴接著說，停頓了一下以增強效果，接著補充道，「我的得分是十三，這應該可以給你一個參考範圍。」

馬可尼揚揚眉毛，但只是輕輕嗯了一聲，沒有進一步評論。

「所以艾琳・伍爾諾斯會走上殺人之路是情有可原，」葛蕾琴無奈地說，「一個得分那麼高的精神病態者可能會找到自圓其說的方法，但事實上他們享受殺戮的快感，所以會去殺人也是正常的。」

「那麼羅雯可能也是精神病態人格對吧？」馬可尼問。

「很可能是個虐待狂。」葛蕾琴同意道。關於尖銳剪刀和裸露皮膚的模糊記憶在她腦中悄悄浮現。在我知道什麼是殺人之前，我就想殺了她。羅雯是否曾把葛蕾琴當作練習對象？葛蕾琴身上沒有疤痕，但這並不表示羅雯沒有傷害過她，沒有讓她流血。

「虐待狂，就像薇奧拉・肯特，」馬可尼緩慢地說，「但如果真是這樣，她折磨受害者的程度不是應該更嚴重嗎？我的意思是，雖然割喉已經夠殘忍，但——」

「不，你說得對。」葛蕾琴審視她們手上少數幾張屍體照片，根據殺人的頻率，她原本預期會看到更多殘暴的施虐行為，這是個聰明的觀察。「我沒有深入研究過這個議題，需要更多資訊，但缺乏長時間的折磨過程，確實在某程度上符合女性連環殺手的特點。」

「艾琳是正面對著受害者開槍，」馬可尼說。馬可尼能這麼快跟上她的思路，讓葛蕾琴感到滿意。「這雖然很暴力，但還沒有達到你在男性連環殺手身上見過的那種殘暴程度。」

「我所見過的女性連環殺手案例中，凶手傾向於使用嗎啡或砷，」葛蕾琴說，「這幾乎表示殺人本身比施虐更加重要。」

馬可尼看了一眼地板上散落的文件。「割喉似乎很能滿足暴力的慾望。」

「割喉是宰殺動物的方式，」葛蕾琴同意，馬可尼擁有共感人的天性，讓她對這話題感到不安。「但是……」

馬可尼用腳碰碰葛蕾琴的大腿。「我不喜歡你話說一半。」

葛蕾琴之前跟馬可尼說過同樣一句話，自馬可尼用那種冷漠的表情面對她以來，葛蕾琴幾乎沒察覺到自己的胸腔內有一股緊張的顫抖，這句話讓她感到安心，平息了那股顫動。儘管馬可尼

---

9 Aileen Carol Wuornos Pralle，美國女性連環殺人犯，她的故事曾改編為電影《女魔頭》，由莎莉・賽隆主演。

可能對她懷有不悅，但葛蕾琴並未徹底毀掉兩人之間的關係。

「謀殺案推進的頻率很詭異。」葛蕾琴說，隨後搖了搖頭，對自己描述不夠精確感到生氣，儘管現在只有她們兩個人在場。「如果你單獨觀察她離開波士頓後的這十起案件，頻率並不詭異。」她指出那些女孩失蹤的日期。「最初是四個月一次，然後逐漸變得更加頻繁，如果當中出現任何間隔，很可能只是因為有還尚未確認的受害者。」

「那有什麼好詭異？」

「珍妮佛・克羅斯死於一九八三年，」葛蕾琴回答，抬頭看了一眼。

「四年的時間間隔。」馬可尼的腳跟微微向後一倒。「如果珍妮佛是她的第一名受害者，這麼長時間沒殺人很不尋常。」

「這麼長的時間間隔與她其他案件的犯罪模式不相符。」葛蕾琴認同。「從安娜貝爾・維埃拉開始觀察作案頻率，她在一九八三年殺人後，休息了四年才又開始殺人，這很詭異。」葛蕾琴停頓一下，稍作思考。「除非從一九八三到一九八七年之間，波士頓有多起未偵破的謀殺案。」

「你聽吉布斯說了，」馬可尼指出，「蕭內西應該已經調查過了，他只找到珍妮佛・克羅斯的案件。」

「對，所以更合理的解釋是羅雯因為波士頓這裡的某些事情被激發，這是她離開此地，尋找新的狩獵場所的原因，」葛蕾琴說道，「或者她離開後因為什麼事被激發，然後開始殺人。不管怎樣，這都表示安娜貝爾・維埃拉才是羅雯第一個真正的受害者，而不是珍妮佛。」

「有沒有連環殺手進入犯罪休眠期的案例？」馬可尼問。

「有，ＢＴＫ殺手[10]就是最著名的例子，」葛蕾琴說，「但他是個罕見的案例，即便如此，他停止殺人也是因為現實生活所逼。更值得注意的一點是，在那段時間內，他仍收集了超過五十個潛在受害者的檔案，從心理學的角度來看，他仍在尋找獵物。」

「現實生活所逼，」馬可尼重複道，「比如被迫入住精神病院？」

葛蕾琴的目光猛然轉向馬可尼，兩個人都該被打一巴掌，因為她們竟然忽略了這麼顯而易見的事實。她閉上眼睛，慢慢呼出一口氣，對自己的失誤感到憤怒。「天哪。」

「怎麼了？」馬可尼問。

「羅雯被送進精神病院的時候，珍妮佛遭到殺害。」

馬可尼發出了一聲低沉而持久的長嘆。「好吧，那真是最完美的不在場證明了。」

「對。」葛蕾琴咬牙說，她正試著重新排列所有的細節，試圖讓推論合理化。

「不過她們曾經同校，」馬可尼輕聲說，「珍妮佛的屍體是在距離你老家一英里處被發現，身上有相同的刀傷，她們兩人必有關聯性。」

就像她們看不出羅雯的受害者之間有什麼共通點，這裡也漏掉了一些重要線索。葛蕾琴看不出端倪，所以只是搖了搖頭。

「嘿，」馬可尼說，似乎忽然想到了什麼。「如果謀殺案的頻率不斷升級……她為什麼回到波士頓之後就停手了？」

「噢，我不認為她停手了。」這似乎是謎團中最明顯的部分，波士頓一帶肯定至少還有一具

---

10 Dennis Lynn Rader，美國連環殺手，在一九七四至一九九一年間最少虐殺了十人，他有BTK殺手之稱，BTK意即「綁、虐、殺」。

沒被發現的屍體，很可能在肱骨上會發現一些痕跡。「她很可能變得更擅於隱藏屍體了。」

「所以如果她沒有被殺……」

「誰知道她何時會被捕？」葛蕾琴說完這句話後，心思已經飛到其他時空，或許是更早的時候，數十年前，羅雯回到波士頓的那些日子。

她注視著手機螢幕，滑到通訊錄，目光停留在一個名字上，察覺馬可尼正試圖從她的肩膀上窺看。

她繼續凝視著螢幕。

終於她深吸一口氣，按下了通話鍵。

一個低沉的聲音接了電話。「葛蕾琴。」

「你知道她的真面目嗎？」葛蕾琴向安德斯提問，「你知道她殺害了那些女孩嗎？」

接著是一段漫長的沉默，然後只有一個簡短的回答，「是的。」

第三十九章

塔碧

一九九三年

塔碧從懷特家的酒窖偷偷拿了一瓶價值三百美元的紅酒，喝得酩酊大醉後打電話給蕭內西。

「萬一是羅雯殺了珍妮呢？」塔碧一接通就問，她的額頭抵著公共電話亭骯髒的玻璃，外頭的雨滴打在小小的亭子上，夏夜的溫暖無法驅散她脖子上濕髮帶來的寒意，使她不禁顫抖起來。

「萬一不是安德斯？」

迎接她的只有沉默，然後是一聲沉重的嘆息。

「你自以為是偵探嗎？」

這句話深深地觸動了她的求生本能。

自以為是神探南希，就只有死路一條。

「什麼？」她問道。這個問題問得模糊不清，她努力眨眼想讓世界變得清晰。

又是一聲嘆息。「塔碧莎，你得小心那家人。」

「不，你剛才說什麼？」塔碧努力問出口。

短暫的沉默之後，對方問道，「你現在在哪裡？」

塔碧掛斷了電話，從電話旁後退，彷彿在躲避一條即將發動攻擊的蛇。

有人重重敲了敲門。

她一邊尖叫，手臂一邊瘋狂地揮動，肘部重重撞在電話亭的玻璃上，感到一陣劇痛。

「你講完了沒？」一個聲音喊道。

「該死。」塔碧自言自語。她用顫抖的手撥弄著自己的頭髮，努力把一頭凌亂的濕髮盤到頭頂，然後她推開門說道，「講完了，混蛋。」

「婊子。」

這就是波士頓的日常。

幸好門外等的人不是蕭內西，也不是卡爾。

還是他們是同一個人？

塔碧搖搖頭，這沒有道理，他們的聲音不像，她知道蕭內西的長相。

她用手背擦擦臉，試圖驅散雨水帶來的模糊視覺。

這完全是酒精的副作用，還有羅雯和卡爾帶來的威脅，酒精讓她更加疑神疑鬼。還有漫長的一週、一個月、一年，眼前還有無止盡與姊姊鬼魂共度的漫漫歲月。

人們總會警告她不要插手案件，偵辦謀殺案這種事應該交給專業人士，警察會這麼勸她更是正常不過。

天啊，她受夠自己，也厭倦了這個世界。

她走進聯排別墅的門廳時沒有開燈，設定保全系統時，身上的雨水滴在完美的大理石地板上，讓她畏縮了一下。

「你去哪了？」一個冰冷的聲音從書房門口傳來。

塔碧一震，一手本能地護住怦然跳動的心臟。

這一切愈來愈荒謬了。

芭杜身影的輪廓出現在背後燈光的映射下，然而她的每一個動作都不容錯認。

「只是去打通電話。」塔碧希望這理由能夠了事。

「我有做過什麼事，讓你認為不能打家裡的電話嗎？」芭杜問道，語氣中帶有無懈可擊的禮貌。

當然沒有，這點她很清楚，但塔碧不會用懷特家的電話打電話給蕭內西警探。「孩子們正好去上芭蕾舞課，我只是想出去走走。」

「在雨天？」芭杜挑明這一點，但並未深究，而是說，「來喝杯酒吧。」

這樣的提議如果出自其他女人之口，或許只是單純的邀請，這讓塔碧意識到芭杜已經發現她偷喝了那瓶價值三百美金的紅酒。

世界已經模糊不清，但如果塔碧拒絕，無疑會被被視為默認。畢竟和葛蕾琴串通之後，塔碧知道自己擁有比普通保姆更多的談判籌碼，但也不可能無限上綱。

芭杜遞給她一只寬邊玻璃杯，裡面裝滿了深紅色的紅酒，遠遠超過禮貌的份量。

這行為似乎就像父母故意讓孩子抽完整包香菸，純粹是為了讓他們受到教訓，但塔碧對酒精並不陌生，她畢竟遺傳了父親的基因。

塔碧品嘗了一口，誇張地嘛了嘛嘴說，「好酒。」

「應該的，」芭杜說，她的眼神在輕蔑和有趣之間擺盪。她坐在壁爐旁的白色椅子上，塔碧一直好奇白色家具的意義，但從某種角度來看，這正展示了芭杜在她的領域能施加多大的控制力。

塔碧極力避免在椅子上留下濕印，小心翼翼坐在對面椅子的邊緣。

「說說看，你適應得如何？」芭杜旋轉著酒杯，像是在把玩，卻一滴也未沾唇。

「還可以。」塔碧盡量簡潔回答。

芭杜盯著她，「葛蕾琴沒給你找麻煩吧？」

葛蕾琴當然有給塔碧找麻煩，這個女孩似乎天生就喜歡惹事。「沒有超出我能處理的範圍。」

「好，如果情況有變，記得告訴我。」芭杜提起酒瓶，「再來一點？」

塔碧看著現在已經喝掉一半的酒杯，想知道這一切是怎麼發生的，她本想拒絕，但既然已經踏進這個局面，她又重新感到那溫暖、舒適、麻木的醉意，不再是之前那種緊張、恐懼的醉態。

芭杜遞出酒杯笑了起來，壁爐閃爍的火光讓她的笑容顯得有些邪惡，似乎在預謀什麼。

「羅雯呢？」芭杜的聲音柔和中帶有逼問，「她沒有妨礙你工作吧？」

塔碧的肌肉緊繃起來，她回想起稍早含糊對蕭內西警探說過的話。萬一是羅雯呢？

「沒有。」塔碧盡可能簡潔回答。羅雯對她和葛蕾琴的觀察太過凌厲，讓她感到不自在，她還沒有真正採取行動，至少現在還沒有。

芭杜還是滴酒未沾。「你知道，她和你姊姊同校。」

焦慮撞擊著她的心房，但在酒精的作用下，警告顯得微弱且暗淡。「是嗎？」

「這真是個有趣的巧合，」芭杜說得漫不經心，「你知道嗎，前幾天我打電話給你履歷上的推薦人。」

焦慮感咆哮起來，變得更加具體且真實。「是這樣嗎？」

「有趣的是，這些推薦人全都不是真的，」芭杜說的方式，好像這只是某種誤會，但就算透過沉重的酒意，塔碧也能感覺到芭杜非常清楚事情的來龍去脈。「可能是你在履歷上打錯了什麼字？」

塔碧舔舔嘴唇，低頭看著空空的酒杯。事跡敗露了。她把酒杯放在腳邊，試圖站起來。「我可以離開。」

芭杜歪了歪頭，「何必？我們才剛開始。」

第四十章　葛蕾琴

現在

「你知道她是個殺手。」葛蕾琴用指控的語氣說道，安德斯嘆了口氣。

「是的，葛蕾琴，」他說，聲音透露出疲倦和煩躁，彷彿這一切都是個大麻煩。「至少最後知道了。」

葛蕾琴與馬可尼交換了一個眼神，她評估風險後，決定將與安德斯的通話切換到免持聽筒。

「你收留了我。」

隨之而來的是一陣驚訝的沉默，然後是輕聲的承認，「是的。」

「為什麼？」

「伊迪絲要我們這麼做，」安德斯說，「我親愛的母親在遺囑中這麼規定，她在去世前又更改了遺囑。」

這句話激發了葛蕾琴的樂趣，如果她當時早知道他們聽到遺囑時為何會有那麼極端的反應，一切會更加美妙。「我就知道我喜歡她是有理由的。」

「是的，嗯，」安德斯說，「我們家族的性格特徵總是其來有自。」

葛蕾琴一直認為那些帶有污點的性格特徵是源自伊迪絲的父親，或許真是如此。「她為何要在意這件事？」

「你就這麼確定她真的護著你？」安德斯反問，「為了家族名譽，羅雯未婚懷孕，再加上其他事，她無法接受。」

對八十年代的懷特家而言，墮胎是絕不容考慮的選項。「這些年來你為何不告訴我？這似乎是很好的把柄。」

「那表示我得跟你說話，」安德斯用他那種聽起來蠻不在乎，卻話中帶刺的態度說道，「這比死還慘，這點你放心好了。」

「哎呀，看來我得去我那堆遺產旁邊大哭一場了。」葛蕾琴回應道。馬可尼隨即在她手臂上輕彈了一下，葛蕾琴做出一個「幹嘛」的嘴型，馬可尼則回以嚴肅的眼神。「好吧，回到羅雯的話題。我出生後，她是不是立刻就把我送給別人了？我記得她是在我兩歲時才離開波士頓。」

「她可能沒有離開這座城市，但她在你出生後從未抱過你，」安德斯說，他明顯是故意說這些話來傷害她。「接著她用了那兩年時間來酗酒、吸毒，甚至可能涉及殺人。」

基因幫忙裝膛，成長環境則是扣動扳機的那隻手，這是她常說的一句話。也許安德斯不是殺手，但他絕對不是個善良的人，如果羅雯真的像他描述的那樣惡毒，葛蕾琴開始覺得自己很幸運，至少她在反社會人格譜系中處於相對低點。「你沒試圖阻止她？」

「我後來才知道她的行徑，」安德斯說，他的態度聽起來很厭煩，沒有辯解的成分。「信不信由你，我不在乎，但我直到她一九九三年回到波士頓，才真正意識到她可怕到什麼程度。」他停頓一下，「曾有段時間，我真的以為是你那個警察殺了她。」

「我那個警察？」葛蕾琴問，但她知道他指的是誰。

「蕭內西警探，」安德斯說，「他對羅雯非常積極，他以為我是連環殺手，我則認為他是個瘋狂的跟蹤狂，在八零年代就殺了她，結果她只是逃走。幸好我在報失蹤人口之前先發現到這一點，想想那會給家族帶來多大的難堪。」

葛蕾琴的頭痛從後腦開始劇烈發作，她閉上雙眼。「你不覺得這些與羅雯的謀殺案調查有關嗎？」

「這世界上多的是巧合，」安德斯的語氣中帶有一種滿不在乎的感覺，彷彿在電話另一端聳了聳肩，彷彿這一切並未定義她過去的生活。「很明顯你就是兇手，為何要翻舊帳？這起謀殺案還順便解決了羅雯的問題。」

如果這場對話是面對面進行的，葛蕾琴確定自己早就拿尖銳物品攻擊他了，如果她當時帶著大包包的話，可能會使用她的剪刀。「那到底是誰殺了羅雯？」

「你真煩人，葛蕾琴，」安德斯緩慢地說，「就是你。」

「我受夠了，有人在隱藏基本的事實，還告訴我答案顯而易見。」葛蕾琴的回應犀利如鞭，「這麼多線索，你還認為是我？」

他沒有立刻回應，她繼續追問，「你是精神科醫生，解釋一下，你怎麼會認為我——一個從未表現出那種暴力層級的人——行為會突然升級。」

「你一直很任性。」安德斯回答。

「任性不會讓人成為殺手，」葛蕾琴反駁，「以你的程度，不該說出這麼不聰明的理由。」

「你討厭她，」安德斯的聲音愈來愈堅定，「她從你身上搶走所有人的注意力，她回到家裡的時間點正是觸發你的起點，三個月的怨恨累積，你在我出差時趁機行動。」

「我當時才八歲，」葛蕾琴話語中充滿諷刺，「我連鞋帶都繫不好，更別提『趁機行動』了。」

又是一段更長的沉默，葛蕾琴察覺到有機可趁，「到底是誰殺了羅雯？」

「你。」聲音更加微弱。

馬可尼的視線緊鎖在葛蕾琴臉上。

「誰殺了羅雯？」葛蕾琴再度提問。

「你。」他的堅定中帶著些許顫抖。

「該死。」葛蕾琴幾乎要把手機扔出去，離真相已經非常接近。

「誰。殺了。羅雯？」

一片寂靜，但她依然能聽見他的呼吸。「你問錯問題了。」

終於，葛蕾琴閉上眼睛，拿著手機的手微微垂下。「那什麼是對的問題？」

答案降臨時太明顯，葛蕾琴恨自己之前竟然沒有想到。「誰知道怪罪在你身上會這麼這麼容易？」

但這答案依然不太對，因為安德斯不是笨蛋，他是個天生的心理學家，充滿了好奇心。

葛蕾琴閉上眼睛，她沒有說出口，但心中真正的問題是，*為什麼安德斯這麼容易就直接怪罪於她，而不去追究真正的凶手？*

葛蕾琴想要退後從遠處看清楚整體情況，但這案件的藤蔓彷彿纏繞著她，將她拉入更深的境地，就算她想要保持客觀也無能為力。

她掛斷了電話，沒有再說其他話，迎向馬可尼那充滿疑問的眼神。

「現在該去跟塔碧莎談談了。」

第四十一章——蕭內西

一九九三年

五年前，安德斯曾試圖說服蕭內西，告訴他自己瘋了，是個不肯認罪的殺手，自那以後，蕭內西才意識到羅雯一直在玩弄他的事實，她把他當成一個好玩的玩具在操弄。

他只能猜測，但他認為羅雯可能也在玩弄安德斯，而蕭內西的執著本性則不幸證實了羅雯的片面之詞，關於他倆之間的種種，她對安德斯說的可能是另一套故事。

蕭內西每次開車經過懷特家時，羅雯是否曾指認出來？她是否曾對安德斯說蕭內西變得固執且危險？她有沒有告訴安德斯，如果不安撫蕭內西，他的執念可能升級為暴力行為？

五年前那個下午，蕭內西仔細閱讀了關於懷特家族的筆記，每一則對話片段都透露出羅雯是如何透過各種方式，塑造她在他心目中的形象。他流下了眼淚。她從來不會直截了當地表達恐懼，即使被直接問到，也會假裝否認，但仍要明確裝出很害怕的樣子。蕭內西哭了，隨後喝掉唐娜冰箱中半瓶廉價的伏特加，他是如此絕望，想不透自己的人生為何會因為一次遭遇而天翻地覆，那時他不過是個懵懂少年。

蕭內西喝得酩酊大醉，他終於承認這並不是羅雯的錯，他自己也是共犯，他幻想自己是一個拯救落難少女的英雄，把自己描繪成騎士，結果卻扮演了反派角色。他之所以被她操弄，完全是因為他本能中原本就存在這種傾向。

他最渴望的是被需要，成為一名好警察，得到讚賞和認可。也許她給了他這樣的誘餌，但心甘情願上鉤的是他自己。

於是蕭內西哭了，他喝到失去意識，重新把一切資料塞回那個該死的箱子裡，推到儲物架上，讓它繼續積灰塵，因為本來就該如此。

他再次向自己承諾，別去想懷特家的事。

他再次相信自己能夠遵守這個承諾。

而他也的確做到了，整整五年。

但後來塔碧莎．克羅斯卻打電話給他，驚慌失措，連話都快要說不清楚，她提到姊姊的謀殺案，一個試圖傷害她的男人，還有她尋找真相的調查任務。

他唯一的反應是拒絕。不，不要再來一次。天啊，別再來了。他太脆弱了，無法承受這樣的誘惑。

但這就是他的本性。蕭內西從舊檔案中查出塔碧莎的地址，開車到了那個社區，將車停在街道盡頭，準備觀察任何可疑的車輛，他要找這個名叫「卡爾．哈特」的人，他顯然讓塔碧莎害怕到不得不向蕭內西求助。

但他不會再深入介入，這次不會了。

不，他會確保塔碧莎安全無虞，然後就到此為止。

蕭內西彷彿聽見父親說的話，父親總是相信他能成為出色的警探，儘管其他人對此嗤之以鼻。當個好人，這是最重要的，比當一個好警察更重要，你要先當個好人。

這說法聽起來如此簡單，然而生活並不簡單，謀殺案也不簡單，善惡也不是非黑即白。

他一直認為自己是個好人，是的，他犯過的錯不少，但每一天到頭來，他努力幫助他人，努力讓這個世界變得更美好、更安全。

但這就是所謂的好人嗎？他不再確定，他開始懷疑自己是否還在乎。

所有女孩終將逝去，擁有道德觀又有什麼好處？

當壞人猖獗，蕭內西當個好人對這個世界有什麼好處？

立足於高道德標準，是否就能與邪惡抗爭？

或者你必須降低標準，讓自己深陷淤泥，與那些壞人一起同流合污？

當蕭內西看到燈光在可能是塔碧莎的房間裡亮起，他覺得自己可能已經找到了答案。

高處不勝寒，道德的高地適合那些沒有日日遭受陰影纏身的人。

經過這麼多年，蕭內西認為偶爾不當好人也無妨。

第四十二章 ——葛蕾琴——

現在

弗瑞德終於查到地址，開門那一刻出現的這名女性，顯然已被生活的重擔壓得筋疲力盡。塔碧莎．克羅斯只比葛蕾琴大了十幾歲，但她的外表輕易就會讓人誤認她已經六十好幾。然而看到她現在的樣子，葛蕾琴模糊的久遠記憶被喚醒，她知道他們找對了地址。

「我一直在等你來。」塔碧莎看到葛蕾琴時說道。

「你還記得我？」葛蕾琴問，一邊走進昏暗的屋子。天色已近黃昏，但室內沒有開燈，窗戶也很小。從塔碧莎的打扮來看——運動褲、沾了污漬的襯衫、不成對的襪子——葛蕾琴以為屋內會堆滿舊報紙、空的外賣盒和角落的雜物，然而一切卻都井然有序，物品各就各位。

但這裡的氛圍中卻有些不尋常，彷彿這棟屋子被凍結在時間之中，塔碧莎彷彿與這一切格格不入。葛蕾琴偵辦一些涉及孩童死亡的案件時，也曾見過類似的情景。

「很難忘得了你。」塔碧莎說，一邊示意她們坐到沙發上。

「你說你在等我來？」葛蕾琴擱置其他問題，選擇追問這句話。

「我已經等你將近三十年了。」塔碧莎微笑著說。

既然如此，葛蕾琴就不拐彎抹角了。「你為什麼從未告訴任何人你那天晚上在場？」

塔碧莎看了馬可尼一眼，馬可尼還沒有向這位女士透露自己的身分，葛蕾琴猜想她是故意為之。在一般狀況下，馬可尼進門時需要展示自己的警徽，但在這種情況下，葛蕾琴感覺此舉反而會讓她們被趕出去。

「她不重要，」葛蕾琴插嘴說，「她只是我的私人助理。」

馬可尼在她身旁沒有動彈，但葛蕾琴知道如果可以的話，她一定會翻白眼。

塔碧莎嘆了口氣，把頭髮往後一紮，用手腕上的天鵝絨髮圈固定成馬尾。「你知道珍妮佛的事嗎？」

「知道，」葛蕾琴確認道，「這是你來我家工作的原因嗎？」

塔碧莎點點頭，疲憊地低下頭，然後她站了起來，沒有示意她們跟上，但隨著她走向走廊，她的命令已經很明顯。她們跟在她後面，停在一扇闔上的門前，塔碧莎遲疑一下，手掌平放在木門上，然後走進了房間。

從房子的其他空間看來，這個房間正如葛蕾琴猜測的那樣，仍然維持珍妮佛去世那年的狀態，這不是一座神壇，也不是紀念場所；而是一個超脫於數十年時空的空間，是一個十七歲女孩的房間。

「我那時候還很年輕。」塔碧莎說，彷彿剛才沒有那五分鐘的沉默。

「你認為安德斯．懷特該對珍妮佛的死負責嗎？」葛蕾琴引導談話。

「我認為這是一種可能性。」接著塔碧莎帶著一絲奇怪的微笑繼續說道，「正如我所說，我那時真的很年輕。」

「什麼事情讓你改變了看法？」

塔碧莎的臉上閃過一絲情緒，隨即被無情壓抑了下來，她面無表情地說，「我意識到自己只是在白費工夫，我需要繼續過生活。」

葛蕾琴對塔碧莎這種避重就輕的回答皺起眉頭，但那一瞬間透露的情緒已經消失無蹤。

「你能告訴我們羅雯．懷特去世那晚發生了什麼事嗎？」馬可尼插嘴問道，她的語氣平和而不具威脅性。

塔碧莎肩膀無力地垂落，嘴唇扭曲，透露出她的無奈。「我在晚上八點左右讓葛蕾琴上床睡覺，這是她的正常睡覺時間，芭杜端了一杯紅酒進書房看書，芙蘭會自己照顧自己。」

「我一直待在自己房間裡，後來決定下樓去喝點水。」塔碧莎繼續說，「我沒看到屋裡有其他人，我以為芙蘭和你」——她驚訝的目光定在葛蕾琴身上——「都已經睡了，不過羅雯的房門敞開，我看到床上的血跡後開始尖叫，你母親上來，看到你在房間裡拿著刀，然後她便跑下樓去報警，警察大約十分鐘後到達。」

這番事件的描述聽起來像是經過排練，但葛蕾琴猜想這個女人一定在她的噩夢中一遍遍地重現過這些時刻，情節很可能已經深深烙印在她的腦海中。

「那十分鐘內發生了什麼事？」馬可尼問道。

塔碧莎短暫地眨了眨眼，似乎對這個問題感到困惑。「呃，沒什麼事？葛蕾琴就站在那裡，我太害怕了，不敢進房間。」

「你認為她會傷害你嗎？」

「我不知道，」塔碧莎小聲地說，她的眼神閃避著葛蕾琴，彷彿是因為承認自己無法招架一個小孩而感到難堪，葛蕾琴認為她應該為此感到羞愧。

「在這整整十分鐘裡，你就站在門口？」馬可尼繼續追問，「你一直在觀察現場嗎？」

塔碧莎開始啃咬自己拇指旁的皮。「是的，我想是，記憶有點模糊。」

馬可尼點點頭，與葛蕾琴交換了一個眼神。

「在你發現羅雯之前有聽到什麼嗎？」葛蕾琴接著問。

塔碧莎臉色一紅，搖搖頭說，「我當時在聽隨身聽。」

「那天晚上有沒有發生什麼不尋常的事？」馬可尼插話問，「可能是在大家都去睡覺之前？」

她搖頭否認。

「警察來了之後，是誰負責審問你？」馬可尼插嘴問。

「我不記得警察的名字了。」

這是第一個明顯的謊言，蕭內西曾毫不遲疑地承認自己在羅雯遇害前就已經知道塔碧莎・克羅斯是誰了。

葛蕾琴和馬可尼交換了一個眼神，馬可尼略微聳聳肩，表示接下來的策略取決於葛蕾琴。

葛蕾琴咬著自己的臉頰內側，在心中快速評估過各種可能情況後，選擇直球對決的方式。

「但你在那晚之前就已經認識派崔克・蕭內西警探了對吧。」

塔碧莎移開視線。「嗯，你說得對，不過我當時真的受到很大的驚嚇，我不太記得……」

不需要天賦異稟就看得出來塔碧莎沒有完全說實話——也不難看出說謊讓她感到非常不自在，所以葛蕾琴決定施加更多壓力，看看她是否會崩潰。身為一個反社會者不投下一兩顆炸彈，不是浪費自己的天賦了嗎？「你和蕭內西一起策劃謀殺羅雯嗎？」

「什麼？」塔碧莎驚訝地瞪大眼睛，她的呼吸如被拳頭擊中般急促，雙臂環抱自身，這是一個典型的防禦姿勢。

「你聽得很清楚，」葛蕾琴說，她靠近了一些，使塔碧莎感受到隱微的威嚇。

塔碧莎搖搖頭，目光看著葛蕾琴和馬可尼站立位置之外的地毯。「這說法太瘋狂了。」

「我向你保證，這不瘋狂。」葛蕾琴慢悠悠地說。

「策……策劃謀殺她？我們沒有做這種事。」塔碧莎的臉色變得蒼白，眼眶含淚。葛蕾琴猜她無法再承受了，然而她並沒有生氣或者覺得自己受到了侮辱，儘管她說的話可能會讓人這麼聯想，但她的肢體語言和語氣傳達的並不是這樣的情緒。

這不是被誣陷的人通常會有的反應。

當然總有例外情況，但當所有反應都指向內疚的情緒時，尋找例外似乎沒有必要了。

「那你做了什麼，塔碧莎？」

她搖搖頭。「只是做了我該做的事。」

第四十三章——塔碧

一九九三年

塔碧偶爾會帶著葛蕾琴出門辦事，因為她無法忘記卡爾的手緊緊勒住她喉嚨時那種絕望的窒息感，這種恐懼可能會纏繞她直到她死去。

但帶著葛蕾琴是她的安全措施，當她帶著一個小孩，卡爾不太可能接近她。當然，這樣做的缺點是需要照顧葛蕾琴。

「你覺得屠夫喜歡殺豬嗎？」葛蕾琴此刻問道，她的臉貼在肉品展示櫃的玻璃上，目不轉睛地看著一個完整的豬頭。

塔碧已經習慣了這類問題，她簡單地回答了一個「不」，然後向屠夫買肉，屠夫一邊看著葛蕾琴，臉上露出擔憂的神色。

塔碧嘆了口氣，希望葛蕾琴能夠至少表現得像個正常孩子，她不確定這是否只是一個過渡期，也不確定葛蕾琴是否能夠融入社會。葛蕾琴的一生將會是漫長且艱難，肯定也會非常孤獨。孩子們對她避而遠之，成年人則帶著擔憂的眼神看待她，還不至於是恐懼，但這是一種人類識別到對方身上帶有一種陌生的暴力本性，然後與之保持距離的冷漠。這或許不公平，但卻是現實。

塔碧沉浸在沉重的思緒中，起初沒有注意到葛蕾琴在拉扯她的外套下襬，當塔碧抬起眉毛詢問時，葛蕾琴示意她低頭到她的耳朵旁。

「有人在跟蹤妳。」葛蕾琴小聲說。

塔碧立刻警覺起來，迅速掃視四周，她沒有看到任何人，當然也沒有看到卡爾。

她彎下腰問，「誰？」

葛蕾琴露出一個大大的笑容，彷彿在展示她的尖牙。「他現在走了，」停頓一下，「你覺得他想殺你嗎？」

塔碧閉上眼睛，喚起深藏於恐懼之下的耐性。「是的，寶貝，我認為是。」

第四十四章
——葛蕾琴——

現在

那些內心埋藏著不可告人之事、且這些祕密足以送他們去坐牢的人，往往比無辜者更瞭解自己的法律權利。

塔碧莎．克羅斯迅速把葛蕾琴和馬可尼送至門口，要她們找她的律師談，葛蕾琴敢打賭，這位律師根本不存在。不過，這的確是一個有效的送客策略，尤其是當這句話伴隨著關門聲。

「剛剛的供述，足以讓法官認為這個案子別有疑點嗎？」葛蕾琴問道，語氣中帶著戲謔，但又不是開玩笑。馬可尼正處於道德的灰色地帶，但這僅限在情非得已的狀況下，一般說來，她會盡可能遵守規則行事。

「那根本不算實質的線索，你也知道。」馬可尼說著滑入保時捷的副駕駛座。

葛蕾琴用拇指按按眼睛。

她知道自己漏掉了某些跡象，某些重要的證據，她就快想出是什麼了，但她太過投入，她的恐懼、驚慌和憤怒滲透進調查的每個角落，覆蓋了她原本冷靜的推理和邏輯。

葛蕾琴可能不太能理解他人的感受，但這不代表她自己沒有感情，她的情感有時難以觸及，模糊難辨，但她和其他人一樣沒辦法逃避自己的情感。

馬可尼沒有逼她說話，葛蕾琴抓住了這一刻。

就在那裡，近在咫尺。

保持客觀。

塔碧莎的回答有點不太對勁，或者……不，應該說是相反，她的回答太過完美了。

「她針對那晚的陳述，聽起來有印象嗎？」葛蕾琴問，一個想法在她的思維邊緣逐漸清晰。

「嗯，」馬可尼說，瞇著眼睛看擋風玻璃，葛蕾琴知道她其實什麼也沒看到。「和芭杜的說法很吻合。」

「這很奇怪，我覺得，」葛蕾琴慢慢地說，彷彿害怕驚動心中逐漸成形的推論。「你想想，大家老是提醒我們那已經是很久以前的事了。」

「將近三十年前，」馬可尼說，嘴角輕輕抽動。「我有好幾個小時沒聽到這句話了呢。」

芭杜用這個藉口來逃避問題，此舉雖然讓葛蕾琴感到惱火，但她並沒有說錯，即使是那些因創傷而深刻烙印在記憶中的經歷，要記住三十年前的細節也是極為困難，即使是在犯罪事件發生後幾天詢問證人，也可能得到截然不同的供述。

但塔碧莎卻沒有一絲遲疑。

「塔碧莎和芭杜排練過那個晚上的描述，」葛蕾琴說，「而且說法完全相符，這讓你聯想到什麼？」

她們都有豐富的偵訊經驗，知道這代表什麼。

「共犯串供。」馬可尼說道，「或許塔碧真的在蕭內西抵達之前就離開現場了。」

「但她剛才提到自己接受過警方訊問。」葛蕾琴緩緩地說，試圖尋找理論中的漏洞。

「也許她說謊，」馬可尼指出，「這也可以解釋蕭內西為何堅稱是你幹的，芭杜可能捏造供詞，謊稱塔碧莎那晚不在場之類的。」

但葛蕾琴搖了搖頭。「他知道她在那裡工作，就算芭杜捏造她不在場的謊言，蕭內西也會在報告中提到這一點。我看過他以前偵辦過的案件檔案，他不會疏忽這種事。」她稍作停頓，如果要解釋她完美的供述還有證人失蹤的事實，唯一的推論是芭杜、塔碧莎和蕭內西一起串通隱瞞了某事。「萬一……」

葛蕾琴沒有說完，但馬可尼總能證明自己跟得上她的思路。

「萬一他們都牽涉其中呢？」馬可尼提出，嘴角露出嚴峻的表情。

「但為什麼？」葛蕾琴問，一邊盯著房子，某扇窗簾微微抽動了一下。

馬可尼只是搖搖頭。「如果他們的陰謀曾留下證據，現在也早已消失。」

「對，除非我們不需要證據，對吧？」葛蕾琴說著轉動鑰匙，啟動保時捷。「只要有人供認就好。」

第四十五章 ——蕭內西

一九九三年

蕭內西的上一位搭檔不久前申請調往佛羅里達，因此蕭內西暫時配得一位年輕警員來協助處理案件，直至找到適合的長期搭檔。

這位年輕警員——叫尼克什麼的——滿腹熱忱，眼睛閃閃發光。每次他分配到任務時，蕭內西彷彿能看見他高興地搖起尾巴。

不過這次尼克一貫的微笑有所動搖。「你說你要我做什麼？」

蕭內西努力尋找耐心。「到檔案室去，幫我把珍妮佛·克羅斯的檔案拿來，那是一宗八零年代的懸案，我已經預先通知他們你會過去。」

尼克改變身體的姿勢，手指交纏在一起。如果連基本的反應都隱藏不了，他的警察生涯走不遠，蕭內西靜靜等待他回應。

「好的。」他最終咕噥道，眼睛盯著地面，彷彿希望地面能夠裂開並吞噬他，尼克沒有再抗議，快步離開了。蕭內西目送他離開後，走向咖啡機旁的櫃台。

「你又把人嚇跑了？」博伊一邊倒咖啡一邊問道，嘴角帶著一絲笑意。

「那小子？」近年來蕭內西對同事的揶揄已經能夠處之泰然，這種玩笑也漸漸少了，但博伊一直保持這種風格——鑑於他們的關係已經發展成像朋友一樣，蕭內西發現自己常常也會開玩笑回敬。「連自己的影子都怕。」

博伊低笑道，「嘿，恭喜高升啊。」

蕭內西略顯尷尬地低下頭，對於自己如此雀躍感到有些不好意思，晉升到重案組花了比他預期更長的時間——在那些心情最低落的夜晚，他甚至懷疑過是否有人在暗中搞鬼——但這一切都值得了。「謝了，現在就差一個案子了。」

「你沒在辦什麼案子吧？」博伊問，目光投向尼克剛才離開的門。

「沒啦。」蕭內西試圖保持冷靜，他不希望因為過去的執著再次引起新的謠言，形象黑了就很難洗白，他不願意帶著陰影進入重案組。「只是在確認一起懸案。」

博伊四處張望後壓低了聲音，「噢，真的嗎？希望不是又在追查安德斯．懷特的事情。」

博伊當然還記得那件事，天啊，蕭內西以為相關人士早已忘記了。他一口喝下過熱的咖啡，臉色一僵。「不是，我已經學乖了。」

「他總有一天會露出馬腳，」博伊安慰他，拍拍他的肩膀。「到時候，你就會及時出現把他逮住。」

他帶著戲謔的態度輕推了蕭內西一下，笑容依然掛在臉上，本來靠在櫃檯上的他突然恢復站姿，同時低聲說，「回來了。」

「很抱歉，」尼克回來了，雙手仍然緊緊交握，手指關節因緊張而發白。「你要的那份檔案？珍妮佛．克羅斯的調查檔案，不在那裡。」

「什麼？」蕭內西問道，他想也想不到竟會有這種事。

尼克只是搖搖頭，眼睛睜得大大的，嘴巴張了又合，但什麼也沒說出來。蕭內西清清嗓子後，尼克的臉變得通紅。「檔案室說沒有那份檔案。」

「好吧，不是你的錯，小子。」蕭內西拍拍他的肩膀，正如博伊過去對他做的那樣，但尼克卻瞬間躲開。他強忍著不嘆氣，他難道以為自己會因此被揍嗎？

「沒事吧？」蕭內西仔細觀察他，尼克的表現不像只是懊惱自己沒把事情辦妥。

「沒事，是的。」他閉上眼睛，深吸了一口氣。「是的，一切都很好，需要我追查那份遺失的檔案嗎？」

「不必了。」蕭內西嘆了口氣。「我會填個單子，謝謝你，小子。」

尼克差點在瓷磚地板上滑倒，急匆匆地想要遠離他。

蕭內西再次目送他離開，清楚記得這種怪異的行徑可能會像膠水一樣黏在一個菜鳥身上好幾年。

他不打算告訴尼克，他早就自行複製了一份珍妮佛．克羅斯的檔案，幾年前一次情緒崩潰後，他就將檔案內容轉移到南波士頓郊區一家自助倉庫了，他本希望取得正本可以免去親自前往那裡的麻煩，但現在他很慶幸自己留下了那份副本。

他想，有時候執著也有好處，對他來說，總有備案。

第四十六章　葛蕾琴

現在

馬可尼看出她們正開往蕭內西的公寓，她挑起眉毛問道，「不去找芭杜？」

葛蕾琴在路邊停下車，搖了搖頭。「她不會屈服的，至少現在不會。」

「但他會崩潰？」

「他會，」葛蕾琴確認道，她試圖表現出自信，但其實只是逞強。「你有帶槍嗎？」

馬可尼緊鎖下巴，想到他們即將面對的人，她遲疑了一下，她過去不會猶豫這麼久。「帶了。」

第四十七章 —— 塔碧

一九九三年

安德斯不在時，聯排別墅顯得格外安靜。

羅雯幾小時前就鎖在自己的房間裡，拒絕加入晚餐。

芭杜回到書房，連看都沒看塔碧一眼。

葛蕾琴已經上床睡覺，塔碧看著芙蘭在街燈下穿行，看來是要偷偷溜出去找某個最近讓她神魂顛倒的男孩私會，塔碧思考是否要重設保全系統——從外面進入需要另一組密碼，這正是芭杜沒有給女兒們密碼的原因，但這樣做似乎太過分了。

塔碧的青春時代也許沒有偷偷溜出去跟男生接吻的經歷，但這不表示她想阻止其他人享受這個儀式。

塔碧伸展了一下身體，揉揉這幾天來一直緊繃的肩膀．她甚至不覺得自己可以自由離開這棟房子，總感覺卡爾在她身後伺機而動。

她考慮偷偷下去酒窖再拿一瓶酒，但想起父親躺在沙發上昏睡的樣子，她忍住了這個念頭。

塔碧沒打開燈，沿著後樓梯悄悄走到廚房，拿出一個馬克杯，倒了滿滿一杯水。

把水杯放進微波爐後，塔碧靠在檯面上，眼神迷離地透過窗戶凝望黑暗中的花園。

窗外有什麼東西動了一下。

塔碧驚訝地後退了一步，即使她讓自己保持完全不動，心跳仍在耳邊急促響起。

仔細聽。呼吸。

什麼都沒有。

微波爐的嗶嗶聲使她再次向後一跌，這次她對自己莞爾一笑，不知道該如何處理流經血管的腎上腺素。

她從經驗中知道這種感覺很快就會消散，當她意識到根本沒有威脅存在時，那種心情的大起大落會比目前這種浮躁又黏膩的狀態更令人難以忍受。

走廊上的門發出咔嚓一聲，但塔碧無視，她小心地端起杯子，注意別燙到指尖。

芭杜鍾愛好茶，塔碧從抽屜中拿出精美的茶盒，像查閱卡片目錄一樣選擇茶包。

其中一個茶包寫著可以放鬆身心，塔碧笑了。「試試無妨。」她自言自語，聲音略顯沙啞。

她剛將茶包放入水中，一隻手從背後環繞住她的喉嚨。

她的杯子在黑暗的空間裡碎裂一地，成為那一刻唯一的聲響。

塔碧再也無法尖叫。

第四十八章——葛蕾琴

現在

蕭內西手邊緊握著一杯酒，指尖無力地懸著，他打開了門。

「我們知道真相了。」葛蕾琴虛張聲勢，臉上沒有任何心虛。

他對此露出一絲微笑，葛蕾琴意識到他的表情在最近幾個月變得異常僵硬，自葛蕾琴開始失控以來。

內疚會讓一個人變成這樣。

「不，你不知道。」他說，但他退後一步，讓門敞開。他穿越房間——可以明顯看出他走路搖搖晃晃——走到窗邊的椅子上坐下。幾個小時前她還坐在那個位置，現在卻看不出任何痕跡。

桌子上放著一把槍，這是一個明顯的誘餌。

馬可尼也注意到那把槍，葛蕾琴可以從她調整姿勢的方式看出來，她已經準備好隨時衝過去拿那把槍。

不知為何，葛蕾琴不認為事態會發展到那一步。

「我知道殺害羅雯的凶手不是我。」

蕭內西把杯中剩餘的蘇格蘭威士忌一飲而盡，然後又幫自己倒了一杯。「你什麼都不知道。」

葛蕾琴毫不猶豫地走過去，坐在另一把椅子上，馬可尼努力不表露情緒，但葛蕾琴能看出她臉上的盤算：她是該擋在葛蕾琴與槍之間，還是蕭內西與槍之間？怎樣才能盡可能避免流血事件？

葛蕾琴無視於她，只是向前傾身，手肘支在膝上，下巴托在手上。「那就跟我說。」

第四十九章

葛蕾琴

一九九三年

蕭內西凝視著手中珍妮佛·克羅斯的案件檔案副本，得出一個令人震驚的結論，這是他十年前未曾意識到的事實。

這個案件早該偵破了。

一種像是內疚的不安感侵蝕著他的胃，如燃燒般向上蔓延到食道，因為他發現——這起案件未能偵破，部分的原因是出自他。

警方有既定的程序需要遵循，但警探在珍妮佛失蹤時未能找到任何線索，在她的屍體被發現後，他們再次未能取得進展。

由於警方的無能，這個案子逐漸乏人問津，但之所以成為懸案，是因為他的緣故。

因為他堅持認為此案與安德斯·懷特有關，讓菲茨動用所有權力壓下調查，只為了不要引起敏感風波，而珍妮佛·克羅斯則成了無辜的受害者。

隨著鑑識技術逐漸發展，過去五年左右的時間，部門會指派警探來重新偵辦這類停滯的案件，珍妮佛的案件曾是一宗引起全國關注的謀殺案，本應是重點案件之一，卻沒人敢接手。

他把手掌壓在眼睛上，用力到讓眼前出現斑點。他成年後的生活，有很大一部分都讓他感到悔不當初。

萬一是羅雯殺了珍妮呢？幾週前，塔碧莎曾提出這個問題。

如果是羅雯所為，過程一定有所疏漏，找到證據就足以證明她的罪行，當年她才十七歲，這案件可能是她的初犯。

她肯定有些疏忽，只是他們忽略了。

他看了時鐘一眼，這幾天唐娜在她姊姊那裡過夜的頻率愈來愈頻繁，如果她今晚不回家，他也不會感到驚訝，該死，如果在樓梯頂端發現離婚協議書，他也不會驚訝。

他再次拿起檔案。

閱讀塔碧的證詞，再一遍，一遍又一遍，試圖找出其中不太對勁的地方。

她曾看見她姊姊跟一個男人交談。

這描述很籠統，但卻是個不爭的事實。

但是……

警探從未找人像素描師合作。

也許他們認為她的描述太籠統，對案件沒有幫助，尤其是她當時年紀還小，但蕭內西很清楚在那個時代，嫌犯素描曾經非常流行——每個人都搶著要求製作一份。

蕭內西再次翻閱檔案，現在他知道自己的目標是什麼了，他的手指落在一行文字上，這行字躲在其他註記當中，非常容易忽略。

申請遭拒。

蕭內西盯著那些字時，周圍的空氣似乎變得更加稀薄。

他猛然將檔案摔在桌上，幾乎要把驗屍報告的頁面撕破。

那些割傷。

他一直無法理解那些割傷的含義。

直到看見一個關鍵詞，他才恍然大悟。

割傷是死後造成。

第五十章　葛蕾琴

現在

「你為什麼不能讓真相繼續埋藏？」蕭內西含糊地說出，雖然葛蕾琴懷疑這也是一場表演。

「你為什麼不能說出真相？」她反駁。

「我說了。」蕭內西的聲音幾乎聽不見，他的下巴低垂到胸前。葛蕾琴看著那把槍，想知道這把槍是否能喚醒他的昏迷狀態，但當她再次抬頭看時，他的目光緊緊鎖定在她臉上。「有時候你只能做自己認為對的事。」

「誰說你是道德宇宙的中心了？」葛蕾琴問，她的血液中滲透著苦澀，苦到她彷彿能嘗到那種黑色甘草糖的味道。

蕭內西笑了，那是一種空洞、悲傷且老邁的笑聲。「根本沒有人。」

第五十一章

塔碧

一九九三年

心跳劇烈。

心跳在她的頭顱中震動，在她的胸口迴響，在她的手掌中震動。

有隻手臂纏繞在塔碧的喉嚨上，她的指甲深深刺入那隻手臂。

鮮血。

但不夠多，僅足以讓攻擊者咒罵一聲，揮了揮手並加重力道。

他手中的某個物體在光線中閃閃發光。

是一把刀。

黑暗似乎在呼喚著她。

她必須抵抗。

必須……

必須……

她的身體表現得軟弱而順從，彷彿已失去知覺，他承擔了她全身的重量，呻吟了一聲。

塔碧的每一個細胞、每一個部位都在向她尖叫要掙扎，但她清楚，她知道，這是最好——也是唯一——的辦法。

為了適應她全身壓下的重量，攻擊者調整擒拿的姿勢。

趁現在。

塔碧猛然用肘部擊中他的胸骨，接著用力踩在他的腳背上，由於她赤腳，並沒有造成太大的傷害，但這兩次攻擊都使那人的手臂進一步放鬆。

這讓她逮到機會低下頭，保護自己的脖子，並利用牙齒攻擊。

她毫不猶豫、毫無罪惡感地將牙齒深深咬進他的肉中。

廚房中異常的寧靜被一聲嚎叫聲打破，手中握著刀的那隻手纏進她的頭髮中，將她的頭猛然向後拉，此時塔碧突然浮現一種奇怪又似曾相識的感受，在另一個時間，另一個地點，當他在愉悅中呻吟時，同樣的手指也曾這樣拉扯她的頭髮。

是卡爾。自以為是神探南希，就只有死路一條。

她的肺中沒有足夠的空氣來尖叫，她嘗試尖叫但聲音脆弱且破碎。

聲音，她必須發出聲音，這個房子裡不是只有她一人。

她試圖脫身的嘗試是如此不堪一擊，卡爾恢復過來，刀尖在塔碧的喉嚨上劃過，耳邊傳來冷漠的聲音，「乖乖聽話，我就不讓你死得太痛苦。」

如果可以的話，她會嘲笑這句話，他的意思是：讓我簡單一點了結，我就會快點殺了你。

塔碧這一生大部分的時間都在追求遺忘、追求痛苦，還有隨之而來的麻木，珍妮的死成為吞噬她求生意志的陰影，但塔碧還不想死。

她不想死。

此時不該是人生頓悟的時刻，但確實是，她不僅想活下去為姊姊報仇；她想活下去，只是因為她想活著。

卡爾拉扯她的頭髮，讓她的注意力重新集中在他身上。

他的目的是什麼？在這裡結束她的生命？還是試圖讓她安靜地跟他走？她意識到他等安德斯不在家時才採取行動，她依稀記得芙蘭偷偷溜出去，沒有啟動保全系統。

這不是一次衝動攻擊。

唯一能破壞他謀殺計畫的方式，就是拚命抵抗。

她一想到反擊策略，馬上就伸手到背後，用指甲劃過他的臉，另一隻手的拇指尋找他眼睛的柔軟部位。

她的腿不是向後踢，而是向外踢，逼使他在抵擋她手臂時再次承受她全身的重量。

差不多了……只要逼他再後退兩步。

她的前臂被刀劃傷，因而感到一陣疼痛，無論他是故意與否都不重要了，她流出的血讓他握刀的手變得滑膩，力度也減弱。

再一步。

她大叫一聲，不是因為痛，而是因為她猜對了故意大叫會讓他再次用手臂勒住她的喉嚨，這讓刀子暫時脫離了危險區域。

到了。

塔碧聚集自己僅剩的所有力量，感覺到他的身體在她背後繃緊，準備進行另一次攻擊。

但她沒有順著他的意圖。

而是再次用力踢了一腳，一具擺滿盤子、薄瓷杯、精緻水晶杯和重煎鍋的大型晾乾架就這樣撞到地板上。

整架的物品都碎裂了。

或者說碎的數量夠多，聽起來彷彿所有東西都碎了。

聲音如同巨大的海浪般席捲而來，打在岸邊，轟鳴聲填滿了死寂的空氣。

「賤人。」卡爾嘶聲說，然後徹底放開了她。她的膝蓋甚至沒有支撐的力氣，下一秒她就摔倒在地，玻璃碎片刺進她的皮膚。

然後一個冰冷的聲音響起，「你是誰？在我家做什麼？」

塔碧躲在廚房中島後方，所以看不見芭杜，但她可以想像得到她的神情，威嚴而不容質疑。

卡爾轉向她，將手伸進夾克裡掏出一把槍，塔碧很慶幸自己剛剛不知道他身上有槍。

他把槍瞄準芭杜。

塔碧把拳頭堵進嘴裡，以免自己哭出聲……哭有何用？警告大家嗎？現在已經太遲了，是她自己引狼入室。

她一邊拖著身體越過尖銳的瓷器碎片，一邊慢慢向卡爾靠近。

「該死，」卡爾咒罵道，低頭看了她一眼，塔碧僵住了。「看看你讓我做了什麼好事。」

他的手指在扳機上顫抖，目光再次轉向芭杜，這一次塔碧真的哭了出來，聲音沙啞而絕望，彷彿自己能阻止他一樣。

一聲槍響。

寂靜。

然後卡爾的身體倒在她身旁，眼睛圓睜，嘴巴驚訝地張開，頭顱撞在瓷磚上，彷彿一個被剪斷了線的木偶。

塔碧坐著向後退，遠離卡爾身旁，手掌在身上流出的鮮血中打滑。

下一秒芭杜就站在卡爾身旁，她的槍放在廚房中島上，她看著他的神情，彷彿像在看著一堆令人厭惡的垃圾，不知是被哪個沒水準的人留在她廚房的地板上。

芭杜大聲嘆了口氣，把注意力轉向塔碧。「這就是他？」

塔碧把背靠在爐子上，腿縮到胸前，盡可能蜷縮著身體，她全身顫抖，牙齒因劇烈的顫抖而震動。

她頭部抽動了一下，勉強點了點頭。

芭杜看到塔碧的狀況，撇了撇嘴，然後她彎下腰，毫不猶豫地把手伸進卡爾夾克的口袋裡。不知她掏出什麼東西，但無論是什麼，都讓她皺起眉頭。這是塔碧第一次目睹她面露真實的焦慮。

「振作點，親愛的，」芭杜說著將那個東西扔給塔碧。那不是錢包，而是一個皮革夾子。「這一夜還很漫長。」

塔碧的手指顫抖地伸向那個物品，她的身體在大腦反應過來之前似乎就已經知道這是什麼。皮面因放在卡爾胸前而隱隱透出溫度。

塔碧把東西放在大腿上，用拇指輕輕撫摸著金色徽章上凸起的字母。

卡爾．哈特終於有了真名。

波士頓警局的連恩．博伊警探。

第五十二章　蕭內西

一九九三年

殺害珍妮佛．克羅斯的凶手是個警察。

蕭內西一細看，就察覺到調查遭人暗中破壞的那雙隱形之手，表面上沒有明顯的破綻，蕭內西無法指出具體證據來告訴別人說：你看吧。甚至連素描師的申請遭拒，也是來自上級的指令。

但現在蕭內西不只能從檔案中看見這些操作的痕跡。

還有，他自己的名聲，這個陰影一直在他的警察生涯中揮之不去。

還有，某人曾在他身旁煽風點火，才開始了這一切——所以還剩哪裡沒查？森林。

還有，某人曾打了一個無聊的哈欠，漫不經心地說了一句話：我敢打賭十美元，那個變態把她關在地下室裡。

還有，當年警察會打工當保全來貼補微薄的薪水，這情況很普遍，其中也包括每年一度的菲利普斯學院秋季園遊會。

還有，當蕭內西認為有一個連環殺手正在找女孩下手，還會割傷屍體的手臂，兩週後，珍妮佛．克羅斯剛好以同樣的方式死亡。

還有，那些傷口確實是死後刻意造成，而非虐殺的結果。

蕭內西像開啟自動駕駛模式一樣，回到了警局，他的視線邊緣模糊且混亂，只能看到眼前的事物。

蕭內西準時抵達自己的辦公桌前開始值班，坐下來後，他盯著房間另一端那張空蕩蕩的椅子。

證據不夠充分，難以立案。

現場乾乾淨淨，未留下任何目擊證人。

除非……

其實有目擊者。

一個猶豫的聲音打斷了蕭內西的沉思，他這才意識到自己已經坐在那裡幾個小時了，一直在努力剝去多年的欺騙和操控，以及那段不過是幌子的友情，他的目的只是要確保蕭內西永遠不會起疑。

蕭內西抬頭看到尼克在附近徘徊，神情如往常般焦慮又猶豫。

尼克說了些什麼，但蕭內西聽不清楚，因為他的耳朵開始嗡嗡作響。

他回想起尼克當時的模樣就是這樣，雙手緊握，眼睛睜得大大的，滿是驚恐。

尼克因為找不到珍妮佛．克羅斯的檔案而不停道歉。

博伊喝著咖啡，無意間聽到了這一切，得知蕭內西重新對這個案件產生了興趣。

這個案件原本沒有目擊者，除非……

蕭內西忍不住咒罵一聲，一把拿起椅背上的夾克，急速奔出辦公室。

第五十三章　葛蕾琴

現在

「博伊不是連環殺手，也不是精神變態，」蕭內西邊說話邊凝視著窗外，手指上的酒杯搖搖欲墜，「他只是……他只是個壞蛋。」

葛蕾琴看了馬可尼一眼，馬可尼的注意力仍鎖定在槍上，難道她以為蕭內西現在的狀態有辦法參與槍戰？或者馬可尼擔心的是另一種結局。

「蕭內西，」葛蕾琴聲音尖銳，他立刻轉向她，目光看起來竟然非常清醒，「是誰殺了羅雯？」

他笑了。那種高亢而瘋狂的笑聲，就像鋸齒狀的刀片刮過她的皮膚。

「葛蕾琴，」他說著把酒放在槍旁邊，馬可尼繃緊身體，但還沒有採取行動。蕭內西俯身向前，雙手拉住她的手，聲音裡充滿了憐憫，足以讓葛蕾琴隱約聽到馬可尼輕聲說了一句：不要。

「一直都是你。」

葛蕾琴的視線落在那把槍上。

她心中最黑暗的聲音在低語，她應該趁機拿起槍。馬可尼或許喜歡她，但如果蕭內西真的能證明葛蕾琴是凶手，她不會讓她逍遙法外。

可以對馬可尼開槍嗎？

可以。

她搖搖頭。

不可以。

她不確定。

「葛蕾琴。」是馬可尼的聲音，聽起來低沉而平和，沒有絲毫命令的意味，「我們會找到解決辦法的。」

言下之意是：不要做傻事。

她的手指抽動一下，蕭內西又笑了，這次的笑聲既惡劣又得意，彷彿這正是他一心期待，一手策劃。

她突然意識到他已經無法再控制她了，蕭內西一直認為她是個殺人魔，這個成見在她生命中造成很大的威脅，也成為她不會讓自己跨越的那條界限。

現在她只想讓他看看，她就是他認定的那種人，這感覺多麼令人滿足。

「他不配。」馬可尼移動身體，擋在蕭內西前面。這句話只有她和馬可尼懂，葛蕾琴意識到她是故意這麼說，那是葛蕾琴用她的利爪狠狠傷害馬可尼之後對她說的一句話。

葛蕾琴用力吞吞口水，隨後迅速抓起槍，蕭內西臉上露出得意的笑容，就像他是故意把槍放在那裡，彷彿她是順從無聲指令表演的寵物。

「你在說謊。」她說。

「葛蕾琴。」馬可尼再次出聲，這次她的槍指向葛蕾琴頭部，葛蕾琴只是匆匆瞥了她一眼。

「請你在我問出證據後，再對我開槍。」葛蕾琴這句話彷彿一句詼諧的旁白。

「他沒有說謊。」

這句話不是馬可尼說的。

他們三個人都朝著敞開的門看去。

塔碧莎．克羅斯站在公寓門口，她並未因見到真槍而退縮，只是堅定地與葛蕾琴對視，並再次重申，「他沒有說謊。」

第五十四章　塔碧

一九九三年

突如其來的猛烈敲門聲，讓塔碧和芭杜感到一陣驚慌。

塔碧感覺自己彷彿處於極度興奮與極端疲憊之間的不確定狀態，腎上腺素還在她血管中緩緩流動，像是黏稠的泥濘，然而疼痛、恐懼及罪惡感卻逐漸侵蝕這種感覺，把她的內心掏空，只剩下一副空洞的軀殼。

不，空洞的是卡爾——連恩．博伊警探——他還躺在地板上，胸口中槍。

「待在原地。」芭杜命令道，隨即走出房間。

塔碧的目光轉向後門，她的腿部不停抽痛，似乎在驅使她逃走。

然而，她隨即聽到走廊上傳來人的聲音。

一會兒，派崔克．蕭內西警探便推開芭杜，走進廚房。自那天下午，他站在她家客廳告訴她他會抓到殺害珍妮的真凶以來，她就沒有再見過他，儘管如此，她依然一眼就認出了他。

他的目光落在地上的博伊，隨後猛然抬頭看向她，她站在屍體旁，雙臂環抱自己，身體仍在顫抖。「你殺了他？」

她沒有開口回答，不確定說出真相是否會害芭杜惹上麻煩，畢竟這個女人曾救過她的命，她不想指控她。

「是我殺的。」芭杜用她那冷靜且斷然的語氣說道，聲音裡沒有一絲的愧疚感。「這是自我防衛，他闖入我家，攻擊了我的保姆。」

蕭內西點點頭，這個動作簡潔有力，但注意力依然沒有離開塔碧。「這就是你認識的卡爾嗎？」

塔碧勉強點點頭，努力不去看那張蒼白無力的臉，那張臉曾與她歡笑過、互相逗弄過，也毀了她。她努力問出口，「是他殺了珍妮嗎？」

顯然他應該就是凶手，但她需要聽人親口說出來。

「我認為是，」蕭內西回答，他的嘴角帶著厭惡，目不轉睛地盯著博伊的屍體。

「他可能是殺她的凶手，」一個聲音從門口傳來，「但毫無疑問，我才是他的靈感來源。」

塔碧身體一僵，看著羅雯走進廚房，迅速打量了現場。

她走過房間，用赤腳踢了博伊的手，「感謝你幫我處理了這個人，」她讚賞地看了芭杜一眼。「你真是幫了大忙，親愛的大嫂。」

芭杜撇撇嘴注視著她。「不要裝得一副無所不知的樣子。」

羅雯笑了，彷彿自己也對這笑聲感到意外。「我知道這個人殺了珍妮佛．克羅斯，我知道他試圖讓那個案件看起來像是連環殺手的手筆，那個理論上會攻擊我的連環殺手。」

「安德斯。」蕭內西幾乎是用咆哮的方式說出這個名字。

「正是，」羅雯說，面帶燦爛的笑容，但她的表情隨即變得嚴峻，怒視著博伊斷了氣的屍體。「那天真是太有趣了，我居然在同學身上意外看見自己獨有的記號。」

羅雯敏捷地蹲下，一把抓起博伊掉落的那把刀——塔碧現在才發現那把刀原來是從中島的刀架上拿的。

「羅雯，把刀放下。」蕭內西說，但他的口吻卻像是一位菜鳥警員，而非老練的警探，這讓羅雯很容易忽視他的威脅。

羅雯緊張地調整自己身體的角度，讓芭杜保持在視線當中，塔碧從這個姿態判斷，羅雯認為芭杜在這場面中可能是最大的威脅。可以理解，因為她仍清楚記得芭杜毫不畏懼對著博伊舉槍的情景。

「我很好奇這一切會如何發展，」羅雯說，「但我不能讓這件事」——她再次踢了博伊一腳——「與我扯上關係，這會讓我惹禍上身，你懂的，我不喜歡麻煩。」

她說最後一句時，鄙視地看了一眼地板上碎裂的玻璃和血跡。

塔碧再次忍不住問道，「為什麼會惹禍上身？」

羅雯抬頭看了她一眼，仔細打量她，顯然在考慮是否該告訴她某些事情。「如果人們開始深入挖掘你姊姊死亡的黑暗角落？嗯，他們可能會發現其他有類似傷痕的女孩，或許他會為她們全部人的死負責，但我不能冒這個險，尤其如果他被人發現死在這棟房子裡。」

塔碧反覆思考這些話，回想自己曾懷疑過羅雯有潛在的暴力傾向。

我獨有的記號。

還有其他女孩嗎？羅雯過去親手殺害的女孩？如果真的有，那麼塔碧在發現羅雯不是卡爾·哈特另一名潛在的受害者，而是一個真正的殺人魔後，是否終究會找到一些能證明羅雯罪行的證據？

「你策劃了這一切，」塔碧突然恍然大悟，「你知道我在逐步揭開真相，知道我最終會懷疑是你殺了珍妮，也知道博伊在害怕自己被我揭穿。」

「我回來以後，就一直在監視他，」羅雯愉快地同意，「他試圖用你姊姊手臂上那些割傷來掩飾自己的罪行時，就已經在自掘墳墓了。」

「割傷？」塔碧追問。「那和你有何關聯？」

「噢，你還沒串起來嗎？」羅雯對蕭內西投以責備的眼神，「你一直在隱瞞情報，派崔克。」

「有一晚警方帶走羅雯，她身上有和你姊姊一樣的傷痕，」蕭內西說，他的目光未曾離開羅雯。「博伊當時也在車上。」

「是的，於是他趁機除掉他那個未成年的女友，」羅雯帶著輕蔑的聲音說。「但這次是我逮到機會除掉他。」

「這裡沒有我工作的紀錄。」塔碧突然意識到這件事，她努力跟上羅雯的邏輯，好像只要能理解，就能避開羅雯為她設下的陷阱。

「而且孩子的媽一直用現金支付工資，」羅雯微微點頭，似乎對此感到滿意。「如果你突然人間蒸發，你那個酗酒的父親會以為是你自己逃家。」

「所以只有兩種可能性，有可能卡爾——也就是博伊——把我殺了，不必再擔心自己的罪行即將被我揭穿。」塔碧分析道。

「要不就是他在過程中反被殺害。」羅雯聳聳肩說，「我知道你和芭杜在密謀什麼，你們兩個在圖書室的那幾個夜晚，沒有你們自以為那樣神不知鬼不覺。」

我們才剛開始。

「我要報警把你逮捕。」蕭內西打斷了她，他手中穩穩握著槍，但他允許羅雯繼續說話的事實，似乎顯示他幾乎沒有控制現場的能力。

羅雯向他投去一個好奇的目光。「你準備以什麼罪名起訴我？」

「你殺害了其他女孩，」蕭內西回答，「你剛才已經承認了。」

「如果你重播剛剛那段對話，會發現我根本沒有承認任何事情，」羅雯說，向他投去一個鼓勵的微笑。「我只是說還有其他女孩，並沒有說是我殺的。」

「你說過你獨有的記號。」在所有人都轉向她之前，塔碧甚至沒意識到自己已經大聲說出來。

「如果你還沒注意到，我可以提醒你一下，我很擅長遊走於法律邊緣，」羅雯自負地說，「我的記號可能是指我割傷自己手臂的方式。」

「你什麼意思，羅雯？」芭杜插嘴道，「你是要殺了我們所有人嗎？包括兩名警察？」

「你已經幫我處理掉一個，親愛的大嫂，」羅雯說，她用刀指向塔碧。「而你會把一切都處理完畢。」

塔碧聽後感到身體一陣寒涼。「什麼意思？」

「你得把他的屍體搬出這棟房子，」羅雯說，「你不會告訴任何人，因為一旦移動他，你就犯下了破壞犯罪現場的罪行。蕭內西會掩蓋博伊失蹤的事實，然後我們都可以繼續生活，所有問題都將完美解決。」

羅雯此時對他們露出一抹微笑，彷彿剛剛展示了一個完美的結局。

她離塔碧太近了，足以讓刀子變成致命威脅，儘管她握刀的方式看似漫不經心。

蕭內西似乎也意識到她的意圖。「羅雯，把刀放下，我不會再重複一遍。」

羅雯終於完全把注意力轉向蕭內西。「不，你確實不會。」

當羅雯移動時，塔碧本能地退縮，她以為羅雯又要把手臂纏在她的脖子上，又要讓刀尖抵在她的脈搏上。

但羅雯卻用幾個敏捷的步伐退回到門口。

她本可以利用與塔碧的近距離，把她當成人質控制，但她甚至沒有朝塔碧虛晃一招。

塔碧的內心一沉，羅雯沒有利用掌握人質的有利位置，唯一原因是她目前有一個更有利的計畫。

因為連塔碧也知道，即使對明顯精神異常的羅雯來說，這也不是正常的行為，這不是自大狂患者的行為，她的行動展現了她對這個空間的絕對控制權，即使其他人還沒有意識到。

芭杜似乎也發現同一件事。「羅雯，你葫蘆裡到底在賣什麼藥？」

「你還沒猜到嗎？」羅雯問，她的表情中帶著一種狂喜。「畢竟我計劃這件事已經很久了。」

芭杜的目光滑向蕭內西，她仔細觀察他的表情，然後她倒抽一口氣，後退半步，手伸向槍。

「啊，啊，啊，」羅雯警告道。「如果我是你，絕對不會那麼做，親愛的大嫂。」

「我不是你大嫂，」芭杜怒斥道，但她已經停下動作。「安德斯？還是我？」

塔碧聽不懂這個問題，但羅雯似乎懂了，她露出一個狡獪的笑容。「你。」

芭杜的臉色變得慘白，羅雯轉向塔碧。「如果芭杜透露我與這些事情的關聯，警方將會接到一則匿名線報，告知他們哪裡可以找到博伊警探的屍體。」

如果警方是在樹林而不是在廚房中發現博伊的屍體，芭杜的自衛論點將站不住腳，而且槍傷很容易比對到芭杜的槍。

但這個栽贓芭杜冷血殺害博伊的計畫，只有在塔碧和蕭內西不在現場提供證詞的情況下才可能奏效，畢竟警方只要審問他們兩個人一次，就可能將羅雯送進監獄，而非芭杜。

塔碧感覺壓力在她的心頭變得更加沉重，羅雯想出一個控制他們三人的計畫，這是一個塔碧還未能理清的計畫，但羅雯對此充滿自信。

羅雯將注意力再次轉向芭杜。「連恩．博伊警探多年前質問你是否殺害了珍妮佛．克羅斯，你情緒失控。」

「不。」塔碧低聲說。羅雯想要栽贓芭杜，她不只要她擔起殺害博伊這條罪。

塔碧在此刻意識到有些她過去沒注意到的細節，這些細節不僅是讓羅雯有底氣說出這些話的原因，也是讓芭杜對這些話聞之色變的原因。

「芭杜當年參加了秋季園遊會，我有照片可以證明，」羅雯對塔碧說道，「她和安德斯。安德斯在那裡認識了珍妮，開始了一段婚外情，芭杜發現了，她殺害情敵，一直逍遙法外，直到連恩．博伊警探再次調查這起懸案，找到了其中的關聯性。我聽說官方檔案已經遺失，把檔案找回來，並附上確切的證據來拼湊出那個說法，不是很完美嗎？」

塔碧忍住一聲啜泣，案件檔案遺失是因為她，博伊之所以在這裡也是因為她，如果她當初沒有虛報身分進入這棟房子，羅雯現在就不會佔上風。

「你的劇本或許能陷害芭杜，」蕭內西打破了沉默，他的聲音現在更加堅定了，但底下仍帶有一絲疑慮，他繼續說道，「但我永遠不會用破壞犯罪現場這個名目逮捕塔碧莎，因為我知道曾有人把刀子架在她喉嚨上。羅雯，我們不是你的傀儡，不會照你的意思隨之起舞。」

「嗯，我認為你會照我的意思做，親愛的。」羅雯回答，帶著一絲俏皮的笑容。

塔碧目睹蕭內西的猶豫，看到恐懼與不確定在他的臉上一閃而過，然後被冷靜的面具掩蓋。

「我不想傷害你，羅雯，放下刀子，我數到三。」

「如果我是你，絕對不會那麼做，蕭內西警探。」這次的警告不是出自羅雯，而是來自芭杜。

羅雯對她露出勝利的微笑，把注意力轉向塔碧。「來吧，親愛的，到地下室找一塊防水布來包裹他的屍體，然後和芭杜開那輛賓士去把他棄屍在珍妮陳屍地點附近的森林裡。」她停下來打量塔碧的臉。「振作一點，辦妥這件事，你的所有問題都會解決，還幫姊姊報了仇，也算是錦上添花。」

「不，」蕭內西大喊，他的手下意識地摸向腰帶，彷彿那裡掛著他的無線電，但其實沒有。

「去吧。」芭杜低聲對塔碧說。她受困僵局，不確定四肢是否會聽從自己的意願，更別提其他人的指令了。

「你這麼做，就變成共犯了。」蕭內西警告芭杜。

芭杜發出苦澀而空洞的笑聲。「過了這個晚上，你也是共犯了。」

第五十五章 葛蕾琴

現在

當馬可尼意識到房間裡有一位平民在場時，立刻切換到警察模式。

塔碧莎·克羅斯站在門旁，雙臂環抱著腰間，目光緊盯著葛蕾琴手中的槍。

「葛蕾琴，把槍放下。」馬可尼的聲音變得緊張，蕭內西的笑容也已經消失，但當現場氣氛變得愈來愈劍拔弩張，他也沒有採取任何行動來緩解葛蕾琴的敵意。

「告訴我事情接下來會怎樣發展。」葛蕾琴對馬可尼說，因為她知道馬可尼會想起她稍早之前的猶豫，這也是葛蕾琴當初不願調查這起案件的理由。

*你認為自己就是凶手。*就在幾天前，在她的公寓裡，馬可尼曾這麼說過，她們都希望能證明這個說法是錯的。

葛蕾琴不會入獄，不會因此入獄。

「不必讓外界知道發生了什麼事。」馬可尼試圖說服她。

「你知道。」

「我什麼都不知道，」馬可尼急忙反駁。「而且這兩個人已經隱瞞他們所持有的證據長達三十年之久，很可能表示這些證據並非完全清白可信。」

蕭內西的嘴角揚起了一個似是認同的微笑。

「她說得沒錯。」塔碧莎從馬可尼的肩膀後面低聲說道。

葛蕾琴沒有理會她。「結局會怎樣？告訴我。」

馬可尼沒有作聲，葛蕾琴將目光投向她。「謀殺案沒有追訴期限，」葛蕾琴含著一絲笑意說道。

她們兩個都清楚，如果馬可尼聽到夠有說服力的證詞，會做出什麼判斷，儘管她身為警察的忠誠度已經搖擺不定，仍會在壓力下逮捕葛蕾琴。

她確實擁有葛蕾琴一直以為蕭內西具備的那種道德標準，葛蕾琴對此不以為意，畢竟道德的北極星如果只是虛有其表，那又有何用？

但她也不願因童年的往事而入獄。

「所以你想怎樣？你的計畫是什麼？」馬可尼問道，「你打算冷血殺害三個人嗎？包括我們兩個？」她在自己和蕭內西之間比劃，殺害兩名波士頓警局的警探，這項罪行不會輕易被掩蓋。

「噢。」塔碧莎說，彷彿直到此刻才理解情況。

蕭內西的表情已經失去任何幽默感，他的目光鎖定在塔碧莎身上。「不要。」

「葛蕾琴，」塔碧莎帶著三十年祕密的重量說道。「這不是你的錯，是我們一手鑄成。」

第五十六章

蕭內西

一九九三年

蕭內西慢慢靠近羅雯，她帶著一副得意洋洋、躊躕滿志的神情觀察著現場。她手中有把刀，而且局面充斥著不確定因素，然而如果塔碧或者芭杜朝博伊的屍體做出任何動作，蕭內西就必須採取行動制服羅雯。

他對情況的控制力正在逐漸瓦解，前提是他真的有控制過這個場面。

「我們這麼做吧，」他下令，盡可能用權威的語氣說道。「塔碧，去打電話報警，請求支援。」

「不行。」羅雯毫不猶豫地反應。

蕭內西無視她。「塔碧，快去。」

塔碧猶豫了，她的眼神在芭杜和羅雯之間來回移動，蕭內西不得不承認，如果芭杜站在羅雯這邊，事態可能會變得更加複雜。還有芭杜的槍，以及博伊手中仍握著的那把槍——這些武器都比羅雯手中的尖刀更加危險，盡管她握刀的方式顯得非常熟練，顯然知道如何持刀殺人。

「懷特太太，你站過去那邊。」蕭內西朝房間遠遠的角落一指，芭杜在那個位置不容易迅速取得槍枝。

沒有人按他的指示行動，芭杜和羅雯顯然都在抗拒，但塔碧看起來彷彿動彈不得，只是呆呆盯著博伊的槍。

蕭內西盯著電話，知道如果他靠近去拿，就會失去對羅雯的直接視線，這可能表示在他有能力開槍之前，她已經將尖刀架在塔碧的喉嚨上。他可以現在就衝過去制服她，但他擔心這樣做會讓芭杜去拿槍。

不管他怎麼權衡，都顯示羅雯占了上風。

時間每拖長一秒，都讓她加強對局勢的控制，並加劇他的劣勢，他必須立即採取行動。

塔碧。

此刻她是他第一優先要排除的對象，他需要讓她遠離羅雯的控制範圍——不僅是為了她自己的安全，也是為了防止她被當成人質。

「塔碧，」他盡可能平靜地說道。她臉色蒼白，嘴唇泛白，眼睛睜大而茫然地看著他，顯然是受到驚嚇，她需要明確且易於執行的指令，這就是她聽從羅雯指示行動的原因。「塔碧，向左走三步，看到後門了嗎？打開鎖，然後走出去到花園裡，可以嗎？」

她點了點頭，卻未能動彈。蕭內西洩了氣，忍不住想要咒罵。

芭杜。當蕭內西看向她時，她保持著一貫的從容，態度就像社交午宴上的貴婦名媛，她挑了挑眉。

「是的，他是警察，但你是出於自衛殺了他，懷特太太，」蕭內西勸說，「不要讓這件事毀了你的生活。」

芭杜沒有回答，只是怒視著羅雯。「告訴他。」

「噢，但看著他苦苦掙扎真是太有趣了，」羅雯撇著嘴說，「他好像一隻小狗，努力想要討賞。」

蕭內西的手指不自覺在扳機上顫抖，他及時按捺住自己，放鬆了握槍的手，才不會在一時的盲目憤怒中誤殺羅雯。

「塔碧，走到門邊。」他再試一次。這次塔碧點頭並踏出一步，但博伊張開的手臂擋住她的去路，她的腳差點碰到他失去生命的手指，她努力吞下喉嚨中上湧的膽汁。

他的目光在芭杜和羅雯之間迅速切換，他做出一個決定。芭杜不是精神病態者，她只是在這不幸的情況下權衡出最好的結果，她不會真的去拿槍對他動手，至少當他的舉動是試圖消除威脅時，她不會這麼做。

於是他向羅雯靠近了一些，這樣他就可以擊落她手中的刀，並且將她銬起來，他的後口袋裡正好有手銬。

但他一把眼神從芭杜身上移開，她就拿起了槍。

他咒罵道。「懷特太太，她對你沒有任何控制力，我們都聽見她的威脅了——她對你束手無策。」

她又笑了，她那尖酸刻薄的笑聲在廚房裡迴盪。「蕭內西警探，我擔心的不是她對我有控制力。」

羅雯再次向她微笑，然後轉身走回昏暗的走廊，那裡站著某個人。「過來，寶貝。」

蕭內西緊張起來，不知何故他知道自己即將失去所有控制，卻無力阻止接踵而來的災難。

一個小女孩從暗處走出，年紀很小，大約七、八歲。

羅雯現在把她拉得更近，從後面抱住她，她看起來就像是那個女人的縮小版，如果不是羅雯將刀片壓在女孩的鎖骨上，這個擁抱看起來應該充滿了母愛，甚至有保護的意味。

女孩睜著大大的眼睛，充滿好奇，但當她掃視整個房間時，一點也不顯得害怕。

他記憶中某個遙遠的部分告訴他，她是葛蕾琴·懷特。他收集針對安德斯的證據時，曾將她的照片貼在牆上。

羅雯輕輕晃動刀子，略微偏移的角度足以劃破女孩的皮膚，葛蕾琴因痛楚而表情扭曲。女孩的反應有些異常，動作似乎又慢又不協調，然而蕭內西無暇深思眼前這個景象，羅雯的威脅非常容易理解——在蕭內西的子彈穿透她顱骨之前，她會割開葛蕾琴的喉嚨。

如果要下地獄，她也要帶一個孩子陪葬。

「派崔克，」羅雯輕聲地說，他能從她那毫不掩飾的欣喜語氣中感覺到危機即將到來。「我想讓你見見你的女兒。」

第五十七章　葛蕾琴

現在

「你的女兒。」葛蕾琴重複道，她的聲音聽起來彷彿來自遙遠的隧道盡頭。

「葛蕾琴，把槍給我。」馬可尼說，語氣迅速而迫切，這是她第一次真正感到恐懼。

但對葛蕾琴來說，塔碧莎和馬可尼已經不再重要了，她唯一能做的就是盯著蕭內西看，曾經有一段時間，她把蕭內西當作家人一樣看待。

真相與她當初的看法不謀而合，讓她感到無所適從。

「真的嗎？」葛蕾琴終於說出口。「還是她說謊？」

他歪歪頭，好像從未考慮過這種可能性。「是真的。」

「你怎麼知道？」

「你長得像我。」蕭內西回答時帶著一絲微笑，葛蕾琴恨不得立刻把那笑容從他臉上抹去。

「你遺傳了羅雯的膚色，但下巴和笑容像我。」

「不夠有說服力。」葛蕾琴說。這句話沒有帶來好感，沒讓她感覺到親近，更沒有感動，她氣得快要爆炸。自她拿起槍以來，這是她第一次不再相信自己能控制住開槍的衝動。

到目前為止，持槍只不過是一場表演，目的是從蕭內西身上逼問出完整的供詞，這是一種審訊手段，而馬可尼配合得很到位。

現在槍卻在她手中燙得發熱。

「我知道，」蕭內西說，「幾年前我就確認過了。」

他做了基因檢測，沒有告訴她。

下一刻，她站了起來，槍口抵在蕭內西的額頭上，他沒有退縮，只是悲傷而又饒富興味地看著她，她的腦袋裡轟然作響，他身上還有一些她無法確認的情緒——也許是內疚，因為他對她撒了三十年的謊，讓她以為自己是個殺人魔。「給我一個不讓子彈穿過你腦袋的理由。」

他輕輕吐了口氣。「因為你想聽故事的後半部分。」

第五十八章

蕭內西

一九九三年

蕭內西的手指因麻木而感覺不到槍的重量，槍管垂下指向地面。

他腦中理性的一部分在分析，這畢竟是羅雯，在過去一小時裡，她證明自己喪盡天良，不可信任，很容易就能聯想到她會利用年幼的家人來試圖操控他，騙他她是他女兒。

他們曾經有過一夜情，發生在她多年前離開他家的最後一晚，她對他說：保護我。當年的他因為內疚和痛苦，努力想忘掉那晚的記憶，畢竟她當時還那麼年輕，他也顧慮到自己與唐娜的關係，而且他總是把她當成受害者而不是自願獻身。但當她沒有右轉走進客房，而是走向他的臥室，他也被誘惑得太深，除了接受她的主動外別無選擇。

他看著那個女孩。「你幾歲了？」

「剛滿八歲。」她毫不羞怯地回答，儘管房間裡有這麼多武器，她的回答卻毫無猶豫。

八歲。自那個夜晚以來，已經過去了九年。

他靠近了一步，但當羅雯將刀片輕輕劃過女孩的脖子時，他驟然停住。蕭內西感到就要窒息，只需羅雯手腕輕輕一轉，他的女兒就會血流滿地。

蕭內西本想跪下來與她眼對眼，但他不能讓自己顯得那麼缺乏防備。儘管他早就知道答案，他還是問道，「你叫什麼名字？」

「葛蕾琴。」她說。她的目光轉向了芭杜，芭杜點了點頭。蕭內西想起她表面上是安德斯和芭杜的女兒，跟羅雯沒有關係。她轉頭看著他，她歪著頭的模樣讓他感覺似曾相識，彷彿在鏡中看到的自己。「你叫什麼名字？」

他快速眨眼，意識到自己的視線因為淚水變得模糊，他盡可能溫柔地說，「我叫派崔克。」

這一切仍可能是謊言，但他看見孩子下巴和耳朵的特徵，芭杜之前也曾因為同一個理由倒抽一口氣，對孩子的身世恍然大悟。也許他只是看到羅雯希望他看見的證據，但他知道——自己無法把行動建立在她可能說謊的假設上。

羅雯也深知這一點，這就是她能在沒帶武器的前提下走進廚房，然後開始發號施令的原因；這也是芭杜相信蕭內西會在得知葛蕾琴身世的真相後背叛她的原因；這也是他的槍不再瞄準羅雯胸口的原因。

芭杜打破空間裡沉降的寂靜。「塔碧，拿防水布來。」

這一次蕭內西沒有再試圖阻止。

羅雯微笑，顯得很滿意。「我懶得看戲了，」她走出廚房，踏入走廊入口的路，拉著葛蕾琴跟她一起。「派崔克，你跟我們來。」

他觀察她位置的變化，然後看了看塔碧和芭杜。

「不要貿然行事。」他警告她們。芭杜投來一個冷漠的表情，意思是想告訴他，他的行為證實她一開始的判斷完全正確。

蕭內西輕輕點頭，希望這個簡短的頷首能傳達他的想法，他們還有機會澄清真相，但……現在他們需要暫時配合羅雯，等待增援到來，一旦葛蕾琴安全了，他們就能解決這場亂局，他會作證芭杜跟他一樣，是在被迫的情況下行動。

局面還沒有演變到無法挽救的地步。

芭杜輕蔑地哼了一聲，完全不相信他，隨即將目光轉向廚房地面上的一團混亂。

「你來帶路吧。」羅雯說，一邊揮手指向走廊。蕭內西意識到此舉很聰明——如此一來她就可以控制局面，無需積極監控三個成年人和滿屋子的武器，只要先孤立他，她就只需確認自己的人質威脅還有效即可，而他的順從不是剛好證明了她的判斷正確嗎？「走，上樓。」

他從她身邊經過時腎上腺素激增，他開始評估兩人之間的距離，如果他有突襲的優勢……

但羅雯咂了咂舌。「你想冒這個險嗎？」

他不想，也不能，他好奇自己是否能讓葛蕾琴主動反抗，但她只是用那雙有些失焦的大眼睛盯著他，他回想起她在廚房時那遲緩又不協調的動作，羅雯是否可能讓女孩服用了藥物？這可以解釋她的反應為何如此平淡呆滯。

「右邊第三間臥室。」羅雯在他走到樓梯頂時喊道。

他用腳尖輕推門，走了進去，沒有開燈，黑暗可能站在他這邊，或許能讓他以某種方式重新佔得上風。

月光已經夠亮，亮得足以照亮羅雯的蒼白皮膚，也能映照出刀刃上的鋼輝。

他恍如隔世，回到了十年前，那時他正在一條昏暗、林木茂密的道路上駕駛，看到一個女孩，她的眼睛像現在的葛蕾琴一樣大，她絕望地張嘴，無聲地說出：快逃。那畫面深深烙印在他心中。

「那晚你就認識博伊了嗎？」蕭內西問道，覺得無需進一步解釋。

因為羅雯知道他在問什麼。「不，我報案的是家暴，目的是讓警方出動。」

當然是了。現在他已瞭解她的思維方式，有什麼好驚訝，很明顯，她那雙魔掌控制了他成年後的全部生活，這個事實讓他非常難受。

「為什麼？」他輕聲問。

「需要理由嗎？」羅雯反問，隨意地聳了聳肩，但當他沉默不語時，她撇了撇嘴，「我不想再被送到那些療養機構，那些騙子逼我吃藥，讓我無法思考，我不喜歡不能思考的感覺。」

「你是想藉此嚇唬你的家人，要他們聽你的？」蕭內西問道。

「你說故意讓警方介入調查？」羅雯說，「我知道我的家人會裝得天衣無縫，當然伊迪絲將了我一軍，我從沒想到有人會相信那是我企圖自殘，顯然那看起來還不夠像受虐的傷口。」

「其實很像。」蕭內西低聲說。她閃著尖牙，露出了得意的笑容。

「我那時候還很年輕。」羅雯說。蕭內西差點笑出聲來，這正是他幾週前對塔碧說過的話。

「從那以後，我有了更好的計畫。」

「像這次的計畫一樣嗎？」蕭內西挑釁地問。毫無疑問，自從羅雯意識到形勢的發展後，就掌控了整個局面，但同樣毫無疑問的是，形勢非常混亂。

「你放心，我會隨機應變。」羅雯說，但她握著刀子的手明顯抖了一下，顯然並不是完全泰然自若。蕭內西強忍想要移動的衝動——不知自己是該向前把葛蕾琴從羅雯懷中搶過來，還是向後退以免進一步激怒她。她隨後無所謂地聳聳肩，彷彿認為這一切都不重要。「你是這裡唯一意料之外的因素，但面對你，我始終有個備用計畫。」她把葛蕾琴抱得更緊，彷彿認為蕭內西跟不上她的邏輯。

天啊，蕭內西多希望自己此刻有辦法清楚思考，他希望自己能像羅雯那樣講話時充滿自信和傲氣，但他不知道下一步怎麼做才對，他應該激怒羅雯，誘出她的反應？還是刺激葛蕾琴，讓她主動反抗？

如果選擇錯誤，後果可能致命。

「你得知珍妮佛屍體的狀況時，一定非常憤怒吧？」蕭內西試探著問，試圖見縫插針。

葛蕾琴的眼神在他們之間迅速切換，似乎對這場對話很感興趣。他再次對她毫不畏懼的表現感到好奇，她可能不懂自己當下有多危險，但這年紀的小孩至少應該知道刀子會造成疼痛，鎖骨上的血珠似乎也未能使她動搖。

「起初我很好奇，」她稍作停頓，「但當我發現這只不過是個下流警察企圖掩蓋自己謀殺未成年女友的事實時，我承認自己不太高興。」

「你多久才發現是博伊幹的？」

「那有很難嗎？」羅雯甩甩頭，一頭金色的髮絲在月光下飄揚。「肯定是你們兩個的其中一個，或許是安德斯，但他從來沒膽真的殺人，如果他有，相信我，他早就殺了我，然後偽裝成我自殺了。」

蕭內西在心裡莞爾一笑，他長久以來錯認的連環殺手，竟然沒有實際殺人的膽量。

「你對我很執迷，」羅雯繼續說，「所以我以為你可能將這種情感發泄在可憐的珍妮身上，但當你開始盯上安德斯時，我發現你已經完全按照我的劇本演出，真是個乖孩子。」

葛蕾琴此時奇怪地咯咯笑了起來，這笑聲在寂靜的房間裡聽來格外刺耳，讓蕭內西和羅雯都不由自主地畏縮了一下。

「就在那時候，我意識到博伊企圖掩蓋自己是殺害珍妮的凶手時，一定謝天謝地，因為我之前留下的小把戲還歷歷在目。」羅雯解釋道，「加上你對連環殺手的執念，這對他來說簡直是天賜良機，你能怪他嗎？」

「你是指殺害一名十七歲的女孩嗎？可以。」蕭內西說。

「及時行樂啊，」羅雯帶著淡淡的微笑說，「但他也幫自己埋下被利用的伏筆。」

蕭內西搖搖頭，有些跟不上她的思路。

「那些傷痕很特別，」羅雯說。「我總是喜歡有備案。」

其他女孩。她聲稱自己什麼都沒有承認，但這說法幾乎可視為一種供認，蕭內西只希望自己能夠錄下所有供詞。「這就是為什麼那些傷痕成為你獨有的記號。」

「留下傷痕不是我的首選，你發現我的第一晚我之所以這樣做，只是因為血腥傷口能帶來我想要的戲劇效果，且不必承受傷口太深的疼痛。」羅雯聳聳肩說，「我其實偏好更優雅的記號，但可以掩護自己還不錯。」

在這一刻，蕭內西終於明白了真相，他確實找到橫行全國那一百四十七名連環殺手的其中一個，他鎖定安德斯，但沒想到殺手竟是懷特家的妹妹。

他的大腿顫抖，他努力忍住腿軟的衝動。

「那你的計畫是什麼？」蕭內西勉強問出口。「你是打算讓他為你所有的謀殺犯行背黑鍋嗎？」

他厭惡地吐出「謀殺犯行」這四個字，對自己，對她都感到厭惡。

羅雯無所謂地聳聳肩，似乎對這一切都不在意。「不是全部，但如果有人開始調查，試圖將我和我那些女孩們串在一起，警方就會收到波士頓一起懸案的線報，案件涉及一名警察，他是死者年長的男友，還有屍體身上特殊的傷痕，這會讓案情變得非常混亂，針對我的風頭也會過去。」

我那些女孩們。她話中展現的佔有慾和自豪感非常明顯。「有多少人？」

「那是我的祕密。」她對他笑了笑，彷彿很想談論這個話題。這難道不是這些殺人魔的致命弱點嗎？如果蕭內西對連環殺手的迷戀讓他學到了什麼，那就是——他們喜歡炫耀。

「那一定很困難，」他表示同情，彷彿感同身受。「那個獨有的記號並不是你想要的。」

羅雯面無表情，但身體緊繃，隱隱透露出她的痛處。「那些只是身外之物，錦上添花罷了。」

他急忙回想與她有關的所有細節，好像幾次接觸就能揭露她心理上的深層裂縫，但他一無所獲。「那重要的是什麼？」

「她們都渴望自由。」羅雯低聲說，語氣中一瞬間透露出憐憫，但他回想起她很擅於裝出不真誠的情感。保護我。

從她虛偽的真誠語氣底下，他聽出惡毒的歡愉，這是精神變態者的扭曲邏輯。

他回想起他第一次遇見羅雯時，伊迪絲說的話。

這不是她第一次企圖自殺。

「她們都是自殺未遂的倖存者，」蕭內西喘息道，「跟你一樣。」

她臉上露出滿意的笑容，顯然很高興他能跟上對話。「我能從她們的眼神中看到絕望。」

「錯了，」蕭內西勉強回答，「你只是看見自己想看的，因為你是個惡魔。」

「他們的父母才是惡魔，」羅雯迅速回擊，「就像伊迪絲一樣，那個控制欲和操控欲太強的壞女人。」

蕭內西不敢置信地笑了笑。「你竟然跟我談操控？」

「對，因為我有名師傳授啊，派崔克，」羅雯耐心地解釋，「你難道看不出來嗎？我們家族的根源除了純粹的邪惡之外，還剩下什麼？」

他無力地搖搖頭，不知道該說些什麼，不久前他確實認為伊迪絲和安德斯犯下了許多罪行，如果要他老實說，他能說自己沒有看出懷特家族血統中的污點嗎？

他的目光轉向葛蕾琴，她那不尋常的微笑，那種與當下情況不符的無懼，她也受到感染了嗎？被這種血統所玷污，被這種黑暗所感染。

「但你看，我其實是在幫助我那些女孩，」羅雯繼續說，「我讓她們永遠自由了。」

「不，」蕭內西盯著地板，眼裡含著未流下的淚水。「你沒有幫助她們，你殺了她們，因為你享受殺戮的快感。」

「那也是。」她帶著一絲瘋狂的笑聲說。「現在我們偏離了主題，正如我之前所說的，樓下那位警探的問題在於他對自己的計畫缺乏自信。」她貪婪的眼神看著他臉上閃過的各種情緒。「自那以後，他一直活在事跡敗露的恐懼當中，這往往會讓人做出魯莽的行為。」

她嘆了口氣，彷彿這一切只不過是個煩人的障礙。「他不是太聰明對吧？」她再次停頓，「我意思是，他過去不太聰明。」

「因為他現在已經死了。」葛蕾琴平靜地說道，她的聲音中除了好奇之外，似乎沒有其他情感。

蕭內西面露困惑的表情，羅雯看起來充滿了母愛，她輕扯葛蕾琴的頭髮，同時向他解釋，「她……天生有缺陷，但這不是她可以控制的，她的缺陷是由她的血統所致。」羅雯說罷用手勢示意整棟聯排別墅，暗示整個懷特家族都是始作俑者。

「羅雯，這一切要如何收場？」蕭內西問，並未回應那句刻薄的話。葛蕾琴還是個孩子，無論羅雯——或整個家族——對她有什麼影響，她都還有機會讓外力修正，首先得把她從這裡救出。一步一步來。

「我們都會回到自己的生活中，繼續生活，」羅雯說，「博伊和我們沒有任何關聯，如果有人想調查真相，你可以轉移他們的注意力。」

「我是個警察，羅雯，」蕭內西有些無助地說，他的目光再次落在葛蕾琴身上。「你知道我不能假裝這些事情從沒發生過。」

「我想你會發現自己可以做出很多從未想過的事，」羅雯用她在廚房裡那種病態甜膩、居高臨下的語氣說。「你不會想讓小葛蕾琴為你的固執付出代價吧？」

葛蕾琴聽後眼神一狹——這是他見到她以來，第一次看到她的真實反應，那是憤怒，而非恐懼。

他在腦海中反覆思考：這應該就是此刻的策略對吧？唯一的策略就是分散羅雯的注意力，爭取時間讓他能夠開槍。但是當他試圖舉槍時，他發現自己的手臂不聽使喚，在這種情況下，他腦海中浮現的畫面是葛蕾琴的喉嚨被割斷，小女孩在地板上失血過多的情景。

「你會殺死自己的女兒嗎？」他問。

葛蕾琴的憤怒又變回困惑，他為自己的失言感到自責。

「你真的會殺死葛蕾琴？」他迅速更正自己的話。

那一瞬間，葛蕾琴眼神中的敏銳再次一閃而逝，突破了那道讓她保持服從的迷霧。

「親愛的，我會很享受。」羅雯向他保證，將刀尖停在葛蕾琴喉嚨的凹陷處。他知道這不是現實，但他想像自己看見女兒的脈搏在那個地方搏搏跳動。

舌頭在嘴裡雖然感覺很笨重，但現在他知道該說什麼了，不知何以，他這輩子第一次完全確定自己該說什麼。「你會怎麼做？」

羅雯像被問題挑逗了一般舔舔下唇，也許她真的中計了。

「葛蕾琴不懂得恐懼的情緒，」羅雯說，「所以必須要讓她痛，非常痛。」

「你會用那把刀嗎？」蕭內西問，這個問題連他自己都感到厭惡，但他又不願就此罷手。

「還有火。」羅雯說，彷彿她現在正在想像那一幕。在那瞬間，蕭內西好奇這一刻是否足以分散她的注意力，讓他能提起那把槍，但他的手臂一移動，她立刻握緊刀柄，目光落在他大腿上沉重槍枝的陰影上。

他需要讓她的注意力從他身上移開。「用打火機？還是熱金屬？」

就算只是問問，他的食道中也燃燒著胃酸，他見過牛被烙印的情景——那股生肉燒焦的氣味會留在你的鼻腔中揮之不去。

「這是個好主意，」羅雯說，「我之前沒想到過。」羅雯輕微彎腰檢視葛蕾琴的表情。「你怎麼看，寶貝？你覺得這有趣嗎？」

但葛蕾琴卻看著他。他果斷地點了點頭，他希望她會對羅雯的腹部施以猛力的肘擊，然後像鰻魚一樣從她的掌控中滑脫出去。

一得到行動的信號，葛蕾琴稍微前傾，然後使盡全身的力氣猛地向後一仰，她的後腦勺撞到羅雯的側臉，雖然沒有造成傷害，但足以讓對方嚇到。葛蕾琴趁機將自己手臂從羅雯的手臂下方滑過，保護自己的喉嚨。

當羅雯捂著自己的顴骨時，葛蕾琴一把將刀從她手中奪走，然後迅速轉身，一個動作就將刀子刺入羅雯的腹部，接著是胸口。

沒有絲毫猶豫，只有原始的求生本能。

羅雯絆了一下，跌坐在床上，葛蕾琴窮追不捨，似乎被殺戮的渴望所控制。

蕭內西站在陰影中，目瞪口呆地看著這一切，他完全束手無策，只因太軟弱。

他驚恐又恐懼，四肢無法動彈，身體無法反應。他媽的快做些什麼啊。

然後一切都結束了，幾乎和開始時一樣突然。當生命從羅雯的身體流逝到床墊上，她仰望著葛蕾琴，嘴形試圖組成話語。

葛蕾琴把刀子護在胸前，站在那裡身體搖晃。

蕭內西終於移動了一步，此舉足以引起葛蕾琴的注意。

她轉過身來，凝視著他站立的角落，他再次無法動彈，被她恐怖而空洞的眼神所困。她了眨眼，蒼白的睫毛快速顫動，但沒有聚焦在他身上，彷彿他根本不存在。

「葛蕾琴。」他設法從麻木的嘴唇中擠出聲音。他的整個世界彷彿已經燒毀，土地已鹽化，他一生中的每一個錯誤決定現在都烙印在他的靈魂上，因為這些決定才讓他走到這一步、這一刻，走到這個脆弱的女孩面前，最終走向這個不幸的結局。

蕭內西無法自欺欺人，他明知挑釁羅雯會導致什麼後果，他原本以為葛蕾琴會掙扎逃脫，甚至權衡過她們其中一人可能會受傷的風險，然而他從未想到結局會這麼慘烈。

「葛蕾琴。」他再次呼喚她的名字，即便知道她聽不見。

因為就在那一刻，尖叫聲響起。

第五十九章 —— 葛蕾琴

現在

葛蕾琴回想起尖叫聲，回憶起角落裡有某個人影，那聲音像是低語。

她閉上雙眼，記起了血跡、刀子和那個問題：*葛蕾琴，你做了什麼？*

她更用力將槍頂在蕭內西的額頭上，迫使他正視她堅定的目光，他回望她，眼神中帶著挑戰：*動手吧，結束這一切。*

四周無人作聲。馬可尼知道此時不應開口，葛蕾琴想知道塔碧是否會說些什麼，如果蕭內西對那晚的描述是真的，她似乎不夠勇敢。

葛蕾琴放縱自己想像殺死他的畫面：扣動扳機，感受槍在手中的輕微跳動，這陣跳動足以告訴她一切已經結束，子彈會穿透頭骨，鑽入灰質，然後從另一側穿出，將他那張珍貴的高背椅染成血紅，還帶著*腦漿和碎片*。

她想在舌尖上品嘗那滋味——他的死，身體被撕裂，靈魂早已燃燒殆盡。

她想成為終結他這一生的人，成為他的審判者、陪審團和劊子手，他已被判有罪，應該為自己的罪行付出代價。

她讓自己想像那一幕。

然後她退後一步，扭轉手腕，將槍柄朝馬可尼的方向遞給她，馬可尼迅速接過了槍。

塔碧在馬可尼的肩膀後方明顯吐出一口氣。

蕭內西注視著她，臉上的每一道線條都透露出失望。

「你希望我開槍，」葛蕾琴說，「你這一生都是個懦夫，還希望我來結束這一切。」

他向她眨了眨眼，這一刻，她第一次真正看清了他——他不過是個迷失、悲哀的小男孩，渴望全世界稱他為英雄，但他知道自己永遠無法成為那樣的人。他的偽裝比她見過的大多數人都要厚重堅固，但現在他的面具被剝得赤裸，也失去了本可賦予他生命中一絲詩意的悲劇結局，他這一生原本就被平庸的選擇和沉迷的執念所困，這些執念讓他忽視了所有事實，那就是他永遠無法成為自己理想中的那種人。

「你說服自己我是個惡魔，」葛蕾琴繼續說。「因為這是你唯一能接受的方式，你讓我相信是我冷血殺害了她，你說服自己我很危險，我瘋了，只要有一點誘因，我就會殺人。」

她的怒氣騰騰，大聲咆哮，但她從未像此刻一樣，把情緒控制得如此到位。「你說服自己，只要給我一把槍和一個理由，我就會照你的劇本演出，成為你所謂那種邪惡又沒有良知的人，成為你最初創造的那個惡魔。」

他聽到這段話時畏縮了一下，但他什麼也沒說，因為他永遠不會承認。

「這就是事情的關鍵，」葛蕾琴無情地說，「你每天告訴我，我是惡魔，沒錯，我*就是*，我就是你精心創造出的惡魔。你把槍放在那裡，是要給我用，不是給自己用，這表示你很清楚自己想要什麼樣的結局。」她俯下身，緊抓住他的下巴。「不過，有趣的部分來了，真正的惡魔不會照你的劇本演出，不會殺了你——而是讓你苟延殘喘地活著。」

她用力一掐，嗜血的衝動步步進逼。「這不是很諷刺嗎？如果你的洗腦沒有那麼成功，我可能真的會殺了你。」

他與她對視，她在他的眼神中看到了承認，她說中了。

葛蕾琴感覺到指甲下的皮膚被抓破。

最後她——終於——放開了他。

第六十章 塔碧

一九九三年

人們常說，得不到真相的感覺是最大的折磨。她參加過很多悲傷輔導聚會，在場都是親人失蹤或遭到謀殺的家屬，她知道真相大白是走出死亡陰影的關鍵。

塔碧一直認為，如果他們知道是誰殺了珍妮，如果能親眼看到凶手接受法律的制裁，那麼生活或許就能重新繼續，她父親或許會戒酒，她也能重整自己的人生，他們甚至可能會整理珍妮的房間，改造成一間真正的辦公室。

如果凶手被捕，她會去申請大學。

如果凶手被捕，她父親會找新的工作。

如果凶手被捕，他們就不必躲避債主，也不必從沙發縫隙裡搜尋硬幣來支付房貸。

如果，只是如果……

結果，她發現得不到真相並不是最折磨人的部分。

塔碧把手按在姊姊墓碑旁的草地上，地面的濕氣微微浸濕了她的牛仔褲，但還沒到需要起身離開的程度。

她已在這裡靜靜坐了兩個小時，雙腿因久坐而感到麻木刺痛。

塔碧仰起臉朝向陽光，她想不透一般人的生活為何能過得毫不費力，如何每天能自然地起床，工作、照顧孩子、正常呼吸、進食、穿衣，不會支離破碎。

此刻她只想沉入姊姊墓地旁涼爽舒適的大地，告訴她現在終於可以安息，或許也能聽到姊姊給她同樣的回應。

一道陰影覆蓋了她，她眨眨眼試圖驅散視線中的光點，這段日子以來她總是全身緊繃，隨時準備逃走。

芭杜．懷特站在她的右肩旁──穿著一襲米色服裝，每根頭髮都梳理得整齊到位。

「看來事情並沒有按計畫進行。」

塔碧對這句輕描淡寫的話嗤之以鼻。她想起那個喝得太多的夜晚，在這位女性清醒的目光注視下，那幅景象就如同羅雯失去氣息的屍體般刻骨銘心。

你和我，也許我們可以互相幫助。

「你達到你的目的了。」塔碧說著，目光重新回到珍妮的墓碑上。一切已無關緊要，博伊死了，羅雯也死了，蕭內西把所有罪責都歸咎在一個八歲小女孩頭上。

她不知道自己能否忘記葛蕾琴抱著那把血淋淋凶刀的情景。塔碧和芭杜用防水布包裹博伊的屍體後，塔碧曾偷偷上樓，希望能在羅雯沒有防備的情況下偷襲她。只要別將屍體從謀殺現場移走，一切仍有希望。

但她看到的是葛蕾琴，那個蒼白的小女孩，眼神空洞失焦。

塔碧尖叫了，她已被推到自我控制的極限，她情緒崩潰地尖叫，用恐懼的聲音問出一個她現在多希望能收回的一句話：葛蕾琴，你做了什麼？

其實，她應該說的是，謝謝你。

或者，她應該問的是，你還好嗎？

又或者，她應該說的是，對不起，我沒有好好保護你。

但下一秒，芭杜已出現在她身旁的樓梯平台上，目光審視著現場，她迅速控制了局面——塔碧和蕭內西震驚過度，來不及質疑她的決定，一切都已經太遲。

塔碧負責處理博伊的屍體。

芭杜負責打九一一報案。

蕭內西等待消息在無線電上播出，然後聲稱自己幾分鐘後會抵達現場。

芭杜表示說詞要盡量簡單：她自己當時在書房看書；塔碧偶然走進房間後尖叫起來；多位證人都能證明葛蕾琴的行為異常，她被發現時手持凶刀；蕭內西保證任何起訴都不會成立。

塔碧回想起那一刻，想起她和蕭內西決定服從芭杜指令的那一刻，她不懂自己當時為何會選擇聽從她的指示，為何會再次下樓，將博伊的屍體拖到車庫，並將屍體搬進芭杜的賓士後車廂。

她幾乎承受不住他的重量，但她彷彿在迷霧中行動，一種讓他回歸塵土的願望驅動了她的決心。

她甚至不知不覺來到森林，博伊曾像倒垃圾一樣把珍妮的屍體丟棄於此。

接著塔碧開始挖掘，她挖得非常深，深到即使來場大雨，也不會將屍體掏出，蟲子、蛆和昆蟲及樹根都能從他腐爛的屍體中汲取養分。她一直挖，挖到手掌起了水泡，太陽也從樹梢完全升起。

他們可能會發現他的屍體，她很早以前就知道屍體總有暴露的一天，但也許他們永遠不會發現，也許關於他的記憶會隨著他的消逝而逐漸淡出。

當塔碧開始質疑他們為何不直接報警，解釋整個晚上的來龍去脈時，她已經深陷其中，她移動了屍體，破壞了證據，將一名警探的屍體埋在森林中，無法避免坐牢的命運。

那麼為什麼不讓芭杜將一切粉飾太平呢？

這位女士曾承諾將她排除在警方報告之外，而且至今仍遵守這個諾言，塔碧又何必在意媒體如何攻擊一個八歲小孩呢？這種方式不是更安全嗎？讓人們對葛蕾琴保持警惕，知道那小小的身體裡蘊藏著無法預測的暴力。

何必等到現在，等了這麼多禮拜才站出來揭穿一切？

即使是最積極的八卦記者也沒有發現塔碧與懷特家的關聯，就像羅雯那晚暗示的那樣，對外界來說，塔碧莎·克羅斯只不過是一個無名之輩，在南波士頓邊緣地帶過著沒沒無聞的生活。

他們不知道她指甲下藏著泥土。

他們不知道這些日子以來，她的內在有多扭曲，多掙扎。

「別裝作你沒達到你想要的目的。」芭杜回應道。

「你知道，前幾天我打電話給你履歷上的推薦人。」

那晚芭杜灌她酒時引起的恐慌，現在看來竟顯得如此可笑又微不足道。

「是這樣嗎？」她問，胸口的偏執在咆哮。

「有趣的是，這些推薦人全都不是真的，」芭杜說的方式，好像這只是某種誤會，但就算透過沉重的酒意，塔碧也能感覺到芭杜非常清楚事情的來龍去脈。「可能是你在履歷上打錯了什麼字？」

塔碧舔舔嘴唇，低頭看著空空的酒杯。事跡敗露了。她把酒杯放在腳邊，試圖站起來。「我可以離開。」

芭杜歪了歪頭，「為何要這麼做？我們才剛開始。」

「你想怎樣？」塔碧問。如果她要被趕走，她需要現在就知道她的目的，以免自己陷得更深。

「你和我，也許我們可以互相幫助。」芭杜說。從這句話聽起來，她並不不打算報警，但塔碧並未放下警惕。

「怎麼做？」

「你在尋找殺害你姊姊的凶手嗎？」芭杜問，這件事似乎並不需要確認，塔碧意識到自己的偽裝很差勁，自以為是神探南希，卻連在求職申請表填上一個假名都做不到。

「是的。」

芭杜點點頭。「你來到我們家是為了調查？」

塔碧咬咬臉頰。「我本來以為是安德斯……」

「直到你見到了羅雯。」從芭杜的話中可以聽出，她有與精神病態者密切相處的經驗。

「直到我見到了羅雯。」塔碧認同。

「不過，你這推論有個問題，」芭杜沉思道。「因為你姊姊遭到殺害的那天，羅雯被送進了精神療養院。」

塔碧胃裡一緊。「還有一個男性涉入其中。」

芭杜坐直身體。「一個共犯？」

「也許吧。」塔碧聳聳肩。

「你怎麼知道？」芭杜問，她仔細觀察塔碧的表情。塔碧向她透露卡爾的事，還有那次攻擊事件，以及她是如何利用與懷特家同住來躲避他。

「他知道你住在這裡嗎？」芭杜在她說完後問。塔碧說了這麼多，糾結於這個問題看似很奇怪，但塔碧搖頭否認了。

「那很容易解決，」芭杜說，聲音低沉得彷彿不是對塔碧說出。「他想殺你滅口對吧？」這問題的語氣中沒有絲毫同情，只有冷酷和算計，就像羅雯的眼神和葛蕾琴的提問。

「是的。」塔碧同意。因為歸根究底，芭杜是否真的在乎，又有什麼重要？

「不知道如果有可趁之機，這個人會有什麼行動。」芭杜再次自言自語。

「你想設局讓那個人發動攻擊。」塔碧有些遲緩地意識到她的意圖，彷彿對所有事情的反應都比較慢。

「是的，」芭杜承認，沒有迴避。「然後我會幫你殺了他。」

「強闖民宅。」

芭杜舉起酒杯表示同意。「大家都知道我書房裡備了一把槍，特別是用來因應安德斯不在家的情況。」

「這對你有什麼好處？」塔碧問道，她這輩子從來沒有白白得到過什麼好處。

「我要羅雯消失，」芭杜解釋道。「我幫你解決問題，你也幫我解決問題。如果羅雯在我們的照顧下死亡，我婆婆會懷疑我或安德斯有不良動機，她雖然不喜歡那個小神經病，但她堅持家族的姓氏不能再扯上任何醜聞，即便我讓羅雯的死看起來像自殺，伊迪絲可能也會因此懲罰我。」

芭杜停頓了一下，彷彿期待塔碧會有所回應。「但你，親愛的，你和我們家族沒有任何關聯，甚至在書面上都不是家裡的正式員工，你將成為我完美的代罪羔羊，以免伊迪絲大驚小怪，而且她也不會向警方舉發你，因為謀殺案是更嚴重的醜聞。」

塔碧沒有提及已經有一名警察知道她在懷特家工作的事實。「你不可能……是認真的，我該怎麼……」

殺死羅雯？這正是芭杜暗示的行動，雖然她沒有明說。塔碧認為自己連殺害動物都做不到，更別提殺人了。

「你要如何進行這件事不關我的事。」芭杜微微聳肩，輕描淡寫說。

「我們這是在演《火車怪客》[11]嗎？」這是塔碧所能想到的唯一回答。

芭杜若有所思地哼了一聲。「沒錯，是的。」

塔碧不需要擔心芭杜何時會履行她交易中的承諾，因為一切都已經完美解決。羅雯在那天晚上偷聽到她們的對話，掌握了她們的計畫後，再加點料變成自己的版本，她那晚在廚房的表現已經暗示了這一點。

「安德斯怎麼看？」塔碧問，帶著一種超然的好奇。

「跟大家的想法一樣，」芭杜帶著戲謔的語氣說。「他認為葛蕾琴屈服於她內心的暴力傾向，」她稍作停頓。「他傾向這個說法。這不是更簡單的解釋嗎？或許我們還可以趁機將葛蕾琴

---

11 希區考克執導的一部犯罪驚悚電影，故事描述兩個素未謀面的人在火車上偶然相遇，並策劃了交換謀殺的陰謀：由一個人殺害另一個人的仇人，然後互換，以此掩蓋各自的動機並逃避法律的懲罰。

送進精神病院。」

芭杜漫不經心的語氣讓塔碧感覺想吐，想尖叫，想抓傷芭杜的臉。

「那蕭內西呢？」塔碧轉而發問。

「在這件事上，他的手腳也不算乾淨。」芭杜聳了聳肩，「而且從法律上來說，我是他女兒的母親，不是只有羅雯知道如何利用人質來達到自己的目的。」

塔碧差點笑了出來，芭杜當然會這麼想，如果現在揭露真相，可能會毀掉懷特家族的名譽——那還是最好的情況。最壞的情況是，他們三人可能會被判刑，芭杜不會讓自己陷入這種境地。

而塔碧已經看出葛蕾琴對蕭內西的影響力。

「你會告訴她真相嗎？」塔碧對葛蕾琴感到愧疚，使她無法繼續耽溺在自己的思緒當中，無法再保持沉默。這個女孩還那麼小，這件事肯定會影響她許多年，這個案件已經被媒體渲染成全國的熱門話題，只需打開電視，就可以看到。

年僅八歲的反社會者謀殺了自己的親姑姑。

「那有什麼好處？」芭杜問道，她的語氣中沒有絲毫悔意。「畢竟葛蕾琴殺了羅雯，這是無可否認的事實。」

塔碧思考了真相的本質，還有人們是如何訴說那些亦真亦假的故事。

塔碧站起身，拍拍她的牛仔褲，背對著芭杜。這是最後一次，她希望有朝一日，那個與眾不同的孩子葛蕾琴，會透過她那看似無辜卻又殘酷的眼神，和她對這世界獨特而奇妙的看法，發現這兩者之間的差異。

第六十一章——葛蕾琴

現在

在蕭內西公寓裡與他對峙後過了三天，案件終於結案，此時葛蕾琴才允許自己吃片披薩，她原本打算獨自享用，但剛坐下就感覺到有人站在她旁邊。

她不必抬頭就知道是誰。

「你信任我。」葛蕾琴對著馬可尼露出一抹笑容，暗示她一起加入。

「我們還沒到走到那步喔。」馬可尼嘟囔著坐下，將兩片肉食者披薩放在面前的油膩透明盤中，服務生端上兩瓶滴著水的啤酒，她對服務生笑了笑。

葛蕾琴還沒有拿起啤酒，馬可尼就碰了碰啤酒瓶的瓶頸，然後深深灌下一口，「我喜歡這個傳統。」

「兩次就算傳統了嗎？」葛蕾琴問道，但還是接受將啤酒當成和解的象徵。

「每偵破一起案件就吃披薩。」馬可尼說著咬下一大口，發出誇張又低沉的呻吟聲。「如果我們說這是傳統，那就是。」

「那就這麼說定了。」葛蕾琴回答，啃完了第一片披薩的餅皮。「你來這裡不是要逮捕我吧？」

「罪名是？」馬可尼聳聳肩，「正當防衛？」

「也可以有其他解釋。」葛蕾琴淡淡地說。雖然她過去幫檢察官取得過不少次勝訴，但她並非地方檢察官的寵兒，至少有一兩名檢察官很容易會被說服，對她提出刑事指控。

「你已經為你的罪行付出足夠的代價。」馬可尼輕描淡寫地說，好像這對葛蕾琴來說不是生死攸關的大事。

葛蕾琴取下一片義大利臘腸。「蕭內西怎麼樣了？」

「呃，」馬可尼嘆了口氣，「我正準備立案，但是……」

「但是？」葛蕾琴追問道。

「檢察官對起訴警察非常謹慎，即使是警察涉嫌掩蓋另一名警察的死亡事件時也是如此。」

這是常有的情況，但有一個人例外。馬可尼才剛到這座城市就職，所以可能還不知道狀況。

「科馬．拜恩。」

「磕頭拜拜？」馬可尼開玩笑地回應，葛蕾琴翻了個白眼，她寧願割掉自己舌頭，也不想承認自己喜歡這個相處起來更輕鬆的馬可尼，她可能還沒對她卸下某些心防，但她知道自己有機會再次努力。

「他是一個有遠大政治抱負的進步派檢察官，對白宮虎視眈眈，他更在乎自己長遠的政治前景，而不是擔心得罪警察局長，」葛蕾琴說，但她對於自己是如何知道這點細節，則沒有透露太多，馬可尼不需要知道葛蕾琴與這個人的私交。「如果你端著一起證據確鑿、涉及警察不法行為的案件去找他，他可能會非常感激你，感激到親吻你的腳。」

馬可尼皺了皺鼻子，顯然是對這畫面感到不悅，她小聲說道，「但如果我們對此事太過張揚……」

「那我又會被牽扯進來。」葛蕾琴把她沒說的話說完。

儘管她剛才對馬可尼如此表示，但此時她卻懷疑自己是否真的在乎被牽連其中。葛蕾琴長期雇用一位收費高昂又能幹的律師，如果有人試圖將羅雯的死描述成非正當防衛，那個律師會毫不留情撕碎對方，甚至可能在這過程中找到樂趣。

此外，科馬也找不到追究她的理由。

在法律層面上，自八歲以來，她從未感覺如此安全。

至於波士頓警局的顧問職位就略有風險，但她的紀錄本身已經不證自明，且所有事件發生時她都還未成年。即使像拉克蘭·吉布斯這樣的人會咬住這一點，企圖禁止她參與案件，但她仍然有私人客戶，許多人對她的過去有種病態的迷戀，而其他人則認為只要她能解決問題，就不會在意她的過去。

無論如何，還是有案件能讓她解癮。

媒體可能會表現得非常惡毒，尤其是在薇奧拉·肯特案之後，但媒體本來就很嗜血，她也一直能夠生存下來，葛蕾琴的人生因為羅雯的死而天翻地覆，憑什麼蕭內西就能夠逃過一劫？

她在包包裡找出一張紙條，匆匆寫下一個電話號碼。「在重罪調查期間破壞犯罪現場是重罪，科馬很可能會把這個行為包裝成更為嚴重的事端。」

馬可尼審視葛蕾琴的臉龐，似乎在判斷她是否真心想這麼懲罰他，但她隨後迅速地伸手，把那張小紙條藏入口袋。「蕭內西已經申請提前退休了。」

葛蕾琴內心有某部分——剛剛把波士頓頂尖檢察官私人電話交給馬可尼的那部分——大聲抗議著這怎麼行，然而……葛蕾琴發現自己已經不再關心蕭內西——不再在乎他的想法與判斷，也不再理會他的生活和道德。是時候放手了。

他一心求死，但因為貪生怕死而無法自殺，這當中可能存在某種適得其所的正義。司法系統已經讓她失望了不止一次，就算他最後沒被起訴，她也不會感到意外，他將不得不苟且偷生，面對自己真正的本性，對蕭內西這樣的人來說已經算是罪有應得。

「塔碧莎．克羅斯呢？」她問。

「我們沒有足夠證據證明她做了什麼，」馬可尼塞了滿嘴披薩說，「據多名證人描述，她遭到攻擊後試圖反抗，僅止於此。我們可能會以破壞犯罪現場這條罪名來起訴她，但有意義嗎？」

「芭杜殺了一名警察，」葛蕾琴指出，「即便是最重視紀錄的檢察官，在這種情況下也會嗅到起訴她的機會。」

「他是強闖民宅。」馬可尼說著放下了披薩，目光與葛蕾琴相遇。「我很遺憾讓你重溫這些往事。」

葛蕾琴向後靠在座位上，得意地笑道，「噢，你的意思是在承認自己的錯誤嗎？本來好好的，為什麼要無事生非呢？」

馬可尼低下頭。「也沒有那麼好吧……」

「差不多啦。」葛蕾琴笑道。「這件事對誰有好處？」

「你得知了真相，」馬可尼指出，「你並沒有冷血殺害羅雯。」

「真的有差嗎？」葛蕾琴問，不是反問也不是諷刺。

不知為何，馬可尼瞭解葛蕾琴的意思，「當然了，長久以來，你一直認為自己是壞人，現在你知道——」

「知道我確實是壞人？」葛蕾琴插嘴道。

「不，」馬可尼堅定地說，「知道自己是倖存者。」

葛蕾琴別過臉去，「你本可以把槍從我手上奪走。」

在蕭內西家時，馬可尼完全有能力可以介入，她是一名受過專業訓練的警察，整個對峙期間與葛蕾琴相隔的距離不超過兩步。

然而，馬可尼卻任由事態自然發展。

馬可尼笑了，「我知道你在虛張聲勢。」

葛蕾琴看向這個女人，她漸漸認定她可以勝任拍檔這個角色。「怎麼知道的？」

「我相信你。」馬可尼的語氣聽起來很輕鬆。

但這話烙印在葛蕾琴的皮膚上，感覺痛楚、刺痛，又不可磨滅，她與蕭內西合作的多年中，他從未對她說過這樣的話。「為什麼？」

「我現在要說出一則偉大的宣言，」馬可尼笑著說，「我一直都相信你能好好控制自己。」

「但是？」葛蕾琴追問。

「但是……你一直沒有解除槍枝的保險裝置。」馬可尼笑著說，葛蕾琴的身體一下子放鬆下來。她撇撇嘴故意表現出惱怒，但其實並不生氣。

「一秒鐘就可以解開保險裝置了。」她抗議道。

「光那一秒鐘，我就可以制伏你了。」馬可尼反擊，重新拿起她那片披薩，眼神中帶著幾分貪婪，在咬下之前，她抬起了頭。「無論如何，我早就看穿你在虛張聲勢。」

「怎麼看穿的？」葛蕾琴又問。邏輯上來講，未解開保險裝置這個理由已經足夠，葛蕾琴本不該關心與情緒或直覺相關的事，但她還是追問了。

「有時候過程和動機並沒有那麼重要，」馬可尼邊說邊端詳著她，葛蕾琴忍住掩飾自己的衝動。「有時候，重要的是我們怎麼看待自己。」

「那你又怎麼看？」

「我認為你是一名倖存者，」馬可尼輕鬆說道。葛蕾琴有些錯愕，不知該如何反應，然而馬可尼笑了笑，繼續說道，「而且你很聰明。」

「我不聰明，」葛蕾琴反駁，「如果我真的聰明，多年前早就該看透蕭內西的真面目了。」

「你明知道他一直在逼你開槍。」馬可尼一邊咀嚼一邊說。「我一直以來最確定的事，就是你想證明蕭內西看錯你了。」

那的確是事實，這也成為她一生的道德準則。「所以不是因為你覺得我是個好人。」

馬可尼對著盤子傻笑，似乎在暗自取樂。「你才不相信善惡二元論。」

「答對了。」葛蕾琴不由自主地回答，儘管她內心深處希望馬可尼說她是個壞人。她拿起一小包餐巾紙，開始慢慢撕開。「你還願意跟我合作嗎？」

她沉默以對，葛蕾琴抬頭直視馬可尼的眼睛。

「你為什麼要去找蕭內西？」馬可尼並未直接回答，反而提出了這個問題。

這問題讓葛蕾琴感覺骨頭隱隱作痛，她試圖忽略那個感覺。「我想讓他感到內疚，逼他坦承一切。」

馬可尼對這個答案似乎早有預料，點了點頭。「小人會為了復仇而去，甚至可能親手了結他。」她故意停頓一下，讓接下來要說的話更具影響力。「你十之八九……」

會做正確的判斷，葛蕾琴彷彿聽到她這麼說。

「八次。」她像之前在車裡那樣反駁。

「你沒有自己想像中那麼可怕或神祕，葛蕾琴．懷特。」馬可尼戲謔地說。

葛蕾琴回想自己曾渴望在手掌中感受蕭內西的大腦灰質，也回想起自己曾經仔細權衡過殺害塔碧和馬可尼的後果。

她回想起那晚在車上，目睹蕭內西借酒澆愁，她現在知道那是出自於內疚、羞恥和自我厭惡。

如果人的一生是由行動而非思想所構成，那麼真正重要的不是葛蕾琴之前做過什麼，而是她主動交出槍枝這個事實。

葛蕾琴不像那些生來就有道德指南針的好人；她每天醒來，都必須經過選擇，才能做出正確的判斷，這很不容易。她一直認為自己在這過程中進行了那麼多權衡和計算，所以沒有什麼好值得驕傲，但在生命的這一刻，她首次意識到，也許最終的結果其實更值得驕傲。

葛蕾琴心想，她應該感謝馬可尼，因為她敲門來訪，沒有被葛蕾琴的冷漠嚇跑，還真心在乎葛蕾琴。

馬可尼正微笑看著她，靜待她回應那些善意的玩笑。如果要葛蕾琴老實說，她可能不配得到馬可尼這樣的對待。

你沒有自己想像中那麼可怕或神祕，葛蕾琴．懷特。

葛蕾琴輕輕用啤酒瓶碰碰馬可尼的啤酒，這一次她幾乎——差點——真的相信了。「我想，你說得沒錯。」

第六十二章　蕭內西

現在

沒有人告訴過他，那種橘色的囚服穿起來有多不舒服。

這是蕭內西在監區的第三天，他已經開始懷念柔軟的棉質長褲，雖然那些褲子會讓大腿的摺縫處感覺不適。他的一年徒刑似乎漫長到沒有盡頭。

那隻披著檢察官外衣的政治鯊魚彷彿嗅到了血腥味，向他發起攻擊，蕭內西對此非常驚訝——讓他更驚訝的是，面對最終的判決，他竟感到一絲解脫。他這一生一直生活在恐懼中，害怕有人發現他的祕密，但現在坐牢的念頭反而讓他感覺到一種前所未有的解脫，這是一次洗淨罪孽的機會。

但這個如意算盤並非天衣無縫，他獲得的不僅是一年刑期，他長年在掃黃組毒組和重案組服務，若能在與新獄友同住的情況下撐過六個月，那就算是幸運了。

他決定勇敢面對，若是有人想拿刀砍他，他會心存感激。在那之前，他將繼續忍耐。

因為忍耐，一直是他的生存之道。

「蕭內西，」一名警衛呼喚道，「有訪客。」

當他聽到自己的名字時，腦中一陣隆隆聲開始響起，隨後又平息下來。蕭內西知道報應即將到來，可能不會立即發生，但很快就會。

在此同時，他走向通往會客室的門，一名守衛幫他搜身——彷彿他真的能在監獄裡弄到什麼武器——然後便放他進去。

葛蕾琴坐在靠近自動販賣機的一張桌子旁，她的身影在這個場合中顯得突兀，猶如垃圾掩埋場中開出了一朵蘭花。

蕭內西沒想到她在審判的鬧劇結束後，這麼快就來看他了，在此之前的六個月裡，他的生活已經分崩離析，成為波士頓所有報紙頭版的焦點。

檢察官科馬．拜恩面對蕭內西的案件毫不留情，列出蕭內西在過程中每一次錯誤的決定，拜恩無法證實蕭內西移除羅雯驗屍報告中關於她曾懷孕的那一頁，但要引導陪審團得出這明顯且最終也是正確的結論並不困難。

審判結束，拜恩的論證如此有力，連蕭內西自己都幾乎相信是自己主導了羅雯死後那一連串瞞天過海的行動，而不是芭杜。

同時為了交換芭杜的配合和證詞，她僅被判輕罪，除了被罰款外，還需進行社區服務。

塔碧莎．克羅斯則免除了鉅額罰款。

他們三人中，由蕭內西獨自擔下那晚的所有罪責，他內心有一部分始終渴望成為好人，所以他認為這是合理的結局，他的罪行太過嚴重，只有接受完整的正義制裁，才能獲得赦免。

葛蕾琴那晚來到他公寓的時候，他內心有個部分希望她能結束這一切，而當事情朝他希望的方向發展時，他感到了喜悅，除了倒在血泊之中，他沒有其他方式可以擺脫這個困境，他只希望一切快點結束。

他唯一的遺憾是沒辦法讓葛蕾琴不受到傷害。在他最赤裸、最坦誠的時刻，他意識到這有多諷刺，因為他終其一生都在把她的名聲拖入泥沼。儘管如此，他也曾經想保護她，但顯然徹底失敗了。

但他的失敗對她來說並不是什麼新鮮事。他能感覺到，只要她能看到他在困境中掙扎，似乎就足以彌補這一切，她的意志如鋼鐵般堅強，永遠是他的驕傲。

此刻葛蕾琴帶著一絲傲慢地挑起眉毛。他坐下來，他還有什麼選擇？

她用那雙熟悉的冷漠眼神審視著他，那瞬間他彷彿回到那個黑暗的房間，羅雯將刀子抵在葛蕾琴的喉嚨上。

但他眨眨眼睛抹去那個畫面，葛蕾琴從來不需要被拯救。

「你會死在這裡。」葛蕾琴的開場白很直接，這就是她的風格。她的語氣中並無殘忍，卻也缺乏同情。

「對。」蕭內西接受了這個事實，他知道自己甚至熬不過一年。

「很好。」葛蕾琴低聲說。他沒有聽進她的話，她說話非常刻薄、惡意又冷漠，他一直知道她就是如此，但她仍屬於他。他仔細觀察她的面容，將她的臉牢牢記在心中。

他的女兒。

他的。

他這一生都陷於執念，甚至到了佔有的地步，接著羅雯走進他生命中，給了他一個全世界都同意他擁有的寶物。

但他從未有勇氣承認葛蕾琴是他的女兒，因為她曾是一個凶手，一個社會的棄兒，這一切都是他一手造成的。

接著，她搖身一變，成為一位機智敏捷、思維嚴謹、態度冷漠的頂尖犯罪顧問，她的態度讓一些人感到不悅，而他則為自己的懦弱付出了代價。

她的人生比他想像中還要成功。

「我為你驕傲。」他艱難地說出這句話。當他看到她驚訝的反應，胸口升起了一絲溫暖，他總喜歡能影響到她，也許他們從未有過——也永遠不會有——他曾經夢想過的那種父女關係，但他們總有這種能觸及彼此的方式。

「停止。」

但他停不下來。「我是真的很驕傲，你知道的，你偵破了那麼多案件。」他一如既往地搖搖頭，對她的成就感到不可思議。「你太聰明，太有才華了。」

「如果我真的聰明，我早就該想到……」

蕭內西是個一無是處的人，一個沒用的父親，一個糟糕的警察。「我自己編了一個故事，」他說，「而你相信了，你又是怎麼看待自己的？」

「我不只是你眼中的那個我。」葛蕾琴回答。

「我告訴自己，我和你一樣勇敢。」蕭內西坦承，因為他知道這可能是父女倆最後一次真誠的對話。

葛蕾琴移開了視線。「我不勇敢。」

「或許吧，」蕭內西承認，「但你很真誠。」

當女兒的眼神忽然對上他的時候，她的眼睛睜得大大的，像他們第一次相遇那晚一樣，透露出濃厚的好奇心，那種永不滿足的好奇。

蕭內西想著，如果一切可以重來，他會做出哪些不一樣的選擇？他會不會放慢車速，避免在黑暗的鄉間小路上撞見羅雯？他會不會放下自己的迷戀，然後也放下自己的執念？他會不會裝作從未聽說過安德斯．懷特這個名字？他會不會在羅雯站在門口之前就開槍殺了她，阻止所有悲劇的發生？

他會不會改變過去任何一個瞬間，只為了最終能擁有現在這樣的女兒？她是如此勇敢、聰明又成功，葛蕾琴為自己創造了一種他始終仰慕的生活——無論他是否讓她知道這個事實。

他此刻伸出手，感覺太不自然，也很笨拙，但他還是讓自己的手指輕抓住她那雙靜止不動的手。「我為你驕傲。」他再次說道。

這話在他們之間沉甸甸地落下，笨拙而沉重。葛蕾琴如他所料地抽開手，但他希望她能相信這句話。他這一生鑄下太多錯誤，但他從未後悔有過葛蕾琴。

這不是一句我愛你——也永遠不會是，但這是他唯一能給的。

他輕拍一下她的手，然後站起來，向門口走去。

守衛讓他通過，臉上帶著惡意的笑容。

兩週後，他正在洗澡，一把刀刺入他的第四和第五節肋骨之間。

他最後想到的是葛蕾琴，先是在月光下，然後在陽光下，她的臉龐堅決果斷，他知道，在自己這荒唐的一生中，至少做對了一件事。

致謝

出版一本書真的需要集結眾人之力，對此我深深感激，尤其是湯瑪斯與梅塞爾出版社（Thomas & Mercer）的全體成員，他們努力不懈，只為了將這個故事的最佳版本呈現給讀者。感謝我優秀的編輯蘿拉・巴雷特（Laura Barrett）及其團隊，還有耐心且出色的莎拉・蕭（Sarah Shaw），以及所有協助書籍出版的優秀人士，非常感謝你們；我對你們所做的一切深表感激。

同時也要感謝我的經紀人艾比・索爾（Abby Saul），在我二〇二〇年的書寫過程中陪伴我度過所有重要時刻，你是我的堅強後盾，我非常感激能有你的支持。

此外，我要衷心感謝我的朋友和家人，他們透過Zoom、電話和訊息持續支持我，讓我在這段充滿不確定和壓力的時期中保持創造性和生產力。

最後，感謝你們，親愛的讀者，感謝你們願意花費寶貴的時間閱讀我的故事，儘管故事主角的內心世界可能很難進入，你們還是願意相信我不會讓你們迷失方向，我所有成就都是因為有你們。

臉譜小說選

真相盲點

What Can't Be Seen

原著作者	布莉安娜・拉布奇斯（Brianna Labuskes）
譯　　者	李雅玲
書封設計	朱陳毅
責任編輯	廖培穎
行銷企畫	陳彩玉、林詩玟
業　　務	李再星、李振東、林佩瑜
副總編輯	陳雨柔
編輯總監	劉麗真
事業群總經理	謝至平
發 行 人	何飛鵬
出　　版	臉譜出版 台北市南港區昆陽街16號4樓 電話：886-2-25007696　傳真：886-2-25001952
發　　行	英屬蓋曼群島商家庭傳媒股份有限公司城邦分公司 台北市南港區昆陽街16號8樓 客服專線：02-25007718；25007719 24小時傳真專線：02-25001990；25001991 服務時間：週一至週五上午09:30-12:00；下午13:30-17:00 劃撥帳號：19863813　戶名：書虫股份有限公司 讀者服務信箱：service@readingclub.com.tw 城邦網址：http://www.cite.com.tw
香港發行所	城邦（香港）出版集團有限公司 香港九龍土瓜灣土瓜灣道86號順聯工業大廈6樓A室 電話：852-25086231　傳真：852-25789337
馬新發行所	城邦（馬新）出版集團 Cite（M）Sdn. Bhd.（458372U） 41, Jalan Radin Anum, Bandar Baru Sri Petaling, 57000 Kuala Lumpur, Malaysia. 電話：603-90563833　傳真：603-90576622 電子信箱：services@cite.my
初版一刷	2024年9月
I S B N	978-626-315-530-5

城邦讀書花園
www.cite.com.tw

版權所有・翻印必究（Printed in Taiwan）

定價：450元（本書如有缺頁、破損、倒裝，請寄回更換）

國家圖書館出版品預行編目資料

真相盲點／布莉安娜・拉布奇斯（Brianna Labuskes）著；李雅玲譯. -- 初版. -- 臺北市：臉譜出版：英屬蓋曼群島商家庭傳媒股份有限公司城邦分公司發行, 2024.09
面；　公分. --（臉譜小說選）
譯自：What can't be seen.
ISBN 978-626-315-530-5（平裝）

874.57　　113009917

WHAT CAN'T BE SEEN
Text copyright © 2022 by Brianna Labuskes
This edition is made possible under a license arrangement originating with Amazon Publishing, www.apub.com, in collaboration with The Grayhawk Agency.
Complex Chinese translation copyright © 2024 by Faces Publications, a division of Cite Publishing Ltd.
ALL RIGHTS RESERVED